喚醒你的英文語感！

Get a Feel for English !

喚醒你的英文語感！

Get a Feel for English !

Portable and Practical
生活英文表達百科

白安竹 Andrew E. Bennett —— 著

王復國 —— 審譯

每個單字都看得懂，
合在一起就猜不透？

搞懂慣用語和俚語，
輕鬆融入老外生活！

　　英語是不斷在變化、具有生命的一種語言，並且充滿許多俚語及慣用語等有趣的說法，而這些口語表達方式讓英語變得更加有趣。事實上，英文母語人士每天無論在職場上或校園中還是家裡，就是使用這樣的語言。

　　身為一名專業的英語學習教材作者，在看了眾多英語課本及自修書籍之後，發現大多數都著重於文法和字彙。沒錯，這兩者皆為語言學習中相當重要的一環，必須好好地下功夫。但是，口語說法在平常閱讀的、聽到的英語當中其實占了很大的比例，我們應該更用心加以學習才對。在這樣的想法之下，讓我決定撰寫本書。

　　口語說法為何重要？是因為口語說法在實際的溝通情境裡扮演了舉足輕重的角色。英文母語人士在日常對話中頻繁地使用慣用語、俚語、諺語以及比喻性的表達方式，無論其說話對象是否同為母語人士皆是如此。因此，要正確理解母語人士所說的英語，若先確實搞懂口語說法將會有極大的幫助。

　　在有這樣的認知之後，下一個問題是，如何才是達成此目標的最佳方法？首先必須從最常見的單字、詞彙與說法下手。在本書當中，我挑選了一千多項被母語人士廣泛利用的字詞，包含片語動詞、慣用語、俚語及口語說法，並將它們以 A 到 Z 的順序排列。每個項目底下皆有一個例句或一組示範對話，並列出了同義且一般情境皆適用的「普遍說法」，以及「類似說法」和「相反說法」。

　　讀者該如何學習並記憶這些項目？在此我建議「多管齊下」。要記住一個單字或片語最好的方法就是深刻理解其涵義與用法。因此，本書提供了口語化的中文翻譯，並且邀來王復國老師針對每個項目的典故來源、使用注意等撰寫詳細解析。除此之外，本書還隨機收錄了幫助理解的插圖——視覺化的圖像學習法非常重要，其有助於保存口語上的語言知識更長的時間。

　　本書旨在透過將各種口語說法在讀者心中作出虛擬的圖像，使該說法的解釋和實際使用方式更加易於理解。例如 "That's a horse of another color."（那是另外一回事）這個句子，讀者學會的不只是將幾個簡單的單字拼湊成一句話，而是連同使用情境及使用心境都一併了解。

　　建議利用本書學習英語的各位讀者，先將書中列出的字詞・語句當作自己的知識儲存起來，在多看、多聽幾次之後，很快地也就能夠帶著自信使用在與他人的對話當中。不過，**某些俚語在使用時必須特別謹慎；針對這點，在本書中我也特別加以標註，請多加留意。**

　　和其他語言一樣，英語有橫跨數個世紀的悠久傳統。因此，我認為學習外語，就像是一種旅行。我希望透過本書，能夠為讀者打造一趟愉快的「旅行」。這趟旅程很長，偶爾或許也會感到痛苦。不過，只要不失熱忱、保持積極的態度，並且擁有本書在手，相信讀者的英語力必定會一步一步地確實提升。

　　感謝大家。

Andrew E. Bennett
白安竹

推 薦 序

　　大家都知道，英文要學得道地光靠從學校習得的基本知識是不夠的，因為教科書上能提供的資訊有限，不足以應付各種必須使用英文之場合所須。在我多年來的教學實務經驗裡，常聽到許多學生的共同心聲是：「英文要想聽得懂、說得溜絕對有課外學習的必要。」而本書多面向且實用的內容正好能夠彌補學校英語教學之不足。

　　本書作者白安竹（Andrew E. Bennett）旅居台灣逾十年，對於本地學習者的缺失與需求有相當程度的了解。他在書中收錄了各類教科書中不常見或課堂上老師不常提及，但卻極具實用價值的字詞‧語句，以期能夠幫助讀者對於真正「生活化」的英語有所掌握。

　　本書有別於其他的英語學習書籍，在內容方面除了有常見的俗語、俚語和諺語外，還包括不少時下流行的用語和單字。本書最大的特色在於書中不僅列出重點詞語，還附有典故來源、用法說明和使用注意。除此之外，在每個項目之後都有例句或對話示範幫助讀者確實理解該項目的涵義和使用時機。另外，書中還提供了可替換的語詞及意思天差地別的反義詞。因此，本書不單單只是一本內容豐富、可供查閱的工具書，同時也是一本值得隨時帶在身邊研讀的學習手冊。

　　坊間與英語學習有關的書籍林林總總不下千百本，但是沒有一本可像本書能夠提供如此多元、實用的資訊。讀者若能用心一讀此書，相信不久英語的聽說能力就會有顯著的大幅進步！

王復國

CONTENTS 目錄

本書使用說明

關於內容

本書是以 A to Z 的順序，收錄英文母語人士經常使用的「片語動詞」、「慣用語」、「俚語」及「口語說法」。在 A 開始之前，並以中英對照的方式整理出檢索字詞・語句一覽，方便讀者查找。

每一個字詞・語句皆附有解說，內容包含其由來、微妙的意涵、語感、使用上的注意事項或重點提醒等，以及符合實際日常生活情境的例句或示範對話。此外，並依需要延伸介紹「用法」、「普遍說法」、「類似說法」、「相反說法」作爲補充資料，幫助讀者觸類旁通，一次達成完整的學習。

記憶字彙的最佳方式就是深刻理解其涵義與用法。因此，本書所有的檢索字詞・語句皆附有用字自然生動的中文翻譯。接在翻譯之後，則針對詞句的由來、意思、使用注意點加以解說。此部分詳細卻不枯燥，希望讀者能以輕鬆的心情來閱讀及學習。

關於符號

= 非正式的說法，只要留意對象、場合，一般情況皆可使用。

= 帶有貶意或較爲負面的說法，有可能帶來強烈反感，使用時須特別注意！

名 = 名詞　**動** = 動詞　**形** = 形容詞　**副** = 副詞　**感** = 感嘆詞

用法 = 該片語或動詞爲及物或不及物用法

S = 主詞　**V** = 動詞原形　**O** = 受詞

(普) = 一般的普遍說法

(類) = 類似的口語說法

(反) = 相反的口語說法

① CD 曲目，可聆聽檢索字詞‧語句的發音、中譯，以及底下例句或對話的示範。外出不必帶書也能搭配 MP3 隨時隨地記憶。

② 用法提點或典故來源解說

③ 例句（或示範對話）與翻譯

④ 延伸學習：用法、普遍說法、類似說法、相反說法（括弧內之數字代表相關字詞於本書中出現的頁碼，可參照學習。）

⑤ 請留意是否為特殊用法

Track 04

Chat Time

Track 14

A: Hey, man, lend me some **dough**.

B: What for?

A: I found these **dope** computer speakers on sale.

B: What do you need those for? You've already got a set.

A: Yeah, but the sound's **crummy**. Come on, don't be a **cheapskate**.

翻譯

A: 嘿，老兄。借我點錢吧。

B: 為什麼？

A: 我發現一套超酷的電腦喇叭正在特價。

B: 你需要那些要做什麼？你已經有一組了。

A: 沒錯，但音響效果很爛。拜託，別那麼小氣。

將前面學習過的字詞‧語句（以粗體字標示）編寫成貼近生活的對話，
幫助讀者對於使用情境有更具體的理解與掌握。

在開始學習主要內容之前，可先掌握您將於本書學習到哪些實用的詞句。也可由此一覽表快速查找，第一時間解決您知的需求。

🐾 索 引

※ 未以粗體字標示者為檢索字詞・語句以外，出現在其他說法中的實用詞彙。

在本書最後，以 A-Z 的順序附有詳細的全書索引，除了主題字詞之外，還包括其他出現在本書各處的相關語彙，方便查找您想知道的、您急需使用的詞句，兼具學習書及工具書的功能。

A

B

E

F

I

M

N

O

P

Q

R

S

T

U

V

W

Y

Z

A

a dime a dozen   不值錢的；平凡的

▶ Track 02

美金一角相當於十分錢，價值僅僅一角的東西被視為相當便宜又普通，就像一片口香糖。因此，「一角可以買到一打」的物品就是非常普遍、一點都不特別的東西。

例 These plastic vases are **a dime a dozen**.
這些塑膠花瓶很普通，不值什麼錢。

普 **commonplace** [`kɑmən,ples] 形 普通的；平凡的

A picture is worth a thousand words.   一幅圖像勝過千言萬語。

有時要用文字、言語來解釋一件事還不如直接給對方看一張照片，因為「一幅圖像勝過千言萬語」。因此，當你看到一張巧妙捕捉住某一場景的照片時，你就可以說 "A picture is worth a thousand words."。

例 A: Tell me about your house.
告訴我你的房子長得什麼樣。

B: I'll show you a photo. **A picture is worth a thousand words.**
我給你看張照片。一幅圖像勝過千言萬語。

---

a stone's throw away   距離很近

假如你拿起一顆石頭往前丟，大概只能丟個五十或一百公尺。因此，如果一家商店、一棟房子或者某條街只是 "a stone's throw away"，那就表示「相當地近」。

例 This house is in a great location. Our kids' high school is **a stone's throw away**.
這棟房子地點很棒，離孩子們的中學很近。

普 **nearby** [`nɪr,baɪ] 形 在近處的

A watched pot never boils.   心急水不沸。

這句話用來勸告人要有耐心。畢竟，盯著一壺水等它開是不會讓它快一點開的。而且，你愈心急，愈會覺得水一直燒不開。同樣地，假如你在等一封 email，整天盯著你的電腦並不會使那封 email 早點到。換句話說，如果你在期待什麼東西，最好能夠不要老想著那件事。

例 A: Baking this potato is taking forever.

這馬鈴薯烤起來還真慢。

B: Do something else and stop staring at the oven. **A watched pot never boils.**

去做點別的事，別老是盯著烤箱。心急水不沸。

account for

1. 清楚交代

"Account for" 可以用來指「把事情的來龍去脈交待得一清二楚」。比方說，警方在調查一個刑事案件時，可能會要求某人將案發時他的行蹤作清楚的交代。

例 All the money he spent has been **accounted for**.

他所花的每一分錢都已被清楚地交代。

用法 **S + V + O**

普 **identify** [aɪˋdɛntəˌfaɪ] 動 確認 ｜ **keep track of** 記錄

2. 解釋；說明

"Account for" 也可用來指「解釋、說明」，通常用在狀況不明朗而需要作些澄清之時。例如：當收銀機記錄收到的金額與實際現金不符時，收銀員就會被要求作說明。而如果你無法解釋某件事為何如此時，你就可以說 "I can't account for it."。

例 You say nothing happened. Then, how do you **account for** the broken window?

你說什麼也沒發生。那，窗戶破掉了你如何解釋？

用法 **S + V + O**

普 **explain** [ɪkˋsplen] 動 解釋

ace [es]

1. 名 高手；達人

"Ace" 常用來指具有某項絕佳技能的人，例如電腦達人或是數學高手。數十年前，優秀的飛行員就被稱為 "flying aces"。這個說法可能與撲克牌有關： "ace" 指最大的牌 A。

例 Greg is the computer **ace** in our office.

葛雷格是我們辦公室的電腦達人。

普 **expert** [ˋɛkspɚt] 名 專家

2. 動 表現優異

作動詞用時，"ace" 指在具挑戰性的工作中，如考試或面試，表現優異。如果你在班上表現很好，就可以說 "I aced the class."。

例 I'm sure I **aced** that test.
　　我很確定那次考試我考得很好。

用法 **S + V + O**

普 **excel at** 在……表現優異

反 **bomb** [bɑm] 動 徹底失敗；（考試）不及格 (p.80)

---

act high and mighty　擺高姿態

王公貴族或公司主管們地位都很高，他們也正因「位高」（"high"），所以「權重」（"mighty"）。而所謂 "act high and mighty" 指的是「表現出高高在上的樣子」。

例 Don't **act high and mighty** around me. Remember, I've known you your whole life.
　　別在我面前擺高架子。別忘了，我認識你一輩子了。

普 **behave proudly** 表現得很高傲 | **believe one is superior to others** 自認比別人優秀

類 **put on airs** 擺高姿態 (p.286)

---

act up

1. 胡鬧；搗蛋

這個片語通常用來描述小孩或學生。例如，老師會跟愛搗蛋的學生說："Stop acting up, or I'll send you to the principal's office."（別再胡鬧了，要不然我就把你送到校長室。）

例 I'm sorry my child was **acting up** at the party.
　　真對不起，我的小孩在派對上胡鬧。

用法 **S + V**

普 **misbehave** [ˌmɪsbɪˋhev] 動 行為不端

反 **calm down** 平靜下來 (p.97) | **settle down** 安靜下來 (p.313)

2.（老毛病）發作

許多人的背、肩、膝蓋等有長期、慢性的病痛，一個不小心，比如舉重物或扭動肌肉，就會引發疼痛，此時就可以使用 "act up" 這個片語來表示。

例 I better sit down. My back is **acting up** again.
　　我最好坐下來。我背的老毛病又犯了。

用法 S + V

普 hurt [hɜt] 動 痛 | cause problems 引發問題 | feel uncomfortable 感覺不舒服

Actions speak louder than words. 坐而言不如起而行。

有些人很隨意地就作出承諾，但是「天橋的把式不該光說不練」，因為 "Actions speak louder than words."（行動勝於空談。）

例 A: We should clean the park up instead of complaining about it.
　　我們應該把公園打掃乾淨，而不是只是抱怨。

　B: Right. **Actions speak louder than words.**
　　沒錯。坐而言不如起而行。

add insult to injury 雪上加霜

當一個人受害或失敗的時候，額外的挫折會使他／她傷得更重，這種情形就是 "add insult to injury"，字面上的意思是「受傷之後又遭侮辱」，也就是我們說的「雪上加霜」。

例 Sarah broke up with me yesterday. To **add insult to injury**, she said she's going out with my best friend!
莎拉昨天和我分手。而雪上加霜的是，她說她要和我最要好的朋友出去！

普 **make matters worse** 使情況更糟糕
類 **rub salt in the wound** 在傷口上灑鹽 (p.299)

advertise something to the world 讓全世界都知道某事

"Advertise" 是「宣傳、廣告」之意。如果你 "advertise something to the world" 就是你大肆宣傳，讓太多的人知道某件事。

例 A: I can't believe you won the lottery!
　　我真不敢相信你中了樂透！

　B: Keep your voice down. I don't want to **advertise it to the world**.
　　小聲一點。我可不希望全世界都知道這件事。

普 **tell many people** 告訴很多人
反 **keep something under one's hat** 為某事保密 (p.218)

afraid of one's own shadow　極度膽小

有些人天生容易緊張或受驚嚇。有些人甚至膽小到連自己的影子都害怕，這種情況英文就叫作 "afraid of one's own shadow"，與中文的「杯弓蛇影」有異曲同工之妙。

例 Kate, you're **afraid of your own shadow**. You should learn to be more confident.
凱特，妳的膽子太小了。妳應該學習更有自信。

普 **easily frightened** 容易受驚嚇的

agree to　同意……

"Agree" 是「同意」之意，多作不及物動詞用。**須注意的是，若同意的是一件事，其後必須使用介系詞 "to"**。

例 The union leaders **agreed to** the company's contract offer.
工會領袖們同意該公司在合約中所訂的條件。

用法 **S + V + O**

普 **reach an understanding** 達成協議 | **settle an issue** 解決爭端 | **consent to** 同意……

agree with

1. 同意（人）

和 "agree to" 相同，"agree with" 也是常用的「雙字動詞」。但與 "agree to" 不同，"agree with" 的對象是「人」，也就是，若你同意某人的看法時，介系詞要用 "with" 而不可用 "to"。

例 Yes, I **agree with** you on that issue.
是的，在那個問題上我同意你的看法。

用法 **S + V + O**

普 **concur** [kən`kɜ] 動 意見相同

反 **disagree with** 不同意（人）(p.128)

2. 適合（人）

除了表「同意（人）」之外，"agree with" 還可以用來指「適合（人）」。注意，此時 "agree with" 的主詞通常是「事物」，而非「人」。

例 The climate in Hawaii **agrees with** me. I'm thinking of moving there.
夏威夷的氣候很適合我。我正在考慮搬到那兒。

用法 **S + V + O**

普 **suit** [sut] 動 適合

反 **disagree with** 不適合（人） (p.128)

---

airhead [`ɛrˌhɛd] 名 笨蛋

"Airhead" 是個具負面意涵的俚語用字，說的是一個人的腦袋空空如也，裝的只是空氣，就像一顆氣球。換句話說，就是指一個人不聰明、很笨。

例 No, you **airhead**, I said I'm going to Florida, not the flower shop.
不，你這笨蛋，我是說我要去佛羅里達，不是去花店。

普 **less than clever person** 不夠聰明的人

類 **bird brain** 傻瓜 (p.75) | **space case** 腦袋秀逗的人 (p.324)

反 **brain** [bren] 名 聰明人 (p.82) | **egghead** [`ɛgˌhɛd] 名 有聰明才智的人 (p.141)

All systems are go. 一切就緒。

這句話原本是火箭、太空船要發射時的用語。現今，當計畫已完成、所有準備工作也都已作好，事情可以開始進行時，就可用這句話來表達。

例 **All systems are go.** We're waiting for the order to get underway.
一切就緒。等命令一下來我們就可以開始。

All that glitters is not gold. 不是所有閃閃發亮的東西都是金子。

這句話主要用來提醒人「東西不能只看外表」，很多事物都是「金玉其外，敗絮其中」。有時也可當成「馬後炮」，也就是，當你發現某件物品並沒有原來想像地好的時候，也可以使用這句話。

例 A: The watch looked great when I bought it. Now, it's broken.
那只手錶我買的時候看起來很不錯，可現在卻壞了。

B: **All that glitters is not gold.**
並不是所有閃閃發亮的東西都是黃金。

all thumbs　笨手笨腳的

人的手是很靈巧的，但是必須靠拇指和其他四個指頭之間的協調。如果一隻手的五個手指頭全都是拇指，那麼抓取東西、操控事物就會變得有困難。若一個人常掉東西、不會彈奏樂器，或打字很慢，即可形容他 / 她 "is all thumbs"。

例 I could never be a good model builder. I'm **all thumbs**.
　　我永遠不可能成為一個好的模型製造者。我這個人笨手笨腳的。

普 clumsy [`klʌmzɪ] 形 笨拙的 | not good with one's hands 手不靈巧

All's fair in love and war.　情場如戰場，是不擇手段的。

這句話最常被用來描述「情場」。情敵就像戰爭中的對手，許多人會不計一切手段「克敵致勝」。比方說，兩男同時在追求一名女子，其中一人把對手的手機給藏起來，讓他無法和該女子聯絡。這時我們就可以說 "All's fair in love and war."。

例 A: You told Jessica her boyfriend is on vacation.
　　你告訴潔西卡他的男朋友度假去了。

　　B: I needed an excuse to make a date with her. **All's fair in love and war.**
　　我需要找個藉口跟她約會。情場如戰場，是不擇手段的。

All's well that ends well.　結果好，一切都好。

成功有時得來不易。縱使一路上都是荊棘，只要最後一切平順，事情就算成功。"All's well that ends well." 非常適合用來評論「一路披荊斬棘，終究獲得成功」的情況。

例 A: We had some problems getting approval for the purchase. Finally, we succeeded.
　　為了獲得批准進行那項採購我們遭遇了一些困難。最後，我們終於成功了。

　　B: **All's well that ends well.**
　　結果好，一切都好。

---

as blind as a bat　眼睛完全看不見的

蝙蝠飛行靠的是聲納，不是視力。一般認為，蝙蝠的眼睛是看不到東西的。因此，如果說某人 "is blind as a bat"，就是說他 / 她看不見東西。

例 Down in these tunnels, we're **as blind as a bat**.
　　下到這些隧道中，我們什麼都看不見。

普 blind [blaɪnd] 形 瞎的 | unable to see anything 看不見東西

as clear as mud 　根本就不清楚

▶ Track 03

泥巴是不透明的，因此如果你說人家給你的指示、解釋，或某種狀況是 "as clear as mud"，那就等於在說那些指示、說明等一點都不清楚。

例 These directions are **as clear as mud**. They don't make any sense.
　這些指示一點都不清楚。完全不知所云。

普 **unclear** [ʌnˋklɪr] 形 不清楚的 | **hard to understand** 很難懂

as comfortable as an old shoe 　非常舒適

一雙鞋穿了一陣子之後會愈來愈順腳，因此如果說一輛車、一個工作等是 "as comfortable as an old shoe"，那就是說這輛車、這項工作令人覺得很舒適、自然。

例 I love sitting on this sofa. It's **as comfortable as an old shoe**.
　我很喜歡坐在這張沙發上，感覺相當舒適。

普 **very comfortable** 很舒服 | **having a natural feeling** 有自然的感覺

as easy as pie 　非常容易

英文有許多跟 "pie" 有關的俚語，例如 "as sweet as pie"（很甜美）、"as nice as pie"（棒極了），而因為「派」讓人覺得吃起來很順口，所以 "as easy as pie" 指某件事「非常容易」。

例 Winning this race is going to be **as easy as pie**.
　要贏得這場比賽將會非常容易。

普 **very easy** 很容易 | **simple** [ˋsɪmpl] 形 簡單的

as fit as a fiddle 　非常健康、強壯

此慣用語原指某件物品非常合適來作某項工作。但是隨著時間的消逝，有愈來愈多人將其與人的健康作聯結。最後，原意逐漸消失，如今通常用來指一個人身體很健壯。

例 A: Will Harry do all right on such a long trip?
　哈利作這樣的長途旅行沒問題嗎？

　B: Harry? Sure. He's **as fit as a fiddle**.
　哈利？當然沒問題。他健康得很。

普 **very healthy** 非常健康

as flat as a pancake 扁平的

"Pancake"（薄煎餅）通常不會超過一公分厚。如果某樣物品變扁或被壓得很薄，我們就可以說它是 "as flat as a pancake"。

例 After the balloon was deflated, it was **as flat as a pancake**.
那個氣球放氣之後，就變得扁扁的。

普 **very thin** 很薄

as light as a feather 輕如羽毛的

大家都知道羽毛是很輕的，風一吹就四下飄散。要強調一個袋子、皮夾或一雙鞋子很輕，我們就可以用 "as light as a feather" 來形容。

例 This cell phone is **as light as a feather**.
這只手機非常地輕。

普 **extremely light** 極度地輕

as mad as a hatter 發狂的；發瘋的

在《愛麗絲夢遊仙境》的故事中，"the Mad Hatter"（發狂的帽商）是個瘋子。要說一個人腦袋不正常、有毛病，就可以用 "as mad as a hatter" 來表示。注意，這裡的 "mad" 指的是「發瘋」，而不是「生氣」。

例 Good luck talking to Old Joe. He's **as mad as a hatter**.
要跟老喬說話，我只能祝你幸運了。他根本是個瘋子。

普 **insane** [ɪn`sen] 形 發瘋的 | **very eccentric** 非常古怪的
類 **off one's rocker** 神經失常 (p.260)

as right as rain 狀況良好

這個說法可能跟雨下下來的時候是「直」的有關，而「直」者「正」也，所以 "as right as rain" 指「一切正常、狀況良好」。另外，我們也可以注意其中有押頭韻（alliteration）的部分，即兩個以 "r" 起的字 "right" 和 "rain"，這或許是許多人喜歡使用它的原因。

例 Have a cup of tea. It'll make you feel **as right as rain**.
喝杯茶，你會覺得通體舒暢。

普 **excellent** [`ɛkslənt] 形 非常棒的

as sick as a dog 病得不輕

狗兒天性嗜吃，如果飼主不小心讓自己的狗兒吃錯了東西，牠們可能會反胃，把東西都吐出來。所以當我們說某人是 "as sick as a dog"，意思是指他／她病得不輕、身體很不舒服，比方說食物中毒、嚴重感冒等。

例 Sorry, I can't go anywhere today. I'm **as sick as a dog**.
抱歉，今天我哪兒都不能去。我身體不舒服。

普 **very ill** 病得很重

as strong as an ox 身壯如牛

在農場上，"ox"（牛）是一種非常強壯的牲口，可以用來犁田、拉車等。所以說，一個 "as strong as an ox" 的人就是一個身強體壯的人。

例 Let's get Tim Johnson to help us. They say he's **as strong as an ox**.
咱們找提姆‧強森來幫忙。他們說他壯得跟牛一樣。

普 **very strong** 非常強壯

as the crow flies 筆直地

烏鴉（crow）是一種相當聰明的鳥類，能夠直線飛行。因此，若要表達從一地到另一地的最短距離，也就是一直線，可以用 "as the crow flies" 來表示。

例 The next gas station is two miles that way, **as the crow flies**.
下一個加油站在那條路直走兩英哩的地方。

普 **in a straight line from A to B** 從 A 處到 B 處一直線

As you wish. 悉聽尊便。

這句話用來表達聽從對方的指示或命令。比方說，搭乘計程車前往某處時，司機可能會建議某一路線，但是你比較喜歡走另外一條路。此時，司機或許就會對你說 "As you wish."。

例 A: Go to the factory and make sure everything's in order.
到工廠去看看，確保一切妥當。

B: **As you wish.**
悉聽尊便。

類 **You're the boss.** 一切聽你的。 (p.397)

ask after 問候

"Ask after" 是「問候（人）」的意思。比方說，你跟一個已婚的朋友見面，就可以 "ask after" 他／她的另一半："How is Maria these days?" ／ "I haven't seen Keith in a while. How's he doing?"（瑪麗亞最近怎麼樣？／我好久沒看到濟斯了。他好嗎？）

例 When I saw Fred at work, he **asked after** you.
我在上班時碰到了福瑞德，他問候你。

用法 S + V + O

普 **inquire about ...** 詢問有關……

---

ask for the moon 提出過分的要求

「月亮」是不可能拿來送人的。所以，"ask for the moon" 就是「提出過分的要求」。當然，一個人不可能要求得到月亮，這個說法只是一種較誇張的強調之詞。

例 I just want a ride to the bank. It's not like I'm **asking for the moon**.
我只是要求載我到銀行。這樣的要求應該不算過分。

普 **make an impossible request** 提出某個不可能達到的要求

---

ask someone out 邀某人約會

這個片語是「邀某人（外出）約會」的意思，不論男生或女生皆可使用。當你要 "ask someone out" 時，可以直接問對方 "Would you like to get together sometime?"（你／妳想不想找個時間聚一聚？）；或是稍微含蓄一點地跟對方說 "We should go out for coffee sometime."（我們應該找個時間去喝個咖啡。）

例 A: Deborah is one of the funniest girls I've ever met.
黛伯拉是我碰到過最搞笑的女孩之一。

B: You should **ask her out**. It sounds like you're perfect for each other.
你應該邀她出去約會。聽起來你們倆是天生一對。

用法 S + V + O

普 **invite on a date** 邀（人）約會

---

asleep at the switch 怠忽職守

有許多工作都需要使用到 "switch"（開關；轉換器），而負責該項工作的人一旦睡著了，後果可能不堪設想。"Asleep at the switch" 指的就是「怠忽職守」，可用來指任何一項工作或職業的負責人沒有盡到該盡的責任。

例 How'd that thief get inside? Was the security guard **asleep at the switch**?

那個小偷是怎麼進來的？警衛是不是怠忽職守？

普 **negligent in one's duties** 疏忽；未盡本分

at a snail's pace　牛步化

蝸牛是移動速度最慢的動物之一。如果一個人、交通或一項活動進行地很緩慢，我們就可以用 "at a snail's pace" 來形容。

例 This line is moving **at a snail's pace**.

這一排的移動速度很慢。

普 **moving or happening very slowly**
移動或發生的速度很慢

反 **like a bat out of hell** 快如閃電 (p.230)

at loggerheads　劍拔弩張

"Loggerhead" 原指冶金時所用的「鐵頭棒」，它又大又重所以也可用來當武器。正因如此，當人們 "were at loggerheads" 時，就是指他們「劍拔弩張」準備開戰。如今，使用這個片語時並不一定表示會有暴力的行為出現，不過通常意味雙方意見相左、有歧異。

例 The committee members were **at loggerheads** over the new marketing strategy.

委員會的成員為了新行銷策略而劍拔弩張。

普 **in disagreement** 意見不同 | **at odds** 爭執
反 **see eye to eye** 看法一致 (p.308)

at the drop of a hat　立即；馬上

以前人把帽子丟在地上時，常意味感覺很不爽，甚至是向他人挑戰；而帽子掉到地上不過是一、兩秒的時間。時至今日，原本的決鬥意味已然消失，現在當我們說某件事發生得很快，就可以用 "at the drop of a hat" 來表達。

例 Call me when you're ready, and I'll be there **at the drop of a hat**.

你準備好的時候，打個電話給我，我立刻就到。

普 **very quickly** 很快地

at the eleventh hour　在最後一刻

在談交易時午夜12點通常是最後期限。"The eleventh hour" 指的是午夜前的11點，因此這個片語就是指「在最後一刻」。

例 **At the eleventh hour**, the representatives from each country reached an agreement.
　　來自各國家的代表在最後一刻達成了協議。

普 **just before the deadline** 就在期限前
類 **in the nick of time** 在緊要關頭 (p.210)

at the end of one's rope　智窮力竭

一般人在抓住繩子的時候，通常會抓中間。如果有人正在將你往上拉，而你的手滑脫，只能抓住繩子的尾端，這時候你就是 "at the end of your rope"。而當一個人說他是 "at the end of his rope"，他的意思是他已經「智窮力竭」了。

例 Your principal called to tell me he's **at the end of his rope** with you. The next time you do something wrong, he's going to expel you.
　　你們校長打電話來跟我說他對你已經沒輒了。下一次你再出狀況，他就會把你開除。

普 **out of patience** 失去了耐心

awesome [`ɔsəm] 形 很棒的

"Awesome" 是個很常被使用的俚語詞彙。如果你覺得某事物很棒，或是你很喜歡某個東西，你就可以說 "It's awesome."。

例 That's an **awesome** plan. Let's do it!
　　那是個很棒的計畫。咱們就這麼作！

普 **amazing** [ə`mezɪŋ] 形 棒極了
類 **cool** [kul] 形 酷 (p.118) ｜ **fly** [flaɪ] 形 正點 (p.152)

B

babble [ˋbæbl̩] 動 滔滔不絕地說話　　▶ Track 04

如果一個人說話像 "babbling brook"（流水潺潺的小溪），那就意味此人嘮哩嘮叨地說個沒完。當某人嘀嘀咕咕地不知道在說些什麼，你就可以開玩笑地跟他說 "What are you babbling about?"。

例 Lisa was **babbling** on and on about her new boyfriend.
　　莉莎滔滔不絕地述說著她的新男友。

用法 **S + V**
普 **talk on and on** 不斷地說

babe [beb] 名 正妹；帥哥

"Babe" 是個以前常聽到的俚語用詞。一般是男生用來稱呼女生，但有時也會聽到女生用它來稱呼她的丈夫或男朋友。

例 Isn't that new girl in our class a **babe**?
　　我們班上新來的那個女生正嗎？

普 **pretty woman** 漂亮的女子 ∣ **handsome man** 英俊的男人
反 **dog** [dɔg] 名 恐龍妹 (p.130)

babe in the woods 無經驗、易受騙上當的人

很難想像如果把一個嬰兒獨自留在樹林裡會發生什麼可怕的事情。所以，當我們說某個人是 "a babe in the woods"，即為暗示他 / 她就跟小嬰兒一樣地天真、無邪但被擺錯了地方，而顯得格格不入。比方說，一個第一次到一家黑店買鑽石的人就是一個很好的例子。

例 When the young man sat down at the poker table, he looked like a **babe in the woods**.
　　當那個年輕人在撲克桌前坐下來的時候，他看起來就像一隻待宰的羔羊。

普 **young or innocent person** 年輕或天真的人
反 **not born yesterday** 不是三歲小孩 (p.257)

back down 打退堂鼓

當你放棄某項挑戰，例如原定的計畫或觀點等，就能以 "back down" 來表示。相反地，如果你堅持不放棄，則可使用 "stick up for oneself" 或 "stick to one's guns" 這兩個片語。

例 Gavin insisted he was right, but I wouldn't **back down** from my position.
賈文堅持他是對的，但是我不會打退堂鼓，我會堅持我的立場。

用法 **S + V**

普 **retreat** [rɪ`trit] 動 撤退 │ **surrender** [sə`rɛndə·] 動 投降　　反 **fight back** 反擊 (p.148)

---

back out

1. 倒車退出（某處）

此片語指「倒車退出某處」，例如在停車場或車道上常常就必須做這個動作。注意，"back out" 和 "back up" 不同，後者僅用來表示「後退」，而 "back out" 是「向後退出某處」的意思。

例 **Back out** of the driveway slowly. There are children playing in the street.
慢慢地退出車道。馬路上有很多小朋友在玩耍。

用法 **S + V**

普 **exit** [`ɛksɪt] 動 退出 │ **leave by driving in reverse** 倒車退出

2. 反悔（不遵守合約、諾言等）

所謂 "back out of a deal or arrangement" 指的就是「不遵守原先已同意的事」。不過，如果你這麼做肯定會傷害你的信用，對你的事業產生負面影響。

例 It's too late to **back out** of the deal.
現在想對這場交易反悔為時已晚。

用法 **S + V + O**

普 **cancel (something you previously agreed to)** 取消（先前已同意之事）

---

bad rap 不實的指控；不應得的壞名聲

"Rap" 指「指控」，而 "bad rap" 即為「不當、錯誤的指控」。另外，"beat a rap" 是「躲過遭懲罰」的意思。注意，"bad rap" 有時被用來指「不應得到的壞名聲」，例如："John gets a bad rap. He's actually a nice guy."（約翰得到不應得的壞名聲，他其實是個好人。）

例 They arrested my brother, but he was innocent. He got a **bad rap**.
他們逮捕了我弟弟，但是他是無辜的。他受到不實的指控。

普 **undeserved charge or reputation** 不實的指控或不應得的壞名聲

bail [bel] **動** 離開

"Bail" 這個字在俚語中的意思是「離開」。另外，"take off" 也是「離開」之意，比方說「我要走了。」，就可以用 "I'm taking off." 來表達。

例 Let's **bail**, or we'll miss the bus home.
咱們走吧，要不然我們會錯過回家的公車。

用法 **S + V**

普 **leave** [liv] **動** 離開

---

ball and chain 老婆大人

我們常在電影、卡通中看到囚犯被鐵鏈鎖住，鐵鏈的一端還拴著大鐵球，目的當然就是防止囚犯逃脫。如今，當我們使用 "ball and chain" 這個俚語時，通常帶著諷刺的意味來指「婚姻的枷鎖」，特別是「妻管嚴」的狀況。

例 I can't go out, guys. The old **ball and chain** won't let me.
各位，我不能出去。我老婆不會答應的。

普 **spouse** [spaʊz] **名** 配偶

---

baloney [bə`lonɪ] **名** 胡扯

"Baloney" 是一種「燻腸」，一般人並不知道裡面到底包了什麼料。因此，如果你說某事物是 "baloney"，意思就是「胡扯」、「瞎扯」、「一派胡言」。

例 A: We need more time to finish the project.
我們需要更多時間來完成這個企畫案。

B: **Baloney**. That's an excuse, and we both know it.
胡說八道。那只是個藉口，你我都很清楚。

普 **nonsense** [`nɑnsɛns] **名** 胡說；胡鬧

---

barf [bɑrf] **動** 嘔吐

英文有許多用來表示「嘔吐」的俚語，而 "barf" 這個「形聲」字是一個相當有趣的說法。

例 Aw, man, you **barfed** all over my carpet!
哇，老兄，你吐得我一地毯都是！

(普) **vomit** [ˋvɑmɪt] 動 嘔吐 | **throw up** 嘔吐
(類) **ralph** [ræ lf] 動 嘔吐 (p.292) | **upchuck** [ˋʌp͵tʃʌk] 動 嘔吐 (p.373)

Bear with me. 稍安勿躁。

"Bear" 有「忍耐、忍受」的意思,所以當你的談話可能會很冗長時,可以用 "Bear with me." 這句話要求聽話者「稍安勿躁」,讓你把話說完。

(例) A: Can you please get to the point?
可否請你說重點?

  B: **Bear with me.** I've got a lot to tell you.
  請稍安勿躁。我有很多話要跟你說。

beat a dead horse 白費力氣

當你騎的馬已經累死了,你再用鞭子抽牠又有何用。如果我們針對一件事已經討論了 N 遍,再討論下去也不會有結果,那又何必再 "beat a dead horse" 呢?

(例) A: I still say you need a new car.
我還是認為你需要一輛新車。

  B: Do you have to **beat a dead horse**? I thought we already decided about that.
  你需要浪費口水嗎?我以為那件事我們已經決定了。

(普) **talk or complain excessively about a topic** 針對一個主題浪費唇舌或抱怨過多

beat around the bush 拐彎抹角

這個片語的原意是打獵時用東西在樹叢四周敲打,使躲在樹叢中的小鳥因受驚嚇而飛出來,獵人們則用網子捕捉住牠們;如今人們用來指「講話時拐彎抹角、避重就輕」。

(例) Stop **beating around the bush**. Come out and say what you want to say.
別再拐彎抹角了,有話直說吧。

(普) **speak indirectly** 說話不直接了當 | **avoid the main point** 避開重點
(反) **call a spade a spade** 直言不諱 (p.95)

beat it 滾蛋

這個片語通常用來當一個命令，叫人「離開」。不過，它也可以用來表達一個人快速離開某地的意願。例如："Let's beat it before the owners get back."（在屋主回來之前，咱們快閃吧。）另外，已故流行音樂天王麥可傑克森（Michael Jackson）的經典名曲 "Beat it" 歌名的意思就是「滾開」。

例 If you don't **beat it** now, I'll call the police.
如果你不立刻滾蛋，我就要叫警察了。

用法 **S + V**
普 **go away** 離開
類 **scram** [skræm] 動 滾 (p.306)

beat someone up 痛打某人

"Beat someone up" 是「把某人痛打一頓」的意思，通常指用鈍器打，例如棍子或棒子。如果打得嚴重些，就可以說 "beat the guy up badly"（把某人毒打一頓）。

例 The thief **beat up** the man and took his wallet.
小偷把那個人痛打一頓，並且搶走他的皮夾。

用法 **S + V + O**
普 **attack** [ə`tæk] 動 攻擊 | **pummel** [`pʌml] 動 用拳頭打

Beats me. 我哪知道。

這句口語通常用來回應他人的問題，表示針對他／她的問題你並不知道答案。

例 A: When is this rain supposed to stop?
這場雨到底什麼時候才要停？

B: **Beats me.**
我哪知道。

類 **You've got me stumped.** 你難倒我了。 (p.397)
Your guess is as good as mine. 誰知道。 (p.398)

Beggars can't be choosers.　飢不擇食。

從字面上來解釋，一個乞丐哪有挑食的權利，"Beggars can't be choosers." 表達的意涵與中文的「飢不擇食」十分相近。亦即是，當選擇不多或無權挑選時，無論別人給什麼都得接受，即使不喜歡，也沒有抱怨的餘地。

例 A: The only job I could get was in the mailroom.
我唯一能找到的是收發室的工作。

B: **Beggars can't be choosers.**
能找到工作就不錯了。

bend someone's ear　跟某人講話

當你把耳朵朝向說話的人，當然比較能聽清楚對方在說什麼。因此，如果某人有話要跟你講，他 / 她就可以對你說：" Can I bend your ear for a minute?"（我可以跟你說一下話嗎？）

例 Have you got a free minute? I need to **bend your ear** about a problem I'm having.
你有時間嗎？我必須跟你說說我碰到的麻煩。

普 **talk to someone** 跟某人講話

benjamin [ˋbɛndʒəmən] 名（美金）百元紙鈔

美金百元紙鈔上印有 Benjamin Franklin（班傑明．富蘭克林）的肖像，因此 "a benjamin" 指的就是一百元美金。另，因美鈔都是綠色的，故英文常用 "greenback" 來指美鈔。

例 I'm telling you, when he took out his wallet, it was full of **benjamins**.
我跟你說，他拿出皮夾的時候，裡面都是百元大鈔。

普 **$100 bill**（美金）百元鈔票

beside oneself　（因激動、悲傷等）不能自己

古希臘人相信人類情緒非常激動時靈魂會出竅，也就是脫離軀體。因此，當一個人很生氣、悲傷，或快樂的時候，他 / 她的靈魂就會與肉體分開，待在其身旁（beside oneself）。如今這個片語用來指「欣喜若狂」、「神經錯亂」、「黯然銷魂」等各種情緒起伏的狀況。

例 The news came as quite a shock to Jean. When I saw her at work, she was **beside herself** with grief.
這個消息讓珍覺得非常震驚。我上班看到她的時候，她顯得悲傷不已。

普 **experiencing an extreme emotional state** 經歷極端的情緒狀態

Better late than never. 遲到（做）總比不到（做）好。

"Better late than never." 這句話聽起來有些無奈。但是的確，不論「遲到」或「遲做」總是「有到」、「有做」，比起「不到」或「毫無作為」總還是強一些。

例 A: Sally is finally here.
   莎莉終於來了。

   B: **Better late than never.**
   晚來總比沒來好。

Better luck next time. 希望你下次運氣好一些。

這是用來安慰或鼓勵失敗者的話。「風水輪流轉」，下一次總是有機會成功的。

例 A: I didn't win anything from these lottery tickets.
   這幾支樂透我都摃龜。

   B: **Better luck next time.**
   希望你下次運氣好一些。

bird brain 傻瓜

一般認為鳥類的智力不高，縱使有些鳥類，例如鸚鵡，其實相當聰明。不管怎麼說，當我們說某人是個 "bird brain" 時，意思就是說此人腦袋不怎麼靈光。

例 Don't be such a **bird brain**. I know you can figure out what to do.
   別這麼傻。我知道你可想出辦法。

(普) **less than intelligent person** 不夠聰明的人 ｜ **idiot** [`ɪdɪət] 名 白痴
(類) **airhead** [`ɛr,hɛd] 名 笨蛋 (p.61) ｜ **space case** 腦袋秀逗的人 (p.324)
(反) **brain** [bren] 名 聰明人 (p.82) ｜ **egghead** [`ɛg,hɛd] 有聰明才智的人 (p.141)

bite [baɪt] 動 令人不爽

這個字常用來表達某人很不爽做某件事，例如被強迫加班時你就可以說這種情況 "bites"。

例 This **bites**! I have to stay home and take care of my brother.
   真不爽！我必須待在家裡照顧我弟。

用法 S + V
(普) **be unpleasant or disagreeable** 令人不愉快或不爽快
(類) **suck** [sʌk] 動 爛透了 (p.335) ｜ **lag** [læg] 動 遜斃了 (p.224)
(反) **rock** [rɑk] 動 超正點 (p.297)

bite off more than one can chew 貪多嚼不爛 ▶ Track 05

許多人都有吃東西咬太大口而不好咀嚼的經驗。"Bite off more than one can chew" 這個慣用語常用來指「不自量力」的情況，也就是英文所說的 "get (in) over one's head"。

例 Sheila is working three jobs? I'd say she **bit off more than she can chew**.
希拉一口氣做三份工作？我認為她是貪多嚼不爛。

普 **take on too much work** 承擔太多工作
類 **have too many irons in the fire** 同時要做的事情太多 (p.187)

bite the dust

1. 失敗

從字面上來看，"bite the dust" 是「跌個狗吃屎，一嘴泥」的意思。然而這個慣用語多用來指「失敗」，以公司倒閉為例，即可說它 "bit the dust"（破產）。

例 I was biking really fast, and I hit a big hole in the road. I totally **bit the dust**.
我腳踏車騎得飛快，撞進路上的一個大洞，摔慘了。

普 **crash** [kræʃ] 動 失敗；破產

2. 死亡

"Bite the dust" 較誇張的用法指的是「死亡」，尤其是在電影、電視或電玩當中有人被「幹掉」的時候。

例 Once the hero showed up with his machine gun, all the bad guys **bit the dust**.
男主角帶著他的機關槍一現身，所有的壞人都死光光。

普 **die** [daɪ] 動 死亡
類 **give up the ghost** 死掉 (p.172)

bite the hand that feeds one 恩將仇報

很小的小孩常需要父母餵食，而如果小朋友不高興，有可能會咬餵食父母的手一口。"Bite the hand that feeds one" 這個慣用語指的就是中文的「恩將仇報」。

例 Don't steal something from your boss's office. That's like **biting the hand that feeds you**.
不要偷你老闆辦公室裡的東西，那就像是恩將仇報。

普 **be ungrateful** 忘恩負義

blabber mouth 大嘴巴

"Blab" 這個字指「洩漏（祕密）」，所以 "blabber mouth" 就是「大嘴巴」的意思。另一個相關字是 "tattletale"，指的是「告密者」，通常是小孩子的用語。

例 That **blabber mouth** Angela told Felix I like him.
安琪拉那個大嘴巴跑去跟費立克斯說我喜歡他。

普 **indiscreet person** 輕率之人

---

blackball someone （投票）抵制、排擠某人

此慣用語指的是投反對票（即，將一顆黑球投入票箱中）拒絕某人加入某一團體，（反之，若贊成則投入白球。）有時也可用來指「排擠某人」。比方說你離開原公司要自立門戶，你原來的老闆有可能會要同業或他的客戶 "blackball you"。

例 Since Matt caused so much trouble, they **blackballed him** from the club.
由於麥特引發了那麼多麻煩，他們抵制他不讓他加入俱樂部。

普 **ban a person (and encourage others to do the same)** 抵制一個人（也慫恿他人這麼做）

---

blast [blæst]

1. 名 好玩

煙火點燃之後會 "blast apart"（炸開來）。大多數人都喜歡看煙火，而煙火又多與節慶、歡樂有關。因此，當我們說某事物（例如派對、演唱會等）是 "a blast"，意思就是它「很好玩、很有趣」。

例 Come with us. It's gonna be a **blast**!
一塊兒來吧，會很好玩！

普 **great time** （玩得）開心

2. 動 抨擊

除了煙火，炸彈也會 "blast apart" 並造成傷亡。因此，當你 "blast" 某事物（例如一個意見、事件等），意思就是你「強烈地批判」它，做所謂的 verbal attack（言語攻擊）。

例 Why do you have to **blast** every opinion of mine?
你為什麼非得要批判我的每一個意見？

用法 S + V or S + V + O
普 **strongly criticize** 強烈批評

bling bling 閃亮的首飾

"Bling bling" 這兩個字讓人覺得就像珠寶上反射出的光，用來指「金光閃閃」的鑽戒、金項鍊等飾品。

例 What's with all the **bling bling**? Got a hot date?

幹嘛一身閃亮亮的？有約會呀？

普 **shiny jewelry** 亮晶晶的珠寶、首飾

blow [blo] 動 爛透了

"Blow" 這個字用來表達強烈的反感，通常是因為某個狀況令人很不愉快、很有挫折感，比方說，你必須排好幾個鐘頭的隊才能買到演唱會的票。

例 Having a desk job **blows**. I need a job that lets me get out more.

坐辦公桌的工作爛透了。我需要一份能讓我多出去走動的工作。

用法 **S + V**

普 **be very disagreeable** 令人非常不愉快

類 **suck** [sʌk] 動 令人不爽 (p.335) | **bite** [baɪt] 動 遜斃了 (p.75)

反 **rock** [rɑk] 動 超正點 (p.297)

blow away

1. 槍殺

當一個人遭槍擊時，可能會因為子彈的力量而向後倒退，就像一片葉子被風 "blown away"（吹走）般。八零年代許多暴力電影中的英雄或大壞蛋都喜歡使用這個俚語。另外，在許多重大社會案件的新聞報導中也會聽到這個用詞。這些都助長了 "blow away" 的流行。

例 Just like that, the crazy guy **blew away** four people in the park.

就這樣，那個瘋子在公園裡槍殺了四個人。

用法 **S + V or S + V + O**

普 **violently kill with a gun** 凶殘地用槍殺害

2. 打敗

"Blow away" 也有「打敗」的意思。如果一個人或球隊在比賽中慘敗，我們就可以說這個人或這個球隊被 "blown away"。

例 Our team got **blown away**. It wasn't even close.
我們的球隊被痛宰，比數天差地遠。

用法 S + V or S + V + O

普 **badly defeat** 擊敗

3. 震驚

人受某事物影響而情緒強烈波動時，彷彿被擊中一槍似的，因此這個俚語被引申用來表達「震驚」。比方說，當你聽到某個讓你大吃一驚的消息時，或是被一幅畫的美所懾服時，就可以說你被 "blown away"。

例 The special effects in that movie **blew** me **away**.
那部電影的特效讓我覺得相當震撼。

用法 S + V or S + V + O

普 **highly impress** 使留下強烈的印象

---

bod [bɑd] **名** 身體

"Bod" 是 "body" 這個字的簡稱，通常用來指男人的「體形」。若要指女性的「身材」，則一般用 "figure"。

例 Martin has such a nice **bod**.
馬丁的身材真棒。

普 **body** [ˋbɑdɪ] **名** 身體 ｜ **figure** [ˋfɪgjɚ] **名** 身材

---

bogus [ˋbogəs]

1. **形** 假的

這個字可用來指「假的」或「品質很差的」（如某項商品）、「編造的」（如某個藉口）。

例 Don't give me a **bogus** excuse like that. I want the truth.
別隨便給我掰個藉口。我要的是真相。

普 **fake** [fek] **形** 假的 ｜ **inferior** [ɪnˋfɪrɪɚ] **形** 低劣的

2. 形 很扯

"Bogus" 也用來表達在工作上、家庭中、朋友間發生的某些令人不滿意、不愉快的狀況。

例 You have to work overtime again? That's **bogus**.
　你又得加班？太扯了。

普 **awful** [`ɔfʊl] 形 糟的 ｜ **wrong** [rɔŋ] 形 錯的
　a shame [ʃem] 名 可惜 ｜ **terrible** [`tɛrəbl] 形 令人討厭的
類 **cockamamie** [`kɑkə,memɪ] 形 荒謬的 (p.112)
反 **legit** [lə`dʒɪt] 形 正當的 (p.227)

---

boil over

1. 沸騰而溢出

水開的時候會沸騰，如不關火，熱水就會溢出，"boil over" 指的就是這種情況。

例 Turn off the stove before the water **boils over**.
　在水沸騰溢出之前把爐火關掉。

用法 **S + V**
普 **spill over** 溢出

2. 一發不可收拾

當情況變緊張時我們會說情況 "run hot"，而當情況極度緊張時就有可能 "boil over"。假如有兩個同事平常相處不睦，在意見相左、彼此又不肯退讓時，也許會導致一場 "shouting match"，彼此大小聲、相互謾罵。

例 The tense demonstration **boiled over** and turned into a riot.
　緊張的示威抗議一發不可收拾，演變成一場暴動。

用法 **S + V**
普 **erupt** [ɪ`rʌpt] 動 爆發

---

bomb [bɑm] 動 徹底失敗

炸彈從天而降，並掉在地面爆炸時，其破壞力是相當可怕的。如果你考試、挑戰、面試等失敗，所受到的衝擊肯定也不小。

例 I **bombed** the final test. I may have to repeat the class.
　我期末考考砸了，我可能得重修。

用法 **S + V or S + V + O**

(普) **fail** [feɪ] **動** 失敗 | **perform badly** 表現很差

(反) **ace** [es] **動** 表現優異 (p.58)

---

bombshell [ˋbɑm.ʃɛl]

1. **名** 驚人的事件

"Bombshell"（炸彈）掉下來的時候通常是很突然、無法預料的，因此如果令人意外地發生了某個新聞事件，我們就可以說它是個 "bombshell"。

例 The report about the politician's affair came as a huge **bombshell**.
那則有關該政治人物的緋聞報導相當令人震驚。

(普) **shocking news** 令人震驚的消息

2. **名** （金髮）美女

"Bombshell" 也被用來指「美女」，特別是「金髮」美女（blonde bombshell）。有些人對金髮美女有刻板的印象，認為她們很性感，但是並不十分聰明。

例 Marilyn Monroe was the most famous blonde **bombshell** of her generation.
瑪麗蓮夢露是她那一世代最有名的金髮美女。

(普) **gorgeous woman** 美麗的女人

---

bonehead [ˋbon.hɛd] **名** 蠢蛋

如果一個人腦袋空空如也，那就像一顆骷髏頭一樣，無法進行任何思考。因此，說某人是個 "bonehead" 就是說他是個「蠢蛋」。

例 Just because I disagree with you, you don't have to call me a **bonehead**.
只因為我跟你意見不同，你大可不必就說我是個蠢蛋。

(普) **idiot** [ˋɪdɪət] **名** 白痴

(反) **brain** [bren] **名** 聰明人 (p.82) | **egghead** [ˋɛg.hɛd] **名** 有聰明才智的人 (p.141)

bonkers [ˋbaŋkəz] 形 瘋狂的

▶ Track 06

當一個人的行為舉止很不正常時，我們就可以說他 / 她 "has gone bonkers"（發瘋了）。 "Bonkers" 這個字可能源自撞到頭（bonk）時所發出的聲音。

例 In the movie, the scientist went **bonkers** and started turning people into cockroaches!

在那部電影裡科學家瘋了，並開始把人們變成蟑螂！

普 **insane** [ɪnˋsen] 形 精神錯亂的
類 **loony** [ˋlunɪ] 形 發狂的 (p.236) | **psycho** [ˋsaɪko] 名 神經病 (p.280)

---

boob tube 電視

"Boob" 是「白痴」的俚語用法，而因為早期的電視機裡都有 "cathode ray tube"（陰極線管），所以 "boob tube" 就被用來指「電視」。這個說法有暗示電視看多了會變成白痴的意思。不過，當一般人在使用這個詞彙時並沒有侮辱人的意圖，而只是純粹指「電視（機）」。

例 Turn the **boob tube** off. I want to read.

把電視關掉，我要唸書。

普 **TV** 電視 | **television set** 電視機

---

book [bʊk] 動 趕快走

"Book" 這個字可用來指「匆忙」之意，例如當你快遲到時就可以說 " I need to book."。另外，如果要表達「趕快」到達你要去的地方，即為 " I need to hotfoot it."。

例 I better **book**. I need to be at work soon.

我最好閃人了。我得快點去上班。

用法 S + V
普 **take off** 動身離開 (p.343)

---

brain [bren]

1. 名 聰明人

人類因擁有大腦方有聰明才智，而當我們稱某人是 "a brain" 時，這個字具有負面的意思，例如孩童在學校裡用 "brains" 來羞辱那些只會讀書但人緣不佳的同學。

例 Wendy probably knows the answer. She's a total **brain**.

溫蒂可能知道答案，她是個聰明絕頂的人。

普 **genius** [ˋdʒinjəs] 名 天才 | **very intelligent person** 非常聰明的人
反 **airhead** [ˋɛr͵hɛd] 名 笨蛋 (p.61)

2. 動 重擊頭部

在英國，「重擊某人的頭」常用 "brain someone" 表示，在北美則說成 "pound/conk someone on the head"。

例 Give me back my bag, or I'll **brain** you.
把包包還給我，要不然我就要 K 你的腦袋。

用法 **S + V + O**
普 **hit someone on the head** 毆打某人的頭

---

branch off 分岔

樹長高的時候會分枝。同樣地，道路也會分岔成新的街道，而這些街道有可能再分岔，形成更多的街道。

例 When the road **branches off** up ahead, keep to the left.
前面道路分岔的時候，走左邊。

用法 **S + V**
普 **separate into two distinct roads** 分成兩條不同的路

Break a leg. 祝你好運。

這句話原本是祝福他人演出成功時的用語。當然說話者並不是希望說話的對象跌斷腿，而是希望用這句「反話」來擋開噩運。如今，當有人要從事某項新的工作或挑戰時，你就可以對他 / 她說 "Break a leg. I'm sure you'll do great."（祝你好運，我相信你一定會做得很棒。）

例 A: I'll be the third person to sing in the competition.
歌唱比賽時我會是第三個上場的。
B: **Break a leg.**
祝你好運。

---

break away

1. 脫離

"Break" 原本就有「斷裂」的意思，因此 "break away" 就被用來指「（與……）脫離關係」。例如，在蘇聯瓦解之後，許多原本為其成員的國家就 "broke away" 而恢復獨立。

例 Many people in Quebec want to **break away** from Canada and form a separate country.

許多魁北克人想脫離加拿大，自成一個國家。

用法 **S + V**

普 **secede** [sɪ`sid] 動 正式脫離 │ **separate from** 與……分離

2. 脫落

這個片語比較字面上的用法指「（自……）脫落」。例如，桌子的桌腳可能從桌子 "break away"。

例 Several pieces **broke away** from the machine when it was dropped.

那個機器掉在地上的時候有幾個零件脫落了。

用法 **S + V**

普 **snap off** 斷落

---

break down

1. 抛錨

"Break down" 有很多用法。如果一輛車 "breaks down"，指的就是「抛錨」。

例 Our car **broke down** a few minutes ago. Can you take us to a gas station?

我們的車子幾分鐘前抛錨了。你能不能載我們到加油站？

用法 **S + V**

普 **cease to function** 停止運轉

2. 崩潰

如果我們說一個人 "breaks down"，指的是他／她「情緒崩潰」。

例 Jenny **broke down** and started crying when she heard the bad news.

珍妮聽到那個壞消息的時候情緒崩潰，哭了起來。

用法 **S + V**

普 **lose one's composure** 失去鎮定

3. 破裂

而當談判 "breaks down" 時，雙方就無法繼續討論下去，也就是，談判「破裂」。

例 The media reported that the negotiations between the two sides **broke down**.

媒體報導雙方談判破裂。

用法 S + V

(普) **fall apart** 瓦解

4. 拆掉；攻破

這個片語在字面上的用法就是「拆掉」，例如 "break down a wall"（把一堵牆給拆了）。另，軍隊「攻破」敵人的防禦（defenses）時，英文也可以 "break down" 來敘述。

例 Open this door, or I'll **break** it **down**!

把門打開，否則我就把它給拆了！

用法 S + V + O

(普) **smash in** 打破 | **smash apart** 砸碎

(類) **knock down** 拆毀 (p.220)

break off

1. 折、撕（一片 / 部分）下來

"Break off" 也有好幾個用法。當你從一個大麵包撕一塊下來時，就可以說 "I broke off a piece of the bread."。

例 **Break off** a piece of that cookie for me.

把那塊餅乾折一片下來給我。

用法 S + V + O

(普) **remove** [rɪ`muv] **動** 移除

2. 中斷

若談判或討論 "breaks off"，意思就是該談判或討論「中斷」，甚至到最後「終止」。相對於 "break down"（破裂），這個片語所描述的狀況比較沒有那麼嚴重。

例 Because no one could agree on anything, the talks quickly **broke off**.

由於未能達成任何共識，因此談判很快地中斷了。

用法 S + V

(普) **end** [ɛnd] **動** 停止 | **suspend** [sə`spɛnd] **動** 中止

3. 斷絕

"Break off" 也可以用來指關係的斷絕，例如："He broke off relations with his family."（他和家人斷絕往來）。

例 The two countries **broke off** relations as a sign of protest.
那兩個國家以斷絕外交來表示抗議。

用法 **S + V or S + V + O**

普 **cease** [sis] 動 停止 | **suspend** [sə`spɛnd] 動 中止

break up

1. 分手

如果一對情侶 "breaks up"，意思就是他們結束關係，「分手」了。順帶一提，若是指夫妻關係的終止，英文則以 "get divorced"（離婚）來表示。

例 Did you hear Tina and Christopher **broke up**?
你有沒有聽說婷娜和克里斯多福分手了？

用法 **S + V**

普 **separate** [`sɛpə‚ret] 動 分開

2. 拆解

"Break up" 也可用來指「拆解」。你可以 "break up" 盒子、箱子等，意思就是把它們拆解成較小的片段。

例 We need to **break up** these crates and stack the pieces in a pile.
我們必須把這些條板箱拆成小片，然後把它們堆疊起來。

用法 **S + V + O**

普 **dismantle** [dɪs`mænt]] 動 拆開

3. 驅散；拉開

如果 "break up" 的對象是群眾，那意思就變成「驅散」，例如命令製造噪音的派對立即散會等。另，「拉開」起爭執、打架的雙方，英文也可以使用這個片語。

例 The demonstration was **broken up** by the police.
示威的民眾遭警察驅散。

用法 **S + V + O**

普 **disperse** [dɪ`spɜs] 動 驅散

4. 解散

若群眾自發性地 "break up"，則指人群「解散」、「散去」，如演講或演唱會等場合。

例 The crowd **broke up** after the mayor gave his speech.

在市長演說完畢之後，人群就解散了。

用法 **S + V or S + V + O**

普 **thin out**（人群）散去

---

breeze [briz] 名 輕而易舉的事

"Breeze" 原意是「微風」，因此如果我們說某件事是 "a breeze"，意思就是它「很輕鬆、容易」。另一個常用的說法是 "a piece of cake"。

例 The application process is a **breeze**. Don't be so nervous.

申請的程序很簡單。不要那麼緊張。

普 **very simple matter** 非常簡單的事

bring about

1. 使發生

此片語可用來表達「某行動導致某（些）具體的結果」的狀況。比方說，在道路增設紅綠燈後，「帶來」（bring about）交通事故減少的成果。

例 The changes in the tax law **brought about** an improvement in the economy.

稅法的改變使得經濟有所改善。

用法 **S + V + O**

普 **cause** [kɔz] 動 引起 | **initiate** [ɪˋnɪʃɪˏet] 動 使開始

2. 使船、飛機轉向相反的方向

"Bring about" 還可以用來指「使船或飛機調頭轉向」。若是讓車子調頭，則用 "turn around"。

例 **Bring** the ship **about**. It's time to head home.

把船調頭。該是回航的時候了。

用法 **S + V + O**

普 **head in the opposite direction** 往相反的方向前進

bring out

▶ Track 07

1. 拿出來

如果你從箱子、抽屜、房間等把東西拿出來，就可以使用這個片語。

例 It's getting dark. I'll **bring out** some candles.
天色漸漸暗了。我去拿幾根蠟燭出來。

用法 **S + V + O**
普 **take out** 拿出　　反 **put away** 收起來 (p.283)

2. 引出

此片語還可作「引出」解，通常指誘發出某人潛在的能力與個性、特質（正反面皆可）等。

例 I like being around Mike. He **brings out** the best in me.
我喜歡和麥克在一起。他能帶出我最好的一面。

用法 **S + V + O**
普 **elicit** [ɪˋlɪsɪt] 動 誘發出

---

bring up

1. 養育

首先，"bring up" 可用來指「養育」，受詞通常就是小孩，例如："A parent brings up a child."（父母養育子女。）若是提到個人的「成長」，就應使用 "grow up"，例如："I grew up on a small farm."（我在一個小農場長大。）

例 I was **brought up** on a small farm about 100 miles from here.
我是在距此處 100 英哩遠的一個小農場上被撫養長大的。

用法 **S + V or S + V + O**
普 **raise** [rez] 動 撫養

2. 提出

如果 "bring up" 的對象是事物，則指「提出」，例如在開會時你就可以 "bring up an issue for discussion"。

例 When we see Irvin, please don't **bring up** our financial problems.
我們見到歐文的時候，請不要提起我們的財務問題。

用法 **S + V + O**
普 **mention** [ˋmɛnʃən] 動 提及

3. 往上提

"Bring up" 的第三個用法與「攜帶」有關。如果是把東西往高處帶就叫 "bring up"；如果是往低處帶就用 "bring down"。

例 **Bring** this **up** to Mrs. Gadaway on the 5th floor.
把這個東西拿給上面五樓的賈德威女士。

用法 S + V + O

---

bro [bro] 名 兄弟

"Bro" 是 "brother" 的簡稱，通常用於朋友之間，不過也可用來指真正的兄弟。女性則可使用 "sis" 或 "sista" 來代表 "sister"。

例 Come here, **bro**. I need to talk to you.
兄弟，來一下。我必須跟你談談。

普 **buddy** [`bʌdɪ] 名 哥兒們
類 **homeboy** [`hombɔɪ] 名 好友 (p.194) | **homie** [`homi] 名 好友 (p.195)

---

brown noser 馬屁精

"Brown nose" 指「拍馬屁」，所以 "brown noser" 就是「馬屁精」的意思。另外，「拍馬屁」也可以說 "kiss up"，不過在對象前須加介系詞 "to"：kiss up to someone（拍某人馬屁）。

例 Look at the way Steve is talking to the boss. What a **brown noser**.
你瞧史蒂夫跟老闆說話的樣子。真是個馬屁精。

---

brutal [`brutl] 形 嚴酷的

"Brutal" 的原意是「野蠻的」、「凶殘的」，俚語的用法則指「嚴峻的」、「嚴酷的」，常用來形容非常困難、艱辛的事，例如 a brutal test（一場嚴峻的考驗）。

例 The walk here was **brutal**. Next time, let's take a bus.
用走的到這裡實在太辛苦了。下一次咱們搭巴士吧。

普 **extremely taxing** 極度艱難、費勁的

bug [bʌg] 動 煩擾

小蟲子（bug）到處亂飛總令人覺得備受困擾，因此當你 "bug" 別人的時候，就是去「打擾」、「騷擾」他／她的意思。另外一個也跟蟲子有關，同樣指「煩擾」的字是 "pester"。"pest" 原意是「害蟲」，也可用來指「討厭的人」。

例 Mom, tell Samantha to stop **bugging** me.
媽，叫珊曼莎不要再騷擾我了。

用法 S + V or S + V + O
普 bother [`bɑðə] 動 煩擾

Bully for you. 幹得漂亮！

"Bully for you." 這句話略嫌過時，但是老一輩的人還是會用，意指「幹得好」、「幹得漂亮」。

例 A: I won a scholarship to Harvard!
我得到了哈佛的獎學金！

B: **Bully for you.** You're so smart.
漂亮！你夠聰明。

---

bum [bʌm]

1. 名 流浪漢

"Bum" 當動詞時指「閒逛」，當名詞時則指無所事事、到處閒晃的「流浪漢」。**注意，後者具貶抑之意，須小心使用。**

例 Let's cross the street. I don't want to walk near that **bum**.
我們過街吧。我不想走近那個流浪漢。

普 homeless person 無家可歸的人

2. 動 乞討

流浪漢常會跟人「要」東西，正因如此，"bum" 的動詞用法指的就是「乞討」，使用時的句型為「**bum + 物品或金錢 + off + 人**」（向某人乞求某物或某金額的錢財）。

例 I need to **bum** $20 off you. I'll pay you back tomorrow.
我必須跟你「周轉」個 20 美元。明天還你。

用法 S + V + O
普 borrow [`bɑro] 動 借入 ｜ ask for 要（某事物）

bummer [`bʌmə] 名 令人失望的事物

"Bummer" 指「令人失望的事物」，用以表達自己遺憾的心情，或對他人所遭遇之不順遂表達同情。如果要強調事情令人大失所望，則可說成："That's a total bummer."。

例 A: I can't go skiing with you.
　　我不能跟你一起去滑雪。
　B: **Bummer**. Maybe next time.
　　真令人失望。或許下次吧。

普 **pity** [`pɪtɪ] 名 憾事 ｜ **shame** [ʃem] 名 令人失望的事

---

burn down

1. 燒毀

如果一棟建築、一片森林被火「燒得精光」，就可以用 "burn down" 來表示。

例 The old barn **burned down** in less than an hour.
　　那個老穀倉不到一個鐘頭就被火燒得精光。

用法 **S + V or S + V + O**
普 **burn entirely** 完全燒掉

2. 把某物燒毀

"Burn down" 也可以用來指「故意把某物燒毀」，也就是「縱火燒毀」之意。

例 Nobody knows who **burned down** the warehouse.
　　沒有人知道是誰縱火把倉庫燒掉的。

用法 **S + V + O**
普 **commit arson** 犯縱火罪

---

burn one's bridges behind one　自斷一切後路

「過河拆橋」雖然可以阻止追兵，但是也等於「自斷後路」。在職場上，為了避免日後毫無退路，許多人都會與他人維持良好關係，而不會 "burn one's bridges behind one"。

例 I quit my job, but I made sure to do it nicely. I don't like **burning my bridges behind me**.
　　我辭職了，但是我也確定處理得當。我不想自斷一切後路。

普 **damaging one's relationships** 損壞個人的關係

burn the candle at both ends 蠟燭兩頭燒

當一個人同時做太多事，而搞得身心俱疲，此時我們就可以說 "He/She is burning the candle at both ends."（他／她蠟燭兩頭燒。）另一個具相同意思的說法是： "He/She is spreading him/herself thin."。

例 Sue has been working evenings and staying up late studying. She's **burning the candle at both ends**.
蘇一直以來都是晚上上班，然後熬夜讀書。她蠟燭兩頭燒。

普 **take on too much** 承擔太多事務

burn the midnight oil 熬夜

古時候因為沒有電燈，所以晚上工作、讀書就必須點油燈。如今 "burn the midnight oil" 就被用來指「開夜車」、「挑燈夜戰」。

例 A: You look exhausted.
你看起來精疲力盡。

B: I was **burning the midnight oil** last night trying to get my essay done.
我昨晚為了把報告寫完，挑燈夜戰。

普 **work or study very late at night**
熬夜工作或讀書

burst at the seams 擠爆了

"Seam" 指的是衣服的「縫合線」，如果衣服過緊有可能會從縫合處裂開來。"Burst at the seams" 常被用來比喻一個地方「擠得水洩不通」的狀態。

例 We've got to move into a larger place. This office is **bursting at the seams**.
我們得搬到一個大一點的地方。這間辦公室快擠爆了。

普 **be extremely full or crowded** 塞滿或擠滿了

bury the hatchet 休戰；言和

"Hatchet" 意指用來劈柴的「斧頭」，也可以指印地安人所使用的「戰斧」。若敵對的雙方 "bury the hatchet"，意思就是「放下武器，言歸於好」。

例 You two have been angry at each other for months. It's time you **buried the hatchet**.
你們兩個已經生對方的氣好幾個月了。該是言歸於好的時候了。

普 **reconcile differences** 摒棄前嫌 | **put an end to hostilities** 言歸於好
類 **mend fences** 改善關係 (p.247)

busted [ˋbʌstɪd] 形 被逮到；被抓包

如果一個罪犯被逮到，就可說 "He/She is busted."。"Busted" 也可用來指「被抓包」，比方說某人劈腿被發現，就能用 "He was busted." 這句話來表達。

例 Help me clean this mess. I don't want to get **busted**.
幫我把這些亂七八糟的東西收拾一下。我可不想被抓包。

普 **caught** [kɔt] 形 被抓到 | **found out** 被發現

button one's lip 閉嘴

"Button" 作動詞時原為「扣鈕子」之意，而 "button one's lip" 這個慣用語則指「閉嘴」。"Button your lip" 常用來要求對方「保守祕密」；若要表示自己不會洩露祕密、會「守口如瓶」，則可以說 "My lips are sealed."。

例 **Button your lip** when Martha gets here. I don't want her to know anything.
瑪莎來的時候請勿開尊口。我不想讓她知道任何事。

普 **remain silent** 保持沉默 | **keep a secret** 保守祕密
類 **keep one's mouth shut** 沉默不語 (p.218)

buy something for a song 廉價購得

歌人人可唱，嚴格說來歌曲本身並沒有什麼價值（除非你是大歌星）。因此，如果你 "buy something for a song"，意思就是「沒花什麼大錢就買到某物」。

例 Do you like my sweater? I **bought it for a song**.
你喜歡我的毛衣嗎？我很便宜買的。

普 **purchase something cheaply** 便宜買到某物
反 **pay through the nose** 付出高價 (p.271)

by hook or by crook 不擇手段

"Hook" 和 "crook" 都指「鉤子」，也就是某種「工具」。"Do something by hook or by crook" 的意思是「千方百計、不擇手段地達成某事」。現代英文中 "crook" 常用來指「騙子」、「耍花招的人」、「壞蛋」，這個用法增添了此慣用語的趣味性。

例 I swear I'll get one of those jackets, **by hook or by crook**.

我發誓，不論用什麼方法我都要得到一件那樣的外套。

普 **by any means possible** 用任何可能的手段

call a spade a spade 實話實說

▶ Track 08

"Spade" 是「鏟子」的意思，"call a spade a spade" 就是「實話實說」、「直言不諱」。一個有話直說的人常被稱為 "straight shooter"，這種人不會刻意去 "paint a rosy picture"（說漂亮話）。

例 A: Something about him, well, doesn't feel right.

　　我總覺得他這個人，有些不太對勁。

　　B: Why don't you **call a spade a spade**. He's a bad guy, and he's wrong for you.

　　你幹嘛不直話直說。他是個壞蛋，並不適合你。

普 **be direct and straightforward** 直接了當

反 **beat around the bush** 拐彎抹角 (p.72)

call back

1. 回電

"Call" 是「打電話」，"call back" 指「回電話」，而 "call someone back" 即「回電給某人」之意。例如當正忙碌時有人來電，可說："Can I please call you back later?"（我稍後回電給您好嗎？）若想決定確切回電時間，則可詢問對方："When would be a good time to call you back?"（我什麼時候回電給您比較方便？）

例 I've got to go. I'll **call** you **back** later.

　　我得掛了。我再回電給你。

用法 S + V + O

普 **return a phone call** 回電話

2. 召回

"Call" 亦作「召喚」解，因此 "call back" 可指「召回」。這個用法多用於與軍隊相關的情境，在軍事命令上相當常見。

例 The soldiers were **called back** due to the approaching snow storm.

　　由於暴風雪即將來襲，士兵們被召回。

用法 S + V + O

普 **pull back** 撤回

call for

1. 公開要求

"Call" 也有「呼叫」的涵義，而「主詞 + call for + 事」就是「公開要求某事」之意，而主詞通常是「人」或「團體」。

例 Several politicians are **calling for** new elections.
　有幾位政治人物公開要求新的選舉。

用法 **S + V + O**

普 **demand** [dɪˋmænd] 動 要求 | **insist** [ɪnˋsɪst] 動 堅持
類 **push for** 強力要求 (p.283)

2. 需要

此片語動詞亦可作「需要」解，使用時的句型通常為「主詞 + call for + 行動」，而主詞通常不是人而是「某種狀況」。

例 An emergency like this **calls for** a fast and efficient response.
　像這樣的緊急狀況就需要快速、有效率的反應。

用法 **S + V + O**

普 **require** [rɪˋkwaɪr] 動 需要 | **necessitate** [nɪˋsɛsəˌtet] 動 使成為必要

call off

1. 點名

"Call off" 可用來指「將名單上的名字一一唸出」，意即「點名」。被點到名的人必須說 "Here."，中文就是「到」的意思。

例 At the start of each class, the teacher **calls off** the students' names.
　每堂課一開始老師都會點名。

用法 **S + V + O**

普 **read aloud** 大聲唸出（名字）

2. 取消

"Call off" 也是「取消」的意思，而其對象可小至一場晚宴（a dinner party），大至公司的購併（a merger）。

例 If you don't want to go camping, we can **call** it **off**.
　如果你不想去露營，我們可以取消。

用法 S + V + O
(普) **cancel** [`kænsl] 動 取消

call up

1. 打電話

「打電話」除了用動詞 "call" 之外，也可以用片語 "call up" 來表達。

例 I'll **call** Todd **up** and see if he's interested in going.
　我會打電話給陶德，看他是否有興趣去。

用法 S + V + O
(普) **(tele)phone** [(`tɛlə,)fon] 動 打電話

2. 召集

"Call up" 的第二個用法指「召集」，通常用在軍隊或戰爭的情境。另，若是由民眾自願加入軍隊的話，用英文說則必須改用 "enlist"（徵募）。

例 Thousands of young men were **called up** to join the war effort.
　成千上萬的年輕人被召集參與戰爭。

用法 S + V or S + V + O
(普) **draft** [dræft] 動 徵召 ｜ **enlist** [ɪn`lɪst] 動 徵募

calm down　平靜下來

當一個人太緊張、太激動或很生氣的時候，我們可以叫他／她 "calm down"（平靜下來）。"Calm down" 也可有「及物」的用法，例如："Taking a deep breath helps to calm me down."（深呼吸有助於讓我冷靜。）

例 Please **calm down**. You're attracting attention to us.
　請你靜一靜，大家都在看我們。

用法 S + V or S + V + O
(普) **relax** [rɪ`læks] 動 放輕鬆
(類) **settle down** 安靜下來 (p.313)

Can do.　行。

"Can do." 這個簡短的句子省略了主詞，常被用來回應他人的請求，意思就是 "Sure, I'll do that."（好的，沒問題。）

例 A: Please drop me off at the next light.
　　請在下一個紅綠燈放我下來。

　　B: **Can do.**
　　　行。

反 **No can do.** 不行。 (p.255) ｜ **No way Jose.** 絕對不行。 (p.257)

can't hold a candle to someone/something　完全比不上

古時候沒有電燈，所以為了照明，晚上必須點蠟燭；學徒必須幫師傅拿著蠟燭，師傅才好做事。而英文慣用語中一個連幫師傅拿蠟燭的資格都沒有的人，指的就是能力極差的人。今日這個說法已擴大，可用在人、事或企業上。

例 A: They picked Jonathan Bonn to be the team captain.
　　他們選了強納森・巴恩為隊長。

　　B: What? That guy **can't hold a candle to you**.
　　　什麼？那傢伙根本比不上你。

普 **be inferior to** 劣於…… ｜ **be unworthy of comparison to** 不配與……相提並論

can't make heads or tails of something　毫無頭緒

一個銅板有正（heads）、反（tails）兩面，"can't make heads or tails of something" 指的就是「搞不清楚狀況」，也就是「一頭霧水」、「毫無頭緒」之意。

例 Come here and take a look at this sign. I **can't make heads or tails of it**.
　　過來看一下這個標誌。我一頭霧水。

普 **can't understand something at all** 一點都不了解某事物

can't see the forest for the trees　見樹不見林

當你置身於森林，看到的只是個別的樹木，而無法看見整片森林。如果一個人只注重細節而無法綜觀全局，我們就可以說他 / 她 "can't see the forest for the trees"。

例 Stop paying attention to little details and consider the big picture. It seems to me like you **can't see the forest for the trees**.
　　別再只是注意小細節，你應該綜觀全局。依我看，你是見樹不見林。

普 **have trouble seeing the bigger picture** 無法看到全局

care about 在乎

"Care" 有「關心」、「在意」的涵義，而 "care about something/someone" 就是「在乎某事物 / 某人」之意。

例 Is money the only thing you **care about**?
錢是你唯一在乎的事嗎？

用法 **S + V + O**

普 **be interested in** 對……有興趣 | **be concerned about** 關切……

carry a torch for someone 單戀某人

在古希臘和羅馬，新娘的舊家與新家的壁爐都必須由新郎所持的火炬點燃。時至今日，"carry a torch for someone" 卻被用來指「單相思」、「單戀」。

例 All through high school, I **carried a torch for Lisa Wheeler**.
高中整整三年我一直都單戀著麗莎‧惠勒。

普 **be in (unrequited) love with someone** 熱戀（單戀）某人

類 **head over heels for someone** 為某人神魂顛倒 (p.188)

反 **hate someone's guts** 很討厭某人 (p.183)

carry coals to Newcastle 多此一舉

英國的 Newcastle 本身產煤，是煤炭的輸出港，因此 "carry coals to Newcastle" 想當然耳就是「多此一舉」、「白費力氣」。

例 That kid's dad owns a toy store. Giving him a toy is like **carrying coals to Newcastle**.
那個小孩的爸爸是開玩具店的，送他玩具是多此一舉。

carry on

1. 繼續（做某事）

"Carry" 的原意是「搬運」、「攜帶」，而 "carry on" 則指「繼續（做某事）」。另，當被人詢問近況時，你或許可以這麼說："I'm just carrying on, as usual."（就過日子嘛，老樣子。）

例 **Carry on** talking, gentlemen. I didn't mean to disturb you.
各位，請繼續討論。我無意打擾你們。

用法 S + V

(普) **continue** [kən`tɪnjʊ] **動** 繼續

(類) **proceed with** 繼續進行 (p.279)

(反) **hold off** 延緩 (p.193)

2. 說個不停

"Carry on" 也可用來表示某人不斷述說某事的情況。例如，一個女子一直講她與她男朋友之間的問題，或一個男子不停地抱怨政府的某項政策等。

(例) The way you're **carrying on**, one would think you just saw a ghost.

你那樣說個不停，人家會以爲你看到了鬼。

用法 S + V or S + V + O

(普) **talk extensively** 不斷地說

carry out

1. 拿出來

"Carry out" 的第一個用法就是字面上的「拿出去」的意思。

(例) Quick, **carry out** the trash before the garbage truck arrives.

快，在垃圾車還沒來之前把垃圾拿出去。

用法 S + V + O

(普) **place outside** 放在外面

(類) **put out** 拿到屋外 (p.287)

(反) **take in** 拿進來 (p.341)

2. 執行

"Carry out" 的受詞如果是 order（命令），那就是「執行」之意。

(例) I know I can trust you all to **carry out** your orders.

我知道我可以信賴各位，相信大家都會執行命令。

用法 S + V + O

(普) **execute** [`ɛksɪˌkjut] **動** 執行

cast pearls before swine　對牛彈琴

"Swine"（豬）是不需要 "jewels"（珠寶）的，所以 "cast pearls before swine"（把珍珠丟在豬面前）就是「對牛彈琴」的意思。（注意，與中文相同此慣用語帶有羞辱意味，必須小心使用。）

例 Why am I trying to explain Kant's philosophy to you? I'm just **casting pearls before swine**.
我為什麼要跟你解釋康德的哲學？我只是在對牛彈琴。

cast the first stone　最先發動攻擊、責難

這個片語的典故來自聖經。古時候，對犯錯者丟石頭是一種懲罰的方式，而 "cast the first stone" 的人就是首先發動攻擊者。今日當人們使用這個片語時，常暗示攻擊（批評）他人者自己本身亦非完人。

例 It's funny that you should **cast the first stone**. You're just as guilty as I am.
好笑的是你竟然是第一個跳出來攻擊我的人。你就和我一樣，我們倆都有錯。

普 **be the first to attack or make an insult** 首先攻擊或羞辱他人

Cat got your tongue?　變成啞巴了嗎？

當一個人被質問而說不出話來時，你就可以對他 / 她說："What's the matter? Cat got your tongue?"（怎麼了？成了啞巴了嗎？）

例 You've been especially quiet today. **Cat got your tongue?**
你今天特別地安靜。變成啞巴啦？

catch someone's eye　引起某人的注意

當一個人的注意力被某事物吸引住的時候，他 / 她的眼珠子就會像被該事物捉住似地、直盯著看，"catch someone's eye" 指的就是「引起某人的注意」。

例 Your store display **caught my eye** when I walked by. It's very well done.
我路過時，你們店裡的展示吸引了我的注意。做得很棒。

普 **attract someone's interest** 引起某人的興趣
類 **strike someone's fancy** 合某人的意 (p.334)

catch someone red-handed　當場逮住某人

防止竊盜的方式之一就是在物品上塗上一種特別的墨水。經過一段時間之後，竊賊的手上會出現紅斑點，賴都賴不掉。另外，血也是紅色的。如果一個人殺了人而手上沾有血跡，這也成為了證據。因此，這個慣用語被引申為「當場逮住某人」。

例 The police **caught the thief red-handed**, just as he was putting the jewels in his bag.
就在竊賊把珠寶放進他的袋子時，警察當場逮到他。

普 **catch someone committing a crime** 當某人正在犯罪時逮到他 / 她

catch up

1. 趕上距離

競賽時落後的一方縮短與對方之距離就叫 "catch up"。

例 With one lap to go, the driver of the Ferrari **caught up** with the race leader.
還剩下一圈，法拉利的車手趕上領先者。

用法 **S + V or S + V + O**
普 **pull even with** 迎頭趕上　　反 **fall behind** 落後 (p.144)

2. 了解近況

兩個許久不見的朋友敘舊、相互了解彼此近況，英文可用 "catch up" 來表達。例如在街上偶遇老友，因趕時間而無法久聊時，其中一方可能會這麼說：「I'd love to catch up sometime. Give me a call.」（找個時間聊聊近況吧。打電話給我。）

例 The two friends sat down and **caught up** on each other's news.
那兩個朋友坐下來了解彼此近況。

用法 **S + V or S + V + O**

3. 趕上進度

工作、學業等進度落後，也可用 "catch up" 指「趕上進度」。

例 How am I going to **catch up** on all this schoolwork?
我功課落後這麼多，該怎麼趕上進度呢？

用法 **S + V or S + V + O**
普 **get up to speed** 進入狀況

Catch you later. 再見。

▶ Track 09

大家都知道，用英文說再見有許多方式，
如 "Goodbye."、"Bye-bye."、"Bye."、
"See you later."、"See you."、"Have
a good day."、"Have a good one." 等。
"Catch you later." 是一種相當口語的表達
方式，常用於朋友或同事之間。

例 A: I'll see you at work tomorrow.
　　明天上班見。

　 B: Sounds good. **Catch you later.**
　　好的。再見。

champ at the bit 迫不及待

"Bit" 指置於馬嘴中的「嚼口」，"champ"（或 "chomp"）則指「用力嚼」。當賽馬即將起
跑時，馬匹會 "champ at the bit"，急著要「一馬當先」。而當我們用這個片語來描述人的時
候，意思就是「迫不及待」地想做某事。

例 Investors were **champing at the bit** to buy stock in the fast growing company.
　　投資者迫不及待地想買那家快速成長公司的股票。

普 **be extremely eager** 極度渴望

change horses in mid-stream 陣前換將或臨時改弦易張

當你騎馬過河時，要在途中換馬肯定很困難，甚至相當危險。 "Change horses in mid-
stream" 常用來比喻事情做到一半時「陣前換將」或「臨時改弦易張」。

例 A: We've decided to design a TV watch instead of a watch that plays music.
　　我們已經決定設計一款電視手錶，而不是一只手錶音樂播放器。

　 B: But, we're half-way done with the first design. Are you sure you want to **change
　　horses in mid-stream**?
　　但是，我們前面的設計已經完成了一半。你確定你要在此時改變計畫嗎？

普 **change goals, team members, or leaders before a project is complete**
　　在一個企畫案完成之前改變目標、團隊成員或領導人

cheapskate [ˈtʃipˌsket] 名 小氣鬼

"Cheapskate" 指「小氣鬼」、「吝嗇鬼」。如果一個人只是較節儉而非一毛不拔，我們就用具正面意涵的 "frugal" 來描述他 / 她。

例 My brother is the biggest **cheapskate** I know.
我弟是我認識最小氣的人。

普 **miser** [ˈmaɪzə] 名 守財奴

---

check back 再聯絡

"Check back" 的意思是說話者此刻沒有你要的答案或資訊，但是稍後可能就會有，所以你可以再與其聯繫。

例 **Check back** with us next week about your application.
關於你的申請，你可以下星期再跟我們聯繫。

用法 S + V or S + V + O
普 **ask about later** 稍後再詢問

---

check in

1. 登記報到、入住等

在機場、飯店等地登記報到、辦理手續英文就用 "check in" 來表達。在這些地方通常會有名單，而你的名字就在上面，經由 "check in" 的動作表示你人已經到了。

例 Remember to **check in** two hours before the flight.
記得在飛機起飛前兩小時要辦理登機手續。

用法 S + V
普 **register** [ˈrɛdʒɪstə] 動 登記 | **sign in** 簽到
反 **check out** （結帳後）離開；退房 (p.105)

2. 探視

"Check in on" 的對象通常是人（常指病人），意指「探視」，用以表達關切。

例 You get your rest now. I'll **check in** on you in a few hours.
你現在休息一下，幾個鐘頭之後我再來看你。

用法 S + V + O
普 **ask about** 探詢

---

check out

1. 結帳後離開（旅館、醫院等）

要離開飯店、旅館必須先結帳退房，這個動作英文叫 "check out"。另外，"check out" 也適用於出院時，因為病人要離開醫院前也必須把帳結清。

例 My name is Jack Reed. I need to **check out**.

我叫傑克‧李德，我要結帳退房。

用法 **S + V**

普 **leave** [liv] 動 離開 | **sign out** 簽名離開

反 **check in** 登記報到、入住等 (p.104)

2.（由圖書館）借出（書籍、雜誌等）

"Check out" 也可以用來指從圖書館把書籍等「借出」。注意，這是「及物」的用法，受詞通常就是書籍或刊物。

例 You can only **check out** five books or magazines at a time.

你一次只能借出五本書籍或雜誌。

用法 **S + V + O**

普 **borrow** [`baro] 動 借入

反 **turn in** 歸還 (p.368)

3. 查看；瞧

"Check out" 亦作「查看」解。與「借出」相同，也是需要受詞的「及物」用法。另，在口語中，此片語也有單純「瞧」或「看」的意思，例如："Check out this waterfall. It's huge!"（你瞧這座瀑布。好大喔！）

例 I'm going to **check out** that leak in our roof.

我要去查看一下我們屋頂的漏水。

用法 **S + V + O**

普 **inspect** [ɪn`spɛkt] 動 視察

類 **check over** 檢視 (p.106)

4. 證實無誤

"Check out" 還有一個「不及物」的用法，意思是「與事實一致」、「證實無誤」。

例 As far as I can tell, her story **checks out**.
就我的認知，她的說法無誤。

用法 **S + V**
普 **be valid** 有確實根據

---

check over 檢視

無論是名單、帳目或其他文件，「檢閱」這個動作一般皆可以 "check over" 來表達。

例 I want to **check over** that list one more time.
我要再次檢視一下那份清單。

用法 **S + V + O**
普 **review** [rɪˋvju] 動 檢閱 ｜ **examine** [ɪgˋzæmɪn] 動 檢查
類 **check out** 查看 (p.105)

---

cheddar [ˋtʃɛdə] 名 錢

"Cheddar cheese"（切達起士）是最常見的乾酪之一。在俚語中，"cheddar" 則被用來指「錢」。

例 Congrats on the bonus, man. You know, I'm kind of short on cash. Why don't you break me off some of that **cheddar**?
老兄，恭喜你獲得獎金。你知道嗎，我手頭有點緊。你何不分一點錢給我？

普 **money** [ˋmʌnɪ] 名 錢

---

cheer up （使）高興起來、振作起來

當某人心情低落或意志消沉時，你就可以說 "cheer up"，意思是要他／她「高興起來」、「振作起來」。比方說像這樣表達："Cheer up, Mike. Things will work out for the best."（加油，麥克。事情會有好結果的。）

例 Let's go out for dinner. That'll **cheer** you **up**.
咱們出去吃個晚飯，這樣你會開心點。

用法 **S + V or S + V + O**
普 **feel better** 覺得比較好 ｜ **improve one's mood** 改善一個人的心情

chick [tʃɪk] 名 馬子

"Chick" 一般指「雛鳥」，但在俚語用法中被拿來指「女孩」、「女人」。注意，許多女性並不喜歡被叫作 "chick"，因為它有貶抑的味道，故在使用時應小心。

例 Let's go down to the mall and meet some **chicks**.
咱們到購物商場去把幾個馬子。

普 **girl** [gɜl] 名 女孩 ｜ **woman** [ˋwʊmən] 名 女人

chicken feed 很少的錢

"Chicken feed" 原指「雞飼料」，因為雞飼料通常裝成大袋而且很便宜，所以被用來指「極小的金額」。

例 It only costs $40? That's **chicken feed**.
這個只要四十元？小錢嘛。

普 **very little money** 很少的錢

chicken out 臨陣退縮

雞是很膽小的動物，只要一靠近牠們，牠們就會跑走。所以，英文用 "chicken out" 這個片語來表示「臨陣退卻」。

例 If you **chicken out** now, you'll never get another chance again.
如果你現在退卻，就永遠不會再有機會了。

用法 **S + V**
普 **back out** 退縮 (p.70)

chill out 冷靜下來

"Chill" 作動詞解時有「冷卻」之意。當一個人過度緊張、興奮或激動時，我們可以叫他／她 "chill out"（冷靜下來）。

例 You need to **chill out**, because screaming like that isn't going to do any good.
你必須冷靜下來，因為像那樣尖叫無濟於事。

用法 **S + V**
普 **calm down** 平靜下來 (p.97)
類 **lighten up** 放輕鬆 (p.230)
反 **flip out** 抓狂 (p.152)

chip off the old block 酷似父親的兒子

"Block" 指雕刻用的木材，而 "chip" 則指木材的碎片。如果一個雕刻家用木頭雕了一個人，由這塊木頭上掉下來的一個碎片就象徵性地被用來指此人的兒子。因此，"a chip off the old block" 所表達的即為「一個酷似父親的兒子」。

例 A: Billy loves sports, just like his father.
比利喜歡運動，就像他爸爸一樣。

B: He certainly is a **chip off the old block**.
有其父必有其子。

普 **a lot like one's father** 非常像父親

---

choice [tʃɔɪs] 形 精選的

"Choice" 一般作名詞解（選擇），但它也有形容詞的用法，指「精選的」。

例 These seats are **choice**. We can see everything perfectly.
這些位子超棒的，我們什麼東西都看得一清二楚。

普 **outstanding** [`aut`stændɪŋ] 名 極優的

---

choke [tʃok] 動 失手

"Choke" 的原意是「噎住」，而在俚語中則被用來指運動選手等令人扼腕地「失手」。

例 She was about to win, but then she **choked** and lost the match.
她就要贏了，但是突然失手而輸了比賽。

用法 S + V

普 **stumble** [stʌmbl] 動 犯錯 | **fumble** [`fʌmbl] 動 失誤

---

chop down 砍倒

"Chop" 的意思包含「劈」、「砍」、「剁」等，而 "chop down" 則指「砍倒」，對象通常是樹。

例 If it's all right with you, I'd like to **chop down** that old tree in our backyard.
如果你不介意的話，我想把我們後院的那棵老樹砍掉。

用法 S + V + O

普 **cut down** 砍倒 | **fell** [fɛl] 動 砍倒

chow [tʃaʊ] 名 食物

"Chow" 是個用來指「食物」的俚語，不過它**通常指一般的食品，而不用來指高級餐廳的美食**。另，趁時間狼吞虎嚥的吃法，用英文說就是 "chow down"。

例 Where do you want to get some **chow**?
　 你想到哪兒吃點東西？

普 **food** [fud] 名 食物

---

chug [tʃʌg] 動 快速地喝

"Chug" 指的就是一邊咕嚕咕嚕地發出聲音，一邊快速喝飲料的動作。

例 I've seen Dan **chug** a can of beer in less than five seconds.
　 我看過丹不到五秒鐘就灌下一罐啤酒。

用法 S + V + O
普 **quickly drink** 很快地喝

---

chump change 一點點錢

在俚語中 "chump" 是「傻瓜」的意思，而 "change" 則一般用來指「零錢」的字。因為傻瓜會有的可能只是一些零錢，所以 "chump change" 就被引申為「微不足道的小錢」。

例 Two thousand dollars is not **chump change**. It's going to take me some time to get it.
　 兩千元不是小錢，我得花點時間才能弄到。

普 **small sum of money** 少額的金錢
類 **chicken feed** 很小量的錢 (p.107)

---

clean off 擦拭乾淨

這個片語動詞的意思是將某檯面「擦拭乾淨」，例如書桌、餐桌、櫃檯等。注意，**"clean off" 通常指擦拭比地面高的平檯，因此若是指去除地板髒污的話，就不能使用**，而要說 "clean/mop/sweep the floor"（清潔地板 / 拖地 / 掃地）。

例 **Clean off** the dresser before you put the lamp on it.
　 在你放上檯燈之前，先把梳妝檯清理乾淨。

用法 S + V + O
普 **clear** [klɪr] 動 收拾
類 **wipe off** 擦拭乾淨 (p.387)

clean out

1. 清除乾淨

"Clean out" 指的是將桌面、櫃子、架子等「清除乾淨」。在美國，每逢一年一度的春季大掃除（spring cleaning）時，許多人趁此機會整理不要的東西。有些人將部分的物品丟棄或贈送他人，也有些人將抽屜或閣樓整個清空。

例 I plan to **clean out** the attic this weekend.
　　我打算這個週末把閣樓清除乾淨。

用法 **S + V + O**
普 **clear out** 收拾乾淨

2. 使失去所有錢財

「Clean + 人 + out」的意思是「將某人的金錢、財產全部奪走」。而相反地，如果是一個人被 "cleaned out"，則表示此人身上的錢財被「搾光」、「贏光」或被「洗劫一空」。

例 Your brother just **cleaned** me **out**. I haven't got any money left.
　　你哥剛剛把我的錢都贏走了。我一毛不剩。

用法 **S + V + O**
普 **take all of someone's money or valuables** 取走一個人所有的財物

---

clean up

1. 打掃乾淨

此片語動詞意指將工作場所、住家等「打掃乾淨」，其對象也可以是海灘、公園等。

例 Make sure to **clean up** the store before you leave.
　　記得在你走之前把店裡打掃乾淨。

用法 **S + V + O**
普 **tidy up** 收拾乾淨
類 **straighten out** 弄整齊 (p.334)
反 **mess up** 弄得亂七八糟 (p.247)

2. 大撈一筆

"Clean up" 也能用來指「大撈一筆」。例如，一個賭徒在賭場贏了一大筆錢時就可以使用這個片語動詞來表達。

例 I **cleaned up** at the horse races last weekend.

上週末我賭賽馬大賺了一筆。

用法 **S + V**

普 **make or win a lot of money** 賺或贏很多錢

C

---

clip someone's wings 箝制某人

如果把一隻鳥的翅膀剪斷，牠就不能飛了。因此，"clip someone's wings" 被用來比喻「箝制某人」，使他 / 她動彈不得。

例 Let Seymour go on the trip by himself. We've got to stop **clipping his wings**.

讓西摩爾自己去旅行吧。我們不應該再限制他了。

普 **severely limit someone's movements or power** 嚴重地限制某人的行動或權力

---

close down

1. 結束營業

一家公司、商店如果不賺錢，甚至虧本，就得 "close down"（結束營業）。

例 We need to turn a profit this year, or we'll have to **close down**.

今年我們必須賺錢，否則就得關門大吉。

用法 **S + V or S + V + O**

普 **cease operations** 停止營運

反 **open up** 開設 (p.262)

2. 使關門歇業

"Close down" 也有「及物」的用法。比方說，如果有一家商店從事非法買賣，或一家餐廳嚴重違反食安規範，警方或相關單位就有權依法要求該商店或餐廳停止營業。

例 The police **closed down** the restaurant due to its numerous health violations.

由於違反了許多衛生規定，警方關閉了那家餐廳。

用法 **S + V + O**

普 **shut down** 關閉

Close, but no cigar. 就差那麼一點點（，你就贏了）。

以前在美國有些比賽中得勝者的獎品是一根雪茄，而這句話是對那些差一點得勝的人說的，意思是「就差那麼一點，你就贏了。」

例 A: The tenth person to call the show won a prize. I was the eleventh caller!
第十個打電話給那個節目的人贏了獎品。我是第十一個打的人！

B: That's too bad. **Close, but no cigar.**
真可惜。就差那麼一點點。

---

clueless [`klulɪs] 形 一無所知的

"Clue" 是「線索」的意思，例如辦案的警探就必須在犯罪現場 "look for clues"（尋找線索）。如果你對某件事 "clueless"，就表示你對該事「一無所知」。

例 I asked the clerk where the camera was made, but he was totally **clueless**.
我問那個店員照相機是哪裡製造的，但是他一問三不知。

普 **unaware** [ˌʌnəˈwɛr] 形 不知道的

---

cock-and-bull story 無稽之談

這個慣用語的由來可能與寓言故事裡常提到的 cock（雞）與 bull（牛）有關。不過它也可能源自英國的兩家小酒館 "the Cock" 和 "the Bull"，據說以前這兩家酒館的旅客都喜歡講述英勇的故事；而今日 "cock-and-bull story" 則用來指「無稽之談」。

例 A: I can explain why I'm late.
我能夠解釋我為什麼遲到。

B: Spare me your **cock-and-bull story**. I don't want to hear it.
你的鬼話就省省吧。我不想聽。

普 **unbelievable story** 不可信的話

---

cockamamie [`kɑkəˌmemɪ] 形 滑稽可笑的

"Cockamamie" 這個俚語用字歷史悠久，到現在還是有許多人愛用。光是聽這個字的發音，就讓人覺得好笑，而不論你用這個字來修飾哪個名詞，都會讓人有「荒誕不經」的感受。

例 Enough of your **cockamamie** story. I don't believe a word of it.
你那些可笑的話說夠了吧。我一個字都不信。

(普) **ridiculous** [rɪ`dɪkjələs] **形** 荒謬的

(類) **bogus** [`bogəs] **形** 假的 (p.79)

(反) **legit** [lə`dʒɪt] **形** 真實的 (p.227)

Cold enough for you?　夠冷了吧？

這是個「修辭性問題」(rhetorical question)，也就是，說話者本身認為 "It's very cold."。同樣地，如果你認為天氣很熱，你就可以問對方："Hot enough for you?"。

(例) A: **Cold enough for you?**
　　　夠冷了吧？

　　 B: Actually, I like this kind of weather.
　　　事實上，我喜歡這樣的天氣。

come across　無意間發現

"Come across" 這個片語指「無意間發現」。比方說，你在逛街時可能會 "come across" 一些「俗又大碗」的東西。

(例) While I was cleaning out my room, I **came across** an old photo album.
　　 我在清掃房間的時候，無意間發現了一個舊相簿。

用法 S + V + O

(普) **find** [faɪnd] **動** 發現

(類) **come by** 獲得 (p.115)

Come again.　再說一遍。

當你沒聽清楚或沒聽懂對方說的話時，就可以應用這個句子。此外，本句也可用來表達對於對方所說的話感到驚訝，因此請他 / 她「再說一遍」。

(例) A: I want to be a ballerina.
　　　我想當芭蕾舞劇的女主角。

　　 B: **Come again.** You can't even dance.
　　　再說一遍。妳連舞都不會跳。

(類) **Run that by me again.** 再跟我說一次。 (p.302)

come back

1. 回來

如果你想再回到某處（你現在的所在地），就可以用 "come back" 這個片語。相反地，如果你想再次去某處，就用 "go back"。

例 I'll **come back** sometime between 11 and 12.
　我 11 點到 12 點之間會回來。

用法 **S + V**
普 **return** [rɪˋtɜn] 動 返回

2. 再度流行

時尚（fashion）會退流行（go out of style），也會在十幾二十年之後被稱為經典風（classic）或懷舊風（retro）而「再度流行」（come back）。

例 Mini-skirts are **coming back** again.
　迷你裙又開始流行了。

用法 **S + V**
普 **become popular again** 再一次受到歡迎

3. 想起來

每個人都有一時想不起某人的姓名或某本書名，但幾分鐘或幾個鐘頭之後又突然想起來的經驗。如果你想起某事或某物，那就是 "It comes back to you."。

例 I can't think of it now, but I'm sure her name will **come back** to me.
　我現在想不起來，但是我很確定她的名字我會想起來。

用法 **S + V + O**
普 **be recalled or remembered** 被想起

---

come between

1. 妨礙

此片語指「介入兩人之間」，也就是「妨礙」、「阻礙」兩人關係之意，多用於情侶或朋友。

例 Don't pay attention to my brother. I won't let him **come between** us.
　別理我哥。我不會讓他妨礙我們。

用法 **S + V + O**
普 **block** [blɑk] 動 阻擋 | **stand between** 阻礙

2. 插在兩事物之間

如果某事被安插在前、後兩件事之間，也可以用 "come between" 來表達。

例 Your presentation will **come between** John's speech and the lunch break.
　　你的報告會安插在約翰的演講和午休之間。

用法 **S + V + O**

普 **be placed between one thing and another** 被置於某事與他事之間

come by （無意間）獲得

這個片語一般用來指「（在無意間）尋得（某物）」，而這樣的結果通常是令人歡欣的。

例 I **came by** this beautiful pendant at a yard sale.
　　我在一次庭院拍賣中買到這個美麗的墜子。

用法 **S + V + O**

普 **find by chance** 無意間找到

類 **come across** 無意間發現 (p.113)

come from

1. 來自……

「你是哪裡人？」英文可用 "Where are you from?" 或 "Where do you from?" 來表達。

例 That's a lovely accent. Where do you **come from**?
　　你的口音真好聽。你是哪裡人？

用法 **S + V or S + V + O**

普 **be originally from** 出身於……

2. 由……而得

"Come from" 也能用來指事物，意思是「由……而得」，而所得到的事物可以是好的，也可以是不好的。

例 What do you expect to **come from** all that complaining?
　　你期待從那些抱怨中得到什麼？

用法 **S + V + O**

普 **result from** 由……產生 | **occur as a result of** 產生……的結果

Come off it. 算了吧。

這句話的涵義與中文的「算了吧」、「少來」相同，有時聽起來會有點衝，但是若用在朋友之間卻能顯示雙方的熟稔。

例 A: I'm positive I'll be able to save up for the car.
　　我很確定我可以存錢買那輛車子。

　B: **Come off it.** You're terrible at saving money.
　　算了吧。你根本存不了錢。

(普) **Give me a break.** 你得了吧。 (p.170) ｜ **Yeah, right.** 才怪。 (p.392)

come through

1. 幫上忙

這個片語可用來指「完成他人期待幫忙的事」。當愛莫能助時，你可以這樣說： "I'm sorry I couldn't come through. I did my best."（很抱歉我沒能幫上忙。我已盡了全力。）

例 Here's the money. I told you I'd **come through** for you.
　　這錢拿去吧。我說過我會幫你的。

用法 **S + V**

(普) **provide a service** 提供服務 ｜ **assist** [əˋsɪst] 動 協助

2. 流出

此片語的涵義還包括「水、空氣等由孔洞或管道流出」。比方說，在有空調的辦公室中，冷氣透過風管「流至」（ "come through" ）各空間。

例 There's a lot of water **coming through** the hole in the pipe.
　　有很多水從水管的破洞流出來。

用法 **S + V or S + V + O**

(普) **pour through** 傾出 ｜ **channel through** 瀉出

3. 安然度過

"Come through" 還可以用來指「度過如手術、病痛等的難關」。

例 It was a minor operation. She **came through** just fine.
　　那只是個小手術。她也康復了。

用法 **S + V or S + V + O**

(普) **survive** [səˋvaɪv] 動 存活 ｜ **pull through** 度過（難關）

confide in 向……吐露祕密

"To confide in someone" 是「向某人吐露心聲」之意，而當然你傾吐的對象一定是你信任的人。

例 It was a mistake to **confide in** Michelle.
向蜜雪兒吐露心聲是個錯誤。

用法 S + V + O

普 **trust with secrets or sensitive information** 相信（某人）不會洩露祕密或敏感的資訊

---

conk out （機械等）失靈；故障

當機器停止運轉的時候，你常會聽到「鏗」的一聲，因此 "conk out" 就被用來指機械設備，甚至是汽車、電腦等「失靈」、「故障」。

例 We need to get some oil in this car soon, or it's going to **conk out**.
我們必須趕緊幫這輛車加點油，否則它會故障。

用法 S + V

普 **stop working** 停止運轉

---

control the purse strings 掌管財務

"Purse" 指「錢包」，而 "purse strings" 就是「錢包上的繫繩」，"control the purse strings" 因此被用來表達「掌管財務」、「控制開支」之意。

例 Ask your mom if you want some money. You know she **controls the purse strings**.
你如果要錢，就跟你媽要。你知道錢是她管的。

普 **be in charge of the money** 掌管金錢

cook someone's goose　使某人陷入麻煩

▶ Track 11

有關此慣用語之來源的說法很多。今日一般都用它來指「使某人陷入麻煩」，特別是當某人因犯錯而必須接受處罰的情況。

例 Once Mr. Faldo learns what happened, he's going to **cook your goose**!
　　一旦法爾多先生知道發生了什麼事，他會處罰你！

普 **punish someone** 處罰某人

cook the books　作假帳

有許多公司行號都有兩本帳簿，一本為真、一本為偽，而「作假帳」英文就叫 "cook the books"。

例 The prosecutor accused the company's accountant of **cooking the books**.
　　檢察官指控該公司的會計涉嫌作假帳。

普 **falsify financial records** 偽造財務紀錄

cool [kul]

1. 形 太棒了

"Cool" 可能是英文最普遍的俚語用字，並且已經流行了幾十年，現在還是很多人在用。不論是什麼狀況，如果你覺得很棒、很喜歡，都可以用這個字來表達。

例 A: I passed my driving test.
　　我駕照考過了。

　B: **Cool**! Now we won't have to take the bus everywhere.
　　酷！這下子我們就不用去哪裡都得搭公車了。

普 **excellent** [`ɛksḷənt] 形 好極了

2. 形 酷帥

"Cool" 這個字還能用來形容非常流行（fashionable）或時髦（hip），可指人、也可指物，例如一台跑車。

例 You look **cool** with those new sunglasses on.
　　你戴那副新太陽眼鏡看起來好酷。

普 **stylish** [`staɪlɪʃ] 形 時尚的

cool off

1. 冷靜下來

如果一個人很生氣、很激動，你就可以叫他 / 她 "cool off"（冷靜下來）。

例 You need to **cool off** before you do something you'll regret.

在你做出你會後悔的事之前，必須冷靜下來。

用法 S + V

普 relax [rɪ`læks] 動 放輕鬆

類 calm down 平靜下來 (p.97) | settle down 安靜下來 (p.313)

2. 涼快一下

夏日炎炎，許多人會跳入游泳池或洗個冷水澡 "cool off"（涼快一下）。

例 On the hot summer day, the kids **cooled off** in the pool.

夏天天氣熱的時候，孩子們都到游泳池裡涼快一下。

用法 S + V or S + V + O

普 get cool 涼快

反 heat up 加熱 (p.189) | warm up 加溫 (p.377)

---

cop [kɑp] 名 條子

以前「警察」被叫作 "copper"，因為他們的制服上有銅製的鈕釦。時至今日，"copper" 這個說法只會在老電影裡出現；現代人用的是 "cop"。原則上 "cop" 是中性字眼，因此好警察叫 "good cop"，壞警察就是 "bad cop"。

例 Let's ask that **cop** for directions.

咱們去跟那個條子問路。

普 police officer 警員

---

cost an arm and a leg 所費不貲

如果某事物的代價是你的一條胳膊和一條腿，那不是太昂貴了嗎？因此，"cost an arm and a leg" 被引申為「花費大量的金錢」。

例 It **cost an arm and a leg** to get my car back after it was towed away.

我的車子被拖走之後花了我一大筆錢才領回來。

普 be very expensive 非常昂貴

---

count down　倒數計時

火箭升空之前都會「倒數計時」，英文就叫 "count down"。
另外，跨年時的「倒數計時」也叫 "count down"。

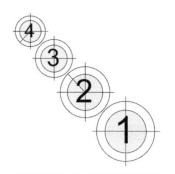

例 They're about to **count down** the launch of the rocket.
他們即將要進行發射火箭的倒數計時。

用法 S + V or S + V + O
普 count backwards 倒數

---

count on　依賴：指望

"Count on" 這個片語動詞可用來指「依賴、依靠」或「期待、指望」。

例 You can **count on** me to get the job done.
你大可放心，我會把事情搞定的。

用法 S + V + O
普 rely on 倚靠

---

cover for　替……代班

許多商店，尤其是服務業，都希望時時刻刻都有人手為客人服務。因此，如果有人請假，老
闆或店長會希望有人可以代班，而「替……代班」英文就叫 "cover for"。

例 Who is going to **cover for** you while you're on vacation?
你去度假的時候誰會代你的班？

用法 S + V + O
普 substitute [ˋsʌbstəˌtjut] 動 代替 | **fill in for** 代……的班

---

cover up

1. 遮蓋起來

這個片語動詞可用來指「蓋住」或「遮住」，也就是「遮蓋起來」之意。

例 **Cover up** that watermelon before the flies get to it.
在蒼蠅飛來之前把那個西瓜蓋起來。

用法 S + V + O
普 place something on top of 將某物置於上方

2. 掩飾

"Cover up" 也可以用來指「掩飾」、「掩蓋」，而被 "covered up" 的當然是一些不好的、非法的事，例如醜聞、犯罪等。

例 The criminal did a good job **covering up** his crime.
那個罪犯把自己的犯行掩飾得很好。

用法 S + V + O

(普) hide [haɪd] **動** 隱藏 ｜ conceal [kən`sil] **動** 隱匿

---

crack down　嚴格取締

"Crack down" 這個片語動詞指「嚴格取締」，其目的在於「打擊不法」。

例 The school is trying hard to **crack down** on drug use among students.
學校當局正在努力嚴格地取締學生吸食毒品。

用法 S + V or S + V + O

(普) curb [kɜb] **動** 抑制 ｜ reduce through law enforcement and discipline 經由執法和紀律以減少

---

crash [kræʃ] **動**　夜宿；睡覺

"Crash" 這個字原來指「突然墜落」，而當一個人非常疲憊時常會「倒頭就睡」，因此 "crash" 就被引申指「夜宿」，也就是「睡覺」之意。

例 Can I **crash** on your couch tonight?
今天晚上我可以睡在你的沙發上嗎？

用法 S + V

(普) sleep [slip] **動** 睡覺

---

cream of the crop　所有當中最好的

"Cream"（乳脂）是牛奶的精華，通常會浮在牛乳上層，而 "crop" 指「農作物」。當我們說某人事物是 "cream of the crop" 時，意思就是指「所有當中最好的」。

例 Daniel's teachers say he's the **cream of the crop**.
丹尼爾的老師們都說他是最優秀的學生。

(普) **the best of the best** 最頂尖的

crib [krɪb] 名 住家

"Crib" 原本指有欄杆的「嬰兒床」，而在俚語中則被用來指某人的「住家」。

例 Are you going to be at your **crib** all day, in case I need to call you?
你整天都會在家嗎？我搞不好必須打電話給你。

普 **house** [haus] 名 家
類 **pad** [pæd] 名 公寓 (p.267)

croak [krok] 動 翹辮子

"Croak" 原指「青蛙叫」，而當人在嚥下最後一口氣有時也會發出類似的聲音，因此人的「死亡」就被用這個字來表示。但是必須注意，**"croak" 是不禮貌的說法，較委婉的說法是 "pass away"**。

例 If you don't want to **croak** right here and now, you shouldn't eat that junk.
如果你不想當場立即翹辮子，就不應該吃那些垃圾。

用法 **S + V**
普 **die** [daɪ] 動 死 | **pass away** 過世

crummy [ˈkrʌmɪ] 形 很差的

"Crummy" 這個字可以用來指事情或是狀況，意思是「很差的」、「低劣的」。

例 We planned to take a walk outside. That is, before the weather got so **crummy**.
我們打算到外面散個步。就是說，在天氣變爛之前。

普 **bad** [bæd] 形 壞的 | **terrible** [ˈtɛrəbl] 形 糟糕的

cry bloody murder 大聲驚叫

如果一個人目睹一場謀殺，想必會驚慌失措，接著可能會大喊 "murder" 或 "bloody murder"。因此，這個慣用語常被用來指一個人大驚小怪、「驚聲尖叫」的狀況。

例 It's only a small scrape on your arm. You don't need to **cry bloody murder**.
你的手臂只是擦破一點皮，你不需要大呼小叫的。

普 **scream as loud as one can** 放聲尖叫

cry out 大聲喊叫

人常因為害怕、驚嚇、疼痛、憤慨等而 "cry out"（大聲喊叫）。比方說一個人遭受不實指控而欲「極力表達主張」時也可使用此片語。例如：The prisoner cried out: "I'm innocent!"（被告人大聲喊冤說：「我是無辜的！」）

例 The baby **cried out** when she dropped her rattle.
　那個女嬰因為把波浪鼓弄掉了而放聲大哭。

用法 S + V

普 **scream** [skrim] 動 尖叫 ｜ **speak loudly** 大聲說出

cry out for 急需

這是一個擬人化的表達方式。當我們說某件事 "cries out for change or reform"，我們指的是該件事「急需改變或改革」。

例 These rules are **crying out for** change.
　這些規定急需改變。

用法 S + V + O

普 **in need of** 需要 ｜ **desperately requiring** 極需

Curiosity killed the cat. 好奇害死貓。

這句英諺 "Curiosity killed the cat."（好奇害死貓。）常用來警告人們不要過度好奇，以免給自己帶來傷害。

例 Don't ask so many questions about Mr. Santino. **Curiosity killed the cat.**
　不要問那麼多有關聖丁諾先生的問題。好奇害死貓。

cut back

1. 修剪

如果樹叢、樹枝等長得過度茂盛而延伸到了人行道，甚至馬路上，我們就得 "cut them back"（修剪它們），以免產生危險。

例 We need to **cut back** these bushes before they extend onto the sidewalk.
　在這些灌木叢延伸到人行道之前，我們必須把它們修剪一下。

用法 S + V + O

普 **trim** [trɪm] 動 修整

"Cut back" 也可以用來指「削減」，對象通常是預算（budget）、費用（cost）等與金錢有關的事物，或是不良的食品，如甜食或炸物，甚至於是菸酒。

例 The head office told us to **cut back** on spending by fifteen percent.
　　總公司要我們削減百分之十五的開支。

用法 **S + V + O**

普 **reduce** [rɪˋdjus] 動 減少

Cut it out. 停止（做某事）。

如果有人在騷擾你或取笑你，你就可以叫他／她 "Cut it out."；如果有人在胡搞、瞎搞，你也可以叫他們 "Cut it out."。這句話就用在要人「停止做某件事」的時候；依情況而定，有時是「住口」，有時是「住手」之意。

例 A: You're gonna get caught. Then, you'll be in big trouble.
　　你會被抓到的，到時候你就會倒大楣。

　B: **Cut it out.** It's none of your business.
　　住口。這不關你的事。

Cut me some slack. 放我一馬。

"Slack" 意指「鬆弛」，而 "Cut me some slack." 就是「要求對方對你不要太嚴格」之意，也就是中文的「放過我」、「放我一馬」的意思。

例 A: Do you expect me to ignore what you did?
　　你期望我忽略你做過的事嗎？

　B: **Cut me some slack**. It was an honest mistake.
　　放過我吧。那是個無心的過錯。

D

dawg [dɔg] 名 老兄

▶ Track 12 ●

"Dawg" 就相當於中文的「老兄」、「兄弟」，用於熟悉的朋友之間。

例 What's up, **dawg**? I haven't seen you around much.
老兄，最近可好？有一陣子沒看到你了。

普 **buddy** [`bʌdɪ] 名 哥兒們
類 **bro** [bro] 名 兄弟 (p.89) | **homie** [`homi] 名 老哥 (p.195)

dead [dɛd]

1. 形 死氣沉沉的

如果一個派對、聚會或節慶的人數很少或場面冷清，我們就可以用 "dead" 來形容它。

例 The band's gone, and there's no more beer. This party is **dead**.
樂團走了，啤酒也喝光了。這個派對了無趣味。

普 **boring** [`borɪŋ] 形 無聊的
類 **stale** [stel] 形 走味的 (p.329)

2. 形 故障

"Dead" 這個字還可以用來表示機械裝置「停止運作」、「動不了」，而修復之後則可形容為 "brought back to life"（復活）。

例 I'd give you a ride, but my car's **dead**.
我想讓你搭個便車，可是我的車子不能動。

普 **broken (down)** 壞了 | **unusable** [ʌn`juzəbl] 形 不能用的

deal with

1. 處理

首先，"deal with" 可以用來指「處理」，其對象通常是某（些）問題，也就是「面對問題並設法解決問題」之意。

例 The important thing is to **deal with** the problem before it gets too big.
重要的是在問題沒有變大之前把它處理掉。

用法 **S + V + O**

(普) **handle** [ˋhændl] 動 處置 | **resolve a problem** 解決問題

(類) **see to** 照料 (p.309)

2. 打交道

"Deal with" 也有「打交道」的意思，對象可以是「人」、「公司」或「事物」等。

例 Do you **deal with** a lot of businesses in Europe?

你是否須和歐洲的許多企業打交道？

用法 **S + V + O**

3. 論及

這個片語還包含「涉及」、「討論」之意，對象則通常是某（些）「議題」。

例 This newspaper article **deals with** ways to save money while on vacation.

這篇報紙文章討論的是度假時的省錢方法。

用法 **S + V + O**

(普) **address** [əˋdrɛs] 動 針對……探討 | **discuss** [dɪˋskʌs] 動 討論

deck [dɛk] 動 用手打

"**Deck**" 指用手打，而其對象必須是人。這點與 "hit" 或 "punch"（用拳頭打）不同，因為你可以 "hit a table"、"punch a wall"。

例 What did you **deck** me like that for? I didn't do anything to you.

你幹嘛那樣打我？我又沒對你做任何事。

用法 **S + V or S + V + O**

(普) **hit** [hɪt] 動 打

die down 逐漸平息

風、雨的逐漸平息，英文常用 "die down" 來表示。另外，"die down" 也可以用來指喧鬧聲、謠言、社會輿論等的漸漸平息下來。

例 The storm **died down** until it was just a light rain.

暴風雨逐漸平息到只剩下一點小雨。

用法 **S + V**

(普) **decrease in intensity** 強度減弱 | **dissipate** [ˋdɪsəˌpet] 動 消散

Different strokes for different folks. 人各有所好。

有人愛吃肉，有人愛吃菜，還有人特別喜歡海鮮。「每個人都有各自的喜好」英文可以用 "Different strokes for different folks." 來表達，其中 "strokes" 可指「方式」，"folks" 則指「人們」。

例 A: There's Herbert mowing his lawn in his pajamas again.
瞧賀伯特又穿著睡衣在除草了。

B: **Different strokes for different folks.**
每個人都有各自的喜好。

dig [dɪg]

1. 動 理解

"Dig" 在俚語中意指「懂」、「理解」。**注意，這個用法通常只用於「肯定」句，而不用於「否定」句。**如果你說 "I don't dig what you're saying." 就變成「你說的話讓我很不爽」的意思；此時可說："Sorry, I don't follow you."，才能正確表達「沒聽懂」的意涵。

例 A: Then, you know why I want to be alone on my date?
那，你知道為什麼我約會的時候要獨自一人囉？

B: Yeah, I **dig** what you're saying.
嗯，我懂你的意思。

用法 S + V + O
普 **understand** [ˌʌndə`stænd] 動 理解 | **get** [gɛt] 動 了解

2. 動 喜歡

"Dig" 在俚語中還可指「喜歡」，此用法就無肯定或否定的限制。例如，你可以說："I totally dig it!"（我超喜歡的！）或者 "Actually, I'm not really digging his art."（老實說，我並沒有很喜歡他的藝術。）

例 A: Imagine it: two weeks on the beach, with no work whatsoever. Can you **dig** it?
想像一下：在海灘上兩個星期，什麼事都不用做。喜歡吧？

B: You better believe it!
那還用說嗎！

用法 S + V + O
普 **like** [laɪk] 動 喜歡

Dig in. 開動。

這句話相當於中文的「開動」，用於用餐時。而較正式的說法是 "Bon appétit."（法文），意思是「祝你胃口大開。」

例 **Dig in.** Don't let the food get cold.
開動吧。別讓菜變涼了。

---

dig one's own grave 自掘墳墓

這個慣用語是不是很有畫面？就是中文的「自掘墳墓」，意指「自找麻煩」、「自取滅亡」。

例 By insulting a customer that way, you're **digging your own grave**.
那樣地侮辱顧客，你是在自掘墳墓。

(普) **creating problems for oneself** 自找麻煩
(類) **set oneself up for a fall** 自取滅亡 (p.312)

---

dirt cheap 極便宜

"Dirt cheap" 是「極度便宜」的意思，有中文「賤如糞土」的味道。

例 These plates were **dirt cheap**. I bought a couple for you.
這些盤子超便宜的，我幫你買了幾個。

(普) **very cheap** 非常便宜

---

dis [dɪs] 動 不尊敬

"Dis" 這個俚語用字其實是 "disrespect"（不尊敬）的簡稱，一般作動詞用。

例 Don't **dis** my friend like that. Say you're sorry.
別對我的朋友那樣不禮貌。說對不起。

用法 **S + V or S + V + O**
(普) **disrespect** [ˌdɪsrɪˈspɛkt] 動 不尊敬

---

disagree with

1. 不認同

當你的意見和他人不同時，可以客氣地跟對方說："I'm sorry, but I disagree with you."（很抱歉，我不同意你的看法。）

例 I respect your opinion, but I still **disagree with** you.
我尊重你的意見，但我還是不能認同。

用法 **S + V + O**

普 **have a difference of opinion** 有不同的意見

反 **agree with** 認同 (p.60)

2. 使身體不適

"Disagree with" 還有一個有趣的用法。如果某種食物讓你吃了身體不適（比方說拉肚子），你可以說該食物 "disagree with you"。

例 This pasta **disagrees with** me. I won't eat any more of it.
這義大利麵我吃了不舒服。我不要再吃了。

用法 **S + V + O**

普 **make someone feel unwell** 使人不舒適

give someone digestion problems 讓人產生消化方面的問題

ditch [dɪtʃ] 動 丟棄

"Ditch" 原指路旁的「水溝」。有些人會在路經水溝時亂丟東西到裡面，所以，若把 ditch 當動詞用，就有「丟棄」、「拋棄」的意思。

例 A: I can't believe you **ditched** Sherry at the gas station.
　　我不敢相信你把雪莉丟在加油站。

B: She was getting on my nerves.
　　她把我惹毛了。

用法 **S + V or S + V + O**

普 **leave (behind)** 遺留 ｜ **abandon** [əˈbændən] 動 遺棄

Do I have to spell it out for you? 我得把話說白嗎？

人說話的時候有時會因某種原因而拐彎抹角，而如果對方沒默契，不懂你在說什麼，你就可以跟他／她說："Do I have to spell it out for you?"（我得把話說白嗎？）

例 A: Your idea just doesn't make any sense.
　　你的點子一點都沒道理。

B: But it does. **Do I have to spell it out for you?**
　　當然有道理。難道我得把話說白嗎？

do without　沒有……也行

這個片語的意思是「在沒有……的狀況下也可以過得去」。例如你的車子送修，你還是可以利用其他方式上班，這時我們就可以說 "You can do without your car."。

例 I'm sure you can **do without** your computer for a few days.
　我確定你幾天沒有電腦不成問題。

用法 **S + V + O**
普 **manage in the absence of** 在沒有……的狀況下設法應付 | **get by without** 沒有……也過得去
類 **go without** 沒有……也可以 (p.177)

Do you get my drift?　你懂我的意思嗎？

如果我們怕別人聽不懂我們的話，或是要強調我們剛說的話，就可以加上這一句。

例 I don't like seeing you with my girlfriend. **Do you get my drift?**
　我不喜歡看到你跟我女朋友在一起。你懂我的意思嗎？

Do your best.　全力以赴。

"Do your best." 是「盡你最大的能力。」之意，用於支持、鼓勵他人時。

例 A: I'm so nervous. Hundreds of people will be watching me.
　　我好緊張。有好幾百個人會看著我。

　　B: **Do your best.** I'll cheer the loudest for you.
　　全力以赴。我會最大聲地幫你加油。

類 **Give it your best shot.** 竭盡全力。 (p.170)

dog [dɔg]

1. 名 恐龍妹

說某人是 "a dog"，意思就是此人是醜八怪。**這是個侮辱性的字眼，須小心使用。**

例 What do you mean, "pretty?" She's a **dog**.
　什麼漂亮？她根本就是恐龍妹。

普 **unattractive person** 無吸引力的人
反 **babe** [beb] 名 正妹 (p.69)

2. **名** 腳

"Dog" 還有「腳」的意思。當一個人說 "My dogs are barking." 的時候，他／她可能是在敘述「他／她的腳很痛」。這個說法和「狗」並沒有關係，且不具侮辱性，因此只要是在輕鬆的場合下，即可放心使用。

例 I need to sit down. My **dogs** are hurting bad.
我得坐下來。我的腳很痛。

普 **feet** [fit] **名** 腳

Don't be a stranger. （別見外，）有空常來。

"Stranger" 指「陌生人」，所以 "Don't be a stranger." 有要他人「別見外」的意涵，通常用在道別之時；主人對客人說這句話，意思就是要他／她「有空常來」。

例 A: The tea and cookies were delicious. Thanks, Sue.
茶和點心都很美味。謝謝妳，蘇。
　B: Not at all. Goodbye, Allen. **Don't be a stranger.**
不客氣。再見，亞倫。有空常來。

Don't count your chickens before they hatch. 別高興得太早。

並不是每顆雞蛋都一定會孵出小雞來，所以 "Don't count your chickens before they hatch." 就被用來警告人，在事情真正發生之前「不要高興得太早」。

例 A: With all the money we earn from ticket sales, we'll be able to make repairs to the theater.
有了賣票賺的那些錢，我們就可以修繕劇院。
　B: **Don't count your chickens before they hatch.** You have to sell the tickets first.
別高興得太早。你得先把票賣出去才行。

Don't give me that. 少跟我來這一套。

"Don't give me that." 或是 "Don't give me any of that." 就相當於中文的「少跟我來這一套」，表示不相信說話者所敘述的事情。

例 A: Forget Tom. I never liked him much anyway.
別提湯姆了。反正我從來也沒多喜歡他。
　B: **Don't give me that.** You used to talk about him all the time.
你少來了。你以前老是在講他。

Don't hold your breath. 別期望太高。

 Track 13

"Hold one's breath" 有「摒息以待」之意，因此，這句話就是要人「不要抱太大的期望」。

例 A: Hopefully our application will be approved soon.
   希望我們的申請很快地會通過。

 B: **Don't hold your breath.** It could take weeks.
   別期望太高。可能會要好幾個禮拜。

Don't look a gift horse in the mouth. 不要挑剔別人送你的禮物。

馬的年齡可由其牙齦和牙齒看出來。如果有人送你一匹馬當禮物，而你卻要檢視牠的嘴巴，那無異是擺明要「挑剔」這項禮物。因此，"Don't look a gift horse in the mouth." 被用來勸人對於他人送的禮物不要嫌東嫌西的。

例 A: My friend wants to give me his old computer. But, I think it has some problems.
   我朋友要把他的舊電腦送給我。可是，我覺得那台電腦有些問題。

 B: **Don't look a gift horse in the mouth.** It's free, isn't it?
   別人送的禮物不要挑剔。又不用錢，不是嗎？

Don't make me laugh. 別逗了。

如果某人對你說的話讓你覺得可笑、荒謬，你就可以跟他/她說：　"Don't make me laugh."（別逗了。）這句話通常用於非正式的場合，而且帶有譏諷的味道。

例 A: If Jeff says he can climb Mt. Everest, then he can.
   如果傑夫說他能攀登埃佛勒斯峰，那他就一定能做得到。

 B: **Don't make me laugh.** Jeff's in awful shape.
   別逗了。傑夫身體那麼差。

Don't mention it. 不客氣。

當別人向你致謝時，你可以用 "You're welcome." 或 "Don't mention it." 來表示「不客氣」；前者較正式，後者較不正式。

例 A: I appreciate your helping out at the laboratory.
   感謝你在實驗室的幫忙。

 B: **Don't mention it.** I learned a lot.
   不客氣。我學了很多。

Don't put all your eggs in one basket.
別把所有的雞蛋放在一個籃子裡。

大家都知道，如果把所有的雞蛋都放在同一個籃子裡是很危險的，因為只要籃子一掉，所有的蛋會全部毀損殆盡。因此，"not to put all your eggs in one basket" 才能分散風險。

例 A: I want to invest all my money in stocks.
　　我要用所有的錢來投資股票。

　B: **Don't put all your eggs in one basket.** That's risky.
　　別把所有的雞蛋放在同一個籃子裡。那樣很危險。

Don't put words in my mouth.　別扭曲我的意思。

當你沒說過的話被指稱是你的言論，或者你說的話被刻意曲解時，你就可以跟對方說："Don't put words in my mouth."。這句話很衝，所以使用時須謹慎。

例 A: I'll tell the others you support my decision.
　　我會跟其他人說你支持我的決定。

　B: **Don't put words in my mouth.** I never said that.
　　別扭曲我的意思。我從來沒那麼說。

dope [dop]

1. 名 笨蛋

"Dope" 可以指「毒品」，而吸食毒品的人常精神恍惚、意識不清，因此這個字也被用來指「腦袋不靈光或愚蠢的人」。

例 If that **dope** thinks I'm going to do everything he says, he's wrong.
　如果那個笨蛋認為他說什麼我就會做什麼，那他就錯了。

普 **idiot** [ˋɪdɪət] 名 白痴

2. 形 正點

在美國俚語中，"dope" 被用來指某事物非常地「正點」。注意，這是形容詞用法，相當於正式用字 "excellent"。

例 Your motorcycle is **dope**. How fast can it go?
　你的摩托車好正點。它可以跑多快？

普 **amazing** [əˋmezɪŋ] 形 極好的 | **fantastic** [fænˋtæstɪk] 形 極棒的
類 **fly** [flaɪ] 形 炫 (p.152)

133

dough [do] 名 錢

"Dough" 原指可用來做 "bread"（麵包）的「生麵團」，而 "bread" 在俚語中意指「錢」，因此，"dough" 也有「錢」的意思。

例 Give me some **dough** so I can pay the pizza guy.
　給我點錢，我好付給送披薩的人。

普 **money** [ˋmʌnɪ] 名 錢
類 **loot** [lut] 名 錢 (p.236) | **scratch** [skrætʃ] 名 錢 (p.306)

drag one's feet　拖拖拉拉

"Drag one's feet" 的原意是「拖著腳走路」，而「拖著腳走」當然是慢條斯理、速度緩慢，因此這個慣用語就被引申指做事「拖拖拉拉」地不積極。

例 Quit **dragging your feet**. We're going to be late.
　不要拖拖拉拉的，我們會遲到。

普 **moving or acting very slowly** 非常緩慢地移動或行動

draw a blank　腦中一片空白

"Draw a blank" 原指「抽中空籤」，結果當然是什麼都沒得到；後來被引申用來表示「腦中一片空白」，也就是「什麼都想不起來」的意思。

例 During the test, I was so nervous that I **drew a blank** on several easy questions.
　考試的時候我好緊張，有幾題簡單的題目我什麼都想不起來。

普 **be unable to think of something** 想不出東西 | **fail to remember** 不記得

draw up

1. 起草

"Draw up" 這個片語動詞指「起草」，受詞通常是信件、合約、計畫等。

例 Are you finished **drawing up** that contract yet?
　那份合約你起草完畢了沒？

用法 S + V + O
普 **write** [raɪt] 動 寫 | **draft** [dræft] 動 起草

2. 拉近

"Draw up" 還可以用來指「把……拉近」，受詞通常是桌、椅等家具。

例 **Draw up** a chair and join us.

拉把椅子過來跟我們坐在一起。

用法 **S + V + O**

普 **pull up** 拉 (p.282) | **bring over** 帶過來

---

dream about

1. 夢見

"Dream" 是作夢的意思，而要表達「夢見……」或「夢到……」就必須加介系詞 "about" 或 "of"。

例 Last night, I **dreamt about** a friend I haven't seen for a long time.

昨天晚上我夢見一個久未碰面的朋友。

用法 **S + V + O**

普 **dream of** 夢到

2. 夢想

"Dream about" 也可用來指「夢想」，後接所夢想的事物。

例 Thomas and Audrey **dream about** owning a house in the country.

湯馬斯和奧黛莉夢想擁有一棟位於鄉下的房子。

用法 **S + V + O**

普 **hope for** 希望 | **strongly desire** 強烈地想要

---

dream up 想像出

"Dream up" 是「用想像力構畫出來」的意思。當然有許多被「想像出來」的事物最後也實際上被創造出來。

例 The inventor **dreamt up** a machine that turned coal into diamonds.

那個發明家想像出一個能把煤炭變成鑽石的機器。

用法 **S + V + O**

普 **imagine** [ɪˋmædʒɪn] 動 想像 | **envision** [ɪnˋvɪʒən] 動 想像

類 **think up** 想出 (p.357)

dress up　盛裝打扮

人在碰到特殊場合時都會 "dress up"（盛裝打扮）。相反地，如果比平常的穿著更隨意一些，就可以說成 "dress down"。

例 The family members got **dressed up** and went to church.
那一家人盛裝打扮上教堂做禮拜。

用法 S + V or S + V + O

普 **wear one's best clothes** 穿上最好的衣服 ｜ **dress nicely** 穿得很漂亮

---

dress up as　打扮成……

在 Halloween（萬聖節）或參加 costume party（化妝舞會）時，人們常會 "dress up as"（打扮成）一些特殊的人物。

例 I'm going to **dress up as** a queen for Halloween.
萬聖節的時候我要打扮成皇后。

用法 S + V or S + V + O

普 **go as** 扮成 ｜ **wear a costume** 穿上戲服

---

drink to　為……舉杯

許多文化都有「為……舉杯」表示祝福的習慣，而英文就用 "drink to" 來表達。另外，「敬酒」英文可說成 "make a toast"。

例 Let's **drink to** your health, wealth, and happiness.
讓我們舉杯祝你健康、快樂、發大財。

用法 S + V + O

普 **toast** [tost] 動 為……乾杯 (p.364)

---

drop　[drɑp] 動 發行

"Drop" 這個字可以用來指某項新商品（如新專輯）的發行。

例 A: The new Nikes **drop** tomorrow at 12:00. A bunch of us are getting in line at 9:00.
耐吉新款明天十二點會正式發行。九點鐘的時候我們一票人就會去排隊。

B: Sure that'll be early enough?
你確定那樣夠早嗎？

用法 S + V or S + V + O

普 **release** [rɪ`lis] 動 發行

drop by 順道拜訪

"Drop by" 這個片語動詞指「順道拜訪」，而這個動作可以是臨時起意，也可以事先計畫。

例 I was thinking of **dropping by** Fred's house after work.
　　我在想下班後順道到福瑞德家去拜訪一下。

用法 S + V or S + V + O
普 visit [`vɪzɪt] 動 拜訪

drop in the bucket 杯水車薪

一個桶子可以裝許多水，而其中一滴只是「九牛一毛」。"A drop in the bucket" 常用來表達「杯水車薪」的狀況，也就是，需要的很多而實際上能擁有的卻很少，無濟於事。

例 I'm afraid a hundred dollars won't be enough. It's just a **drop in the bucket**.
　　一百元恐怕不夠。那只是杯水車薪。

普 small fraction of the total 整體的一小部分 | very small quantity 非常小的數量

Drop it. 別再說了。

"Drop" 有「丟下」、「中止」的意思。當你不想再討論某件事的時候，可以跟對方說："Drop it."（別再說了。）**不過這句話有些衝，通常是當事人覺得受不了了或有點生氣時才會使用。**

例 A: Ignoring the problem isn't going to make it go away.
　　忽略問題並不會使問題消失。

　 B: **Drop it.** I don't want to talk about it anymore.
　　別再說了。我不想再討論那件事。

drop off

1. 讓……下車

這個片語動詞的意思是「讓……下車」。例如，坐計程車時司機可能就會問你："Where do you want me to drop you off?"（你希望我在哪裡讓你下車？）

例 I'll **drop** you **off** in front of your house.
　　我會在你家門口讓你下車。

用法 S + V + O
普 let someone out of a car 讓某人下車

2. 下降

當數字、速度等減少的時候，我們就可以用 "drop off" 這個片語動詞來表達。與第一個用法不同，這個 "drop off" 並不需要受詞，也就是說，它是「不及物」的用法。

例 The number of new orders **dropped off** last month.
　　新訂單的數量上個月下降了。

用法 S + V

普 **decrease** [ˋdikris] 動 減少

---

drop the ball　犯大錯

在比賽時「掉球」是嚴重的失誤，因此，英文裡用 "drop the ball" 來比喻「犯大錯」。

例 You sent the wrong shipments to four different customers this week. How could you **drop the ball** like that?
　　這星期你有四個客戶的貨送錯了。你怎麼會犯那麼大的錯誤？

普 **make a big mistake** 犯嚴重的錯誤

---

dude [djud] 名 老兄；仁兄

"Dude" 原指由美國東部到西部牧場觀光的「都市鄉巴佬」，後來被廣泛地用來作為相互稱呼的用詞，大致相當於「老兄」、「仁兄」之意。

例 Wait up, **dude**. I want to talk to you for a second.
　　等等，老兄。我想跟你說一下話。

普 **guy** [gaɪ] 名 傢伙

---

dump [dʌmp] 名 髒亂的地方

"Dump" 或 "garbage dump" 是垃圾場的意思，而如果一個房間或一棟屋子很髒亂也可以用 "dump" 這個字來表示。

例 Trent, your apartment is a **dump**. You need a maid.
　　特蘭德，你住的公寓像個豬窩。你需要一個女僕。

普 **mess** [mɛs] 名 一團亂
類 **rat hole** 骯髒不潔之處 (p.292)

A: Hey, man, lend me some **dough**.

B: What for?

A: I found these **dope** computer speakers on sale.

B: What do you need those for? You've already got a set.

A: Yeah, but the sound's **crummy**. Come on, don't be a **cheapskate**.

翻譯

A: 嘿，老兄。借我點錢吧。

B: 為什麼？

A: 我發現一套超酷的電腦喇叭正在特價。

B: 你需要那些要做什麼？你已經有一組了。

A: 沒錯，但音響效果很爛。拜託，別那麼小氣。

E

ease off 減緩；減輕；放輕鬆

 Track 15

"Ease" 作動詞解有「緩和」、「放鬆」等意涵，"ease off" 即用來指「減緩」、「減輕」或「放輕鬆」。例如你可能會聽到："Ease off. I was just making a joke."（放輕鬆一點。我剛只是在開玩笑。）

例 You should **ease off** on the negative comments you make about Jill.
你對吉兒的負面評論應該緩和些。

用法 S + V or S + V + O

普 reduce [rɪ`djus] 動 減少 │ **bring down** 降低 │ **calm down** 平靜下來 (p.97)

Easier said than done.
說得容易做起來難。

"Easier said than done." 就是中文常說的「說得容易做起來難」。這句話的意涵是中性的，不過顯示出說話者略帶悲觀、消極的心態。

例 A: We can borrow the money from Patrick.
我們可以跟派區克借錢。

B: Hah! **Easier said than done.**
哈！說得容易做起來難。

Easy does it. 小心，慢慢來。

這個俗語的意思是叫人「不要急，慢慢來」、「小心行事」，有時也可以用來要對方「不要激動」。比方說，行人在路上被腳踏車撞到而大發雷霆時，該騎士可能會說："Easy does it. I'm really sorry, but it was an accident."（你不要激動。我很抱歉，但我是不小心的。）

例 A: Is this where you want the vase?
你是不是要把花瓶放在這裡？

B: That's right. **Easy does it.** It's an antique.
沒錯。小心，慢慢來。這是個骨董。

eat in　在家裡吃

"Eat in" 指「在家裡吃」，而非上館子。許多人選擇 "eat in" 最大的原因就是可以省錢。

例 We're going to **eat in** tonight. My mom's cooking a big meal.
　今天晚上我們會在家吃飯。我媽媽煮了好豐盛的一餐。

用法 **S + V**
普 **eat at home** 在家吃
反 **eat out** 到外面吃 (p.141)

---

eat like a horse　食量驚人

馬屬大型動物，食量自然不小。因此，"eat like a horse" 就被用來比喻一個人「食量驚人」。這個慣用語並沒有批判性，也不見得指對方的體形必定是較豐腴的。

例 That teenage son of yours **eats like a horse**.
　你那個十幾歲的兒子食量驚人。

普 **have a big appetite** 胃口很大

---

eat out　到外面吃

與 "eat in" 相反，"eat out" 是「到外面用餐」，也就是「上館子」之意。

例 My family **eats out** every Friday night.
　我們家每星期五都到外面吃飯。

用法 **S + V**
普 **eat at a restaurant** 到餐廳吃飯
反 **eat in** 在家吃 (p.141)

---

egghead [ˈɛɡˌhɛd] 名 聰明的人

"Egghead" 指「只對研究學問有興趣的學究」，有些人稱之為「蛋頭學者」。這種人之所以被稱為 "egghead"（蛋頭）可能是因為他們的腦袋常長得像一顆大雞蛋，而且非常聰明。

例 Even the **eggheads** at the store didn't know what was wrong with my computer.
　就連店裡的那些聰明的傢伙都不知道我的電腦出了什麼狀況。

(普) **very bright person** 非常聰明的人
(類) **brain** [bren] (名) 聰明人 (p.82)
(反) **airhead** [`ɛr,hɛd] (名) 笨蛋 (p.61) | **bonehead** [`bon,hɛd] (名) 蠢蛋 (p.81)

eighty-six [`etɪ`sɪks] (動) 趕出去

"Eighty-six" 的意思是「趕出去」，對象則通常是顧客。這個俚語用法的來源可能與位於紐約格林威治村貝德福特街 86 號的一家酒吧有關。

(例) We got **eighty-sixed** from the toy store when the manager caught us running around.
　　因為我們被店長抓到在店裡亂跑，所以被趕出玩具店。

(用法) S + V or S + V + O
(普) **kick out (of)** 踢出去 (p.219)

el cheapo 最便宜的（東西）

這是個仿西班牙文所創造出來的詞組：「el」是西文的冠詞，"cheapo" 則是在英文單字 "cheap" 之後加上一個西文常見的字尾 "o"，合起來變成「最便宜的（東西）」的意思。

(例) I can't afford any famous brands. I've got to buy **el cheapo**.
　　我買不起任何名牌。我只得買最便宜的。

(普) **cheapest option** 最便宜的選擇

Every cloud has a silver lining. 黑暗中總有一線光明。

"Every cloud has a silver lining." 字面上的意思是「每一朵雲都有一道銀邊」，要表達的其實是「天無絕人之路」，相當於中文的「黑暗中總有一線光明」。

(例) A: The store is going to cut back my hours.
　　　店裡要減少我的鐘點數。

　　B: That means you'll have more free time. **Every cloud has a silver lining.**
　　　那表示你將有更多的空閒時間。黑暗中總有一線光明。

Every dog has its day. 每個人都有翻身的機會。

"Every dog has its day." 字面上的解釋是「每隻狗都有走運的一天」，而這句話常用來鼓勵人堅持到底，因為每個人都有翻身的機會。

例 A: I'll never get promoted.
　　我一輩子都不可能升官。

　 B: **Every dog has its day.** You'll get your chance eventually.
　　每個人都有翻身的機會。最後總是會輪到你的。

E

everything but the kitchen sink 一切可以想像得到的東西

"Kitchen sink" 指「廚房的水槽」。一般人在搬家的時候常把可以變賣的東西都賣掉，而廚房的水槽大概就不會有人把它拆起來賣掉了。因此，這個俚語後來就被引申為「一切可以想像得到的東西」。

例 After Penelope won $5,000, she went shopping and bought **everything but the kitchen sink**.
在潘妮洛佩贏得美金五千元後，她就去血拼，幾乎想像得到的東西她都買了。

普 **nearly everything** 幾乎所有的東西

eye candy 賞心悅目的人事物

看起來「賞心悅目的人事物」英文就用 "eye candy" 來表達，經常用於描述明星、藝人，也可用以形容某事物（如電玩特效等）十分具有吸引力。

例 She's just the movie's **eye candy**. I don't think she says more than two lines, total.
她只是那部電影裡的花瓶。我看她總共說不到兩句話。

普 **a beautiful sight** 美麗的景象

143

F

face up to　勇於面對

 Track 16

"Face" 當動詞就有面對的意思，"face up to" 則指勇於面對，受詞通常都是困難的或是令人不愉快的事物。

例 It's time you **faced up to** the challenge. You can't avoid it forever.
　　該是你勇於面對挑戰的時候了。你不能永遠逃避它。

用法 **S + V + O**

普 **confront** [kən`frʌnt] 動 面對 │ **deal with** 應付 (p.125)

反 **back down** 打退堂鼓 (p.70)

---

fall behind

1. 落後

"Fall behind" 是「落後」的意思，常用來指趕不上進度或跟不上別人。

例 If you feel like you're **falling behind**, I can tutor you after class.
　　如果你覺得跟不上，下課之後我可以個別指導你。

用法 **S + V or S + V + O**

普 **be behind schedule** 進度落後

反 **catch up** 趕上 (p.102) │ **get ahead** 領先 (p.158) │ **pull ahead** 領先 (p.281)

2. 拖欠

這個片語還可以用來指「拖欠」，也就是，「該付的款項未能按時繳交」之意。

例 I don't want to **fall behind** on my credit card payments.
　　我並不想拖欠我的信用卡付款。

用法 **S + V or S + V + O**

普 **fail to pay as scheduled** 未能按時繳款

---

fall down　跌倒

"Fall down" 指「跌倒」、「摔跤」，若是從高處 "fall down"，則為「跌落」、「摔落」之意。

例 Don't run, or you might **fall down**.
　　別跑，否則你會跌倒。

用法 S + V

(普) **tumble** [`tʌmbl] **動** 摔倒 | **stumble down** 跌跤

---

fall down on the job 把事情搞砸

"Fall down" 也可以用來指「失敗」，而 "fall down on the job" 就是「把事情搞砸」的意思。

例 That mistake you made during your presentation was huge. We can't afford for you to **fall down on the job** again.

你作簡報時所犯的錯誤太大了。我們不能再讓你把事情搞砸了。

(普) **make a big mistake** 犯嚴重的錯誤

(類) **drop the ball** 犯大錯 (p.138)

---

fall for

1. 上當

詐騙案件時有所聞，「聽信……的謊言而上當」英文就用 "fall for" 來表達。

例 Many investors **fell for** the scheme.

許多投資客上了那個騙局的當。

用法 S + V + O

(普) **be fooled** 被愚弄 | **be cheated** 被欺騙

2. 煞到

"Fall for someone" 這個片語就是「煞到某人」的意思，也就是我們常說的 "fall in love with someone"（愛上某人）。

例 Steven **fell for** Christine the first time he saw her.

第一次見到克莉絲汀的時候史蒂夫就煞到她。

用法 S + V + O

(普) **fall in love with** 愛上

---

fall through

1. 摔下去

"Fall through" 是摔下去的意思，比方說一個人可能會 "fall through a hole"（從洞口摔下去），或 "fall through the ceiling"（從天花板摔下去）。

例 Those boards are rotten. Be careful not to walk on them, or you may **fall through** the floor.

那些木板都腐爛了。走在上面要小心，否則你會掉到地板下面。

用法 **S + V + O**

普 **fall beneath** 掉到下面

2. 失敗

如果事情未能依計畫實現，英文常用 "fall through" 來表示。

例 Due to a lack of funding, the building plans **fell through**.

由於缺乏資金，那些建屋計畫都落空了。

用法 **S + V**

普 **fail to go as planned** 未能依計畫實現

Fancy meeting you here. 真想不到會在這兒遇見你。

如果兩個老朋友許久不見，突然在意想不到的地方碰面，"Fancy meeting you here." 這句話就很好用，它的意思是「真想不到會在這兒遇見你」。

例 A: Hey, Amy. How are you?

嘿，艾咪。妳好嗎？

B: Hi, Bob. **Fancy meeting you here.**

嗨，鮑伯。真想不到會在這兒遇見你。

Fancy that. 不會吧。

"Fancy that."（不會吧。）這個說法歷史悠久，至今仍有些人（特別是老人家）會用它來表示「驚訝」。不過，現代人多用 "Is that so?"（是嗎？）來表達「難以置信」。

例 A: Keith Jordan became a scientist.

濟斯喬丹成了一個科學家。

B: **Fancy that.** He was such a lazy kid.

不會吧。他小時候那麼懶惰。

far out 棒極了

這個俚語在 60、70 年代很流行，與當時的嬉皮文化有些淵源，意思是「棒極了」。

例 A: My company wants me to be in one of their commercials.

公司要我參與他們廣告的演出。

B: **Far out!** That should be fun.

棒極了！肯定很有趣。

普 **fantastic** [fæn`tæstɪk] 形 太好了

---

feel [fil] 動 有 fu

如果你 "feel" 某事物，就是你對它「特別有感覺」，也就是時下年輕人說的有 "fu"。有時你會聽到：" I feel you, but I can't go along with your plan." 這樣的說法，意思就是「我懂你的意思，但是我沒辦法贊同你的計畫。」

例 I got this jacket yesterday, but now I'm not **feeling** it. Want to buy it for cheap?

這件夾克是我昨天買的，可是現在對它已經沒有 fu 了。要不要便宜賣給你？

用法 **S + V + O**

普 **appreciate** [ə`priʃɪet] 動 感知 ｜ **sympathize with** 有同感

類 **dig** [dɪg] 動 喜歡 (p.127)

---

fend off

1. 抵擋

"Fend" 本身有「防禦」之意，"fend off" 則指「抵擋」、「抵禦」，受詞通常是「敵人」、「攻擊者」等。

例 Stay here and **fend off** the attackers while I get reinforcements.

我去尋求援兵之時，你們守在這裡抵擋進攻者。

用法 **S + V + O**

普 **repel** [rɪ`pɛl] 動 逐退

2. 擋開

"Fend off" 也可以用來指「擋開」、「避開」，受詞通常是「問題」、「指控」等。

例 The politician **fended off** the questions one by one.

那個政客把問題一個一個擋開。

用法 **S + V + O**

普 **counter** [`kaʊntə] 動 反駁

fight back

1. 反擊

當你受到肢體或人身攻擊時,你可以 "fight back"(「反擊」或「還擊」);言語上的反擊在英文裡就叫 "comeback"。

例 Are you just going to stand there and let him hit you? **Fight back**!
　　難道你就站在那兒讓他打你嗎?反擊回去!

用法 **S + V**
普 **defend oneself** 防禦自己

2. 努力控制住

這個片語動詞也有「努力控制住」的意思,屬於「及物」的用法,受詞可以是「憤怒」、「悲傷」、「衝動」等,甚至是「眼淚」。

例 Many people **fought back** tears during the sad movie.
　　在看那部悲劇片的時候,許多人強忍住淚水。

用法 **S + V + O**
普 **hold back** 抑制 ｜ **repress** [rɪ`prɛs] **動** 壓制

- -

figure out

1. 理解

有些人的字跡非常潦草,難以辨識,此時我們就可以說 "His handwriting is hard to figure out."。另外,有些圖像、指示等也會不清楚,令人難以理解,這時我們也可以說 "They are hard to figure out."。

例 I can't **figure out** what this letter says.
　　這封信上說些什麼我看不懂。

用法 **S + V + O**
普 **understand** [ˌʌndə`stænd] **動** 理解 ｜ **make out** 了解

2. 算出

"Figure" 當名詞可作「數字」解,當動詞則有「計算」之意,因此 "figure out" 亦可指「算出」。

例 Let me **figure out** how much this is going to cost.
　　讓我算一算這將會花多少錢。

用法 S + V + O

普 calculate [ˋkælkjəˌlet] 動 計算

類 sort out 整理出 (p.322) | work out 計算出 (p.389)

fill out

1. 填寫

"Fill" 有「裝填」之意，"fill out" 則用來指「填寫」，對象通常就是「表格」類的東西。

例 I had to **fill out** three different forms at the doctor's office.
　　我得在醫生的辦公室填寫三份不同的表格。

用法 S + V + O

普 complete [kəmˋplit] 動 完成 | **fill in** 填入

2. 變胖

"Fill out" 若用在人身上，則有「長肉」、「變胖」的意思。

例 Kenny is **filling out** well. He was such a skinny boy.
　　肯尼長了不少肉。他原本是個瘦巴巴的男孩。

用法 S + V

Chat Time ▶ Track 17

A: Did you **figure out** what happened to Michael?

B: Yeah, I did. He went on vacation.

A: That's all? I thought he was fired. The last couple of months, they've **cut back** so many jobs here.

B: Too true. Anyway, your position's safe. They couldn't **do without** you at this place.

A: You think so? Thanks. That **cheers me up** a bit.

翻譯

A: 你知道麥可怎麼了嗎？

B: 知道啊。他去度假了。

A: 就這樣？我還以為他被炒魷魚了。前幾個月，公司刪減了好多工作。

B: 對啊。不管怎樣，你的職位很安全，這家公司不能沒有你。

A: 你這樣覺得嗎？謝啦。你這番話讓我的心情好一點了。

fill someone's shoes　接替某人的位置

▶ Track 18

這裡的 "shoes" 不是指「鞋子」，而是某人的「位置」；"fill someone's shoes" 的意思就是「接替某人的位置或職務」。

例 Charlie's stepfather knew he couldn't **fill the shoes of Charlie's real dad**.
查理的繼父知道自己並不能取代查理親生父親的位置。

普 **replace someone** 取代某人

---

fill up　裝滿

把一個容器「裝滿」，英文可用 "fill up" 來表示。在加油站常聽到的 "Fill it up." 就是「把油箱加滿」的意思。

例 **Fill up** the bucket with water and put it over there.
把水桶裝滿水，然後放到那邊去。

用法 **S + V or S + V + O**

---

filthy rich　非常有錢的

"Filthy" 這個字原指「污穢」、「不潔的」，但是 "filthy rich" 與「骯髒」並沒有關係，而是指「非常富有」。

例 In the 2000s, it was easy to get **filthy rich** off the stock market.
二十一世紀，在股市賺大錢非常容易。

普 **extremely rich** 極度富有
類 **loaded** [`lodɪd] 形 有錢的 (p.233)
反 **tapped out** 身無分文的 (p.347)

---

find out　發現

這是個常見的片語動詞，意思是「發現」。有時候 "find out" 也被用來指「獲悉」、「獲知」。

例 That was supposed to be a secret. How did you **find out**?
那原本應是個祕密。你是怎麼知道的？

用法 **S + V or S + V + O**
普 **learn** [lɜn] 動 知悉 ｜ **discover** [dɪs`kʌvə] 動 發現

---

fish for a compliment　用巧妙的方法獲得他人的讚美或恭維

"Fish" 當動詞時指「釣魚」，而有時人們想「釣」的並不是魚，而是其他東西。例如，"fish for a compliment" 指的就是「想方設法得到別人的讚美或恭維」。

例 A: How do you like my hat?
　　你覺得我的帽子怎麼樣？

　B: Are you **fishing for a compliment**? All right, to tell the truth, it's gorgeous.
　　你是不是想得到我的讚美。好，說實話，還真美。

普 **try to get someone to give you a compliment** 努力想得到他人的讚美、恭維

fit like a glove　非常合身；恰如其分

手套（glove）戴起來應該要「合手」，而 "fit like a glove" 被廣泛地用來指任何衣物「非常合身」，甚至被引申指任何事物的「恰如其分」。

例 These shoes **fit like a glove**. Can I borrow them?
　　這雙鞋非常合我的腳。可以借我穿嗎？

普 **fit very well** 非常合適 ｜ **be very suitable** 非常適合

five finger discount　順手牽羊

一隻手有五根手指頭，在商店裡「用五根手指拿走商品不付帳」英文叫 "five finger discount"，也就是「順手牽羊」的意思。

例 No, I didn't pay for it. I used the **five finger discount**.
　　沒有，我並沒有付錢。本人順手牽羊。

普 **act of stealing something** 偷竊的行為

flack [flæk] 名 責難

炸彈爆炸時會產生無數的碎片，而如果一個士兵被這些碎片打到，在英文裡叫 "catch flack"。後來，"catch flack" 被引申用來指「受到批評、指責」、「挨罵」。（注意，"flak" 是俚語式的拼法。）

例 Dan gave me **flack** for smoking in the office.
　　丹因為我在辦公室裡抽菸把我數落了一頓。

普 **trouble** [`trʌbl] 名 麻煩 ｜ **hassle** [`hæsl] 名 麻煩事

flake [flek]

1. 名 靠不住的人

"Flake" 是小薄片的意思,例如 "snowflake"(雪片)、"cornflake"(玉米片)等。如果用來指人,就是指這個人像一張小薄片似的「靠不住」。

例 Patricia's a **flake**. She may not show up.
派翠西亞是個靠不住的人。她可能根本不會現身。

普 **unreliable person** 不可靠的人

2. 動 靠不住

與名詞的用法相似,"flake" 當動詞就是「靠不住」的意思。另,與人相約見面,時間到了卻未現身,英文可以說 "flake on someone" 或 "flake out",也就是「爽約」、「放鴿子」。(類似的說法還有 "stand someone up",亦指「失約」。)

例 I promise I won't **flake** on you.
我跟你保證我絕對可靠。

用法 **S + V**
普 **fail to come through** 未能做到

---

flip out 抓狂

"Flip" 可解釋為「翻轉」,因此 "flip out" 被用來指一個人「突然失去理智」,也就是「抓狂」的意思。

例 Breaking a nail is no reason to **flip out**.
犯不著因為弄斷一片指甲而抓狂。

用法 **S + V**
普 **become very upset or agitated** 變得非常煩亂或焦躁
類 **go bananas** 情緒失控 (p.173) | **wig out** 發狂 (p.387)
反 **chill out** 冷靜下來 (p.107)

---

fly [flaɪ] 形 炫

"Fly" 在俚語中可以作形容詞解,意思是「炫」,通常用來修飾與人的外表有關的事物,有時也可直接指人。

例 When I go out with Jenny, I want to look good. I've got to wear something **fly**.
我跟珍妮出去的時候,我希望看起來很正。我得穿炫一點的衣服。

普 **attractive** [əˋtræktɪv] 形 有吸引力的 ┃ **stylish** [ˋstaɪlɪʃ] 形 時尚的
類 **dope** [dop] 形 正點 (p.133) ┃ **phat** [fæt] 形 超讚的 (p.273)

fly off the handle　勃然大怒

想像一把斧頭的斧身突然脫離把手的情況。對於四周的人而言，這肯定是非常嚇人的景象。如果我們說某人 "flies off the handle"，意思就是他 / 她「勃然大怒」。

例 Be careful what you discuss with George. When he talks about politics, he has a habit of **flying off the handle**.
你跟喬治討論什麼要特別小心。只要他一談到政治，總是會勃然大怒。

普 **become enraged** 變得非常憤怒
類 **go through the roof** 大發雷霆 (p.176)

foam at the mouth　暴怒

有狂犬病的動物會 "foam at the mouth"（口吐白沫）。如果說一個人 "foam at the mouth"，我們指的是這個人「暴怒」。

例 It was just a joke. I didn't know you'd **foam at the mouth** over it.
那只是個玩笑。我不知道你會因此而暴怒。

普 **be extremely angry** 極度生氣

fold up

1. 摺疊起來

"Fold" 是「摺」的意思，把紙張、衣物等「摺疊好」英文就用 "fold up" 來表示。

例 Tina **folded up** the letter and put it back in her pocket.
婷娜把信摺起來，放在口袋裡。

用法 S + V + O

2. 關門大吉

如果一個營業場所 "fold up"，則指「倒閉」、「關門大吉」之意。

例 With the economy the way it was, we were forced to **fold up** shop.
經濟那麼不景氣，我們被迫只好把店收起來，關門大吉。

用法 S + V or S + V + O

⊕ **go out of business** 歇業

---

follow through　有始有終

如果你計畫做一件事，或是事情已經做了一半，就應該 "follow through with it"（有始有終地把它做完）。

例 You should **follow through** with your plan to open a business.
你應該有始有終地按照計畫開一家公司。

用法 S + V or S + V + O

⊕ **realize** [`rɪəˌlaɪz] 動 實現 ｜ **make happen** 成功實踐

類 **see through** 進行到底 (p.308)

反 **call off** 取消 (p.96)

---

fool around

1. 遊手好閒；嬉戲玩鬧

"Fool around" 是「遊手好閒」、「嬉戲玩鬧」的意思，有時也被用來指「亂弄」，例如："Don't fool around with the controls."（不要隨便亂動那些操縱桿。）

例 I told you and your sister to stop **fooling around**.
我告訴過你和你妹不要再嬉鬧了。

用法 S + V

⊕ **play** [ple] 動 玩樂 ｜ **joke** [dʒok] 動 嬉戲 ｜ **misbehave** [ˌmɪsbɪ`hev] 動 行為不端

2. 亂搞（男女關係）

"Fool around" 也有「亂搞（男女關係）」的意思，而在「亂搞」的對象前用介系詞 "with"。

例 I heard Kyle is **fooling around** with his best friend's girlfriend.
我聽說凱爾和他好友的女朋友在瞎搞。

用法 S + V or S + V + O

---

foot the bill　付帳

此慣用語原指以前在結帳時，服務人員會要求客人在帳單下方將總數加起來，以確定無誤。今日則直接用來表示「付帳」。

例 You always pay. This time, let me **foot the bill**.
你老是付錢。這一次讓我來付吧。

普 **cover the bill** 付款 ｜ **pay the check** 付帳

---

fork money out　支付（大筆）金錢

"Fork" 當動詞有「分岔」的意思，"fork out" 指的就是用拇指與食指（成 "V" 狀）把錢從口袋拿出來。今日 "fork money out" 通常用來表達「並非心甘情願地掏出大筆金錢」之意。

例 Last week, I had to **fork out** $250 to get the car's brakes fixed.
上個禮拜修理車子的煞車花了我美金二百五十元。

普 **spend a lot of money** 花很多錢

---

foxy [ˋfɑksɪ] 形 性感迷人的

"Fox" 原是「狐狸」的意思，英文用這個字來指「性感迷人的女性」。因此，形容詞 "foxy" 也就是指「性感迷人的」。

例 Look at that **foxy** girl over by the door.
你看門口那邊那個辣妹。

普 **gorgeous** [ˋgɔrdʒəs] 形 極美的
類 **hot** [hɑt] 形 性感的 (p.196)

---

frag [fræg] 動 幹掉（某人）

"Frag" 是電玩用語，意指「把敵人幹掉」。有些人在日常生活當中偶爾會用這個字來表示「殺人」。

例 All these monsters came running at me, and I **fragged** them one by one.
所有的這些怪獸全都衝向我，我就把牠們一個一個幹掉。

用法 S + V or S + V + O
普 **kill** [kɪl] 動 殺死
類 **blow away** 槍殺 (p.78) ｜ **snuff out** 殺害 (p.322)

---

freak someone out　使某人恐懼、不安

"Freak" 當名詞用時指「畸形人」，"freak out" 這個片語動詞則指「使人覺得不安、恐懼」。

例 Your friend **freaked me out**. Does he always act so strangely?
你的朋友讓我覺得毛毛的。他都是這樣舉止怪異嗎？

用法 S + V or S + V + O

普 **cause someone to become very nervous, agitated, or frightened**
使某人很緊張、焦躁或害怕

---

freaky [ˋfrikɪ] 形 怪異的

"Freaky" 是 "freak" 的形容詞，意思是「怪異的」、「詭異的」，例如行為異常的人、奇怪的聲音、昏暗的小路等。

例 This place is **freaky**. Let's go home.
這個地方很詭異。我們回家吧。

普 **weird** [wɪrd] 形 鬼怪的 │ **scary** [ˋskɛrɪ] 形 令人驚恐的
類 **twisted** [ˋtwɪstɪd] 形 （心理）不正常；扭曲的 (p.371)

---

freeload off (of) 白吃白喝；占⋯⋯的便宜

"Free" 是「免費」的意思，而不出錢卻白吃白喝就叫 "freeload"，白吃白喝不付錢的人則為 "freeloader"； "freeload off (of) someone" 指「吃喝都讓某人付錢」。

例 Yeah, the guy's rich, but whenever we go out, I feel like I'm **freeloading off of** him.
對，這傢伙是有錢，但是只要我們出去，我就覺得我白吃他的、白喝他的。

用法 S + V or S + V + O

普 **let someone else pay** 讓別人付錢
類 **sponge off** 揩油 (p.327)

---

fresh [frɛʃ] 形 高檔的

"Fresh" 的原意是「新鮮的」，新鮮的食材總是被視為較「高檔」。因此，在俚語中 "fresh" 就被用來指「高品質」、「高檔」的事物。

例 Tell me more about that **fresh** truck you bought.
跟我說說你買的那輛高檔的卡車。

普 **outstanding** [ˋaʊtˋstændɪŋ] 形 出眾的
類 **fly** [flaɪ] 形 炫 (p.152)

freshen up　梳洗打扮

"Freshen" 是 "fresh" 的動詞形式，有「使新鮮」的意思，"freshen up" 則用來指「梳洗打扮」。另外，"freshen up" 也可以用來委婉地表達「上洗手間」之意。

例 Excuse me, I'm going to go **freshen up** before dinner.
對不起，晚餐前我要梳洗打扮一下。

用法 S + V

普 **arrange one's makeup** 補妝
go to the restroom 上洗手間

full of hot air　說大話

「熱氣球」（hot-air balloon）裡面當然是 "full of hot air"（充滿了熱空氣），但是說一個人 "full of hot air" 時指的是這個人在「說大話」。

例 You can ignore Gary's threats. He's **full of hot air**.
你可以不用理會蓋瑞的威脅。他只是在說大話。

普 **boastful or threatening but harmless** 膨風或威脅但不具傷害性

G

game [gem] 形 願意參與的

▶ Track 19

"Game" 一般當名詞用是指「遊戲」、「比賽」，但在俚語中 "game" 亦可作形容詞，表示對某事有興趣，「願意參與」。

例 A: We're going to the beach. Wanna come?
　　我們要去海灘。來不來？

　B: Sure, I'm **game**.
　　好，我參一咖。

普 **interested** [`ɪntərɪstɪd] 形 感到有興趣的 ｜ **willing to take part** 願意參加

Get a grip. 鎮定下來。

"Grip" 原指「緊握」、「抓牢」，可引申當「支配」、「控制」解，因此這句俗語有控制住情緒「振作起來」、「鎮定下來」之意。

例 A: We need more money for the bank loan, and our bills, and our …
　　我們需要更多的錢來繳貸款、付帳單，還有我們的⋯⋯

　B: **Get a grip.** We need to deal with this cash problem calmly and logically.
　　你鎮定一下。我們必須冷靜、理性地處理這個錢的問題。

---

get ahead 超前；領先

"Ahead" 本身就有「（在競賽中）領先」的意思，故此片語指的就是「超前」、「領頭」。

例 The research and surveys we've done have helped us **get ahead** in the field.
　　我們所做的研究和調查使我們得以在該領域中成為領頭羊。

用法 S + V or S + V + O

普 **surpass** [sə`pæs] 動 超越 ｜ **take the lead** 領先

類 **pull ahead** 超前 (p.281)

反 **fall behind** 落後 (p.144)

get along

1. 和睦相處

這個片語動詞指的是「和睦相處」。若要表示「與誰」相處融洽，可加介系詞 "with"；說一個人 "easy to get along with"，就是形容他／她「很好相處」。

例 I **get along** with all my classmates.
我和所有班上的同學都處得很好。

用法 **S + V or S + V + O**
普 **be friendly with** 與⋯⋯友好 | **have a good relationship** 有良好的關係
類 **get on** 相處融洽 (p.164)

2. 離開（某地）

"Get along" 也可用來指「離開（某地）」或「走開」。

例 It's time for us to **get along**. See you later.
我們是時候該走了。再見。

用法 **S + V**
普 **leave** [liv] 動 離開 | **depart** [dɪˋpɑrt] 動 離去

3. 過活

"Get along" 還可以是「生活」、「過日子」的意思，常用來詢問他人近況。打個比方，對於最近剛搬家的人，老外也許會這樣關心："How are you getting along in Denver?"（你在丹佛過得怎麼樣？）

例 Are you **getting along** all right? You look troubled.
你過得還好吧？你看起來有些困擾。

用法 **S + V**
普 **manage** [ˋmænɪdʒ] 動 設法做到 | **cope** [kop] 動 巧妙應付

get away

1. 逃脫

如果你想抓的人或動物逃走了，你就可以用 "get away" 這個片語來表達。

例 Despite great efforts by the police, the thief **got away**.
雖然警方盡了很大的力，竊賊還是逃脫了。

用法 S + V

普 escape [ə`skep] 動 脫逃

類 run away 逃走 (p.301)

2. 擺脫（壓力、責任等）

"Get away" 還可以用來指「擺脫（壓力、責任等）」。現代人常因工作、事業繁重而想遠離塵囂，找一個僻靜之處休息休息、度個假。

例 I hope I have a chance to **get away** this year.
我希望我今年有機會可以解脫一下。

用法 S + V

普 **take a break** 休息 ｜ **go on vacation** 度假

get back to

1. 回到……

"Get back to" 指「回到……」，其後接地點，如家鄉、最喜歡的城市或景點等。

例 I try to **get back to** my parents' house at least once a month.
我盡量至少一個月回我爸媽家一次。

用法 S + V + O

普 **return to** 回到……

2. 重拾……

這個片語也可以用來指「重拾……」，其後通常接個人的嗜好、興趣或職業，表示重新從事以前曾做過的事。

例 I really want to **get back to** painting again.
我真的很想重拾畫筆。

用法 S + V + O

普 **resume** [rɪ`zum] 動 重新開始

3. 再與……聯絡

"Get back to" 還可以用來表達「再與……聯絡」的意思，其後接「人」。

例 I'll **get back to** you within a day or two.
我一兩天之內會再跟你聯絡。

用法 S + V + O

普 respond [rɪˋspɑnd] 動 回覆

get by 勉強過活

此片語指「勉強過活」，也就是「在經濟條件不算太好的情況下過日子」之意。另，當要關心他人近況時，也可以這麼說：“How are you getting by these days?”（最近過得如何？）

例 Our combined salaries don't add up to much, but we **get by**.

我們的薪水加在一起並沒有很多，但是我們還過得去。

用法 S + V

普 survive [səˋvaɪv] 動 存活

類 **make do** 湊和 (p.242)

get carried away 行為舉止過頭；得意忘形

當行為舉止過了頭或因得意而忘形，英文就用 “get carried away” 來表達。（記憶小撇步：一個人行徑失控、發狂時可能會被警察或精神醫療人員「帶走」。）

例 A: I want to buy this and this and that.

我要買這個，還有這個和那個。

　 B: Don't **get carried away**. We only came here to buy a few groceries.

你別昏了頭。我們只是來這裡買些日用品。

普 overreact [ˌovɚrɪˋækt] 動 反應過度

behave in an excessive or exaggerated manner 行為舉止過度或誇張

類 **go overboard** 過頭 (p.175)

反 **play it cool** 處之泰然 (p.276)

get cold feet 臨陣退縮

“Get cold feet” 指「臨陣退縮」，與中文的「裹足不前」有異曲同工之妙，一般用於結婚、簽約、辭職等須作重大決定的情境，以表達說話者的躊躇與不安。

例 A: I can't go through with the wedding.

我沒辦法完成這場婚禮。

　 B: Relax. You're **getting cold feet**. That's natural for a groom.

放輕鬆。你這叫臨陣退縮，對一個新郎而言這是很正常的。

普 **become apprehensive and reluctant to act** 變得憂慮恐懼而不願意行動

get dolled up　打扮得美美的

"Doll" 是「洋娃娃」，而洋娃娃的衣著通常都很亮麗，因此 "get dolled up" 就指「打扮得漂漂亮亮的」。

例 Natalie was so cute. She **got dolled up** to go to her friend's party.
納塔莉好可愛。她打扮得水水的去參加朋友的派對。

普 **dress up and make oneself up nicely**
盛裝打扮讓自己看起來美美的

---

get down to brass tacks　談實質性問題

"Brass tacks" 是「銅釘」的意思。古時，人們會將兩枚銅釘釘在一碼長度的兩端，藉以測量布匹的長度。今日，"get down to brass tacks" 則被用來指「討論實質性的問題」。

例 I don't mean to sound rude, but I've got a tight schedule. Can we **get down to brass tacks**?
我並不想顯得不禮貌，但是我的行程很緊湊。我們可否談實質性的問題？

普 **discuss important details** 討論重要的細節
類 **talk turkey** 談正經事 (p.347)

Get lost!　滾開！

"Get lost." 是一個**直接、強硬的命令句**，意思是要對方「滾開」，使用時須特別留意說話的場合及對象。

例 A: How's everything, Mike?
一切都好嗎，麥克？

B: **Get lost.** I told you I don't want to see you.
滾開！我已經跟你說過我不想看到你。

---

get off

1. 下車

從大眾交通工具（如公車、火車等）「下車」，英文常用 "get off" 來表達。注意，如果是下轎車（car），則以 "get out of" 來表示。

例 We'll **get off** at the next bus stop.
我們下個公車站下車。

用法 **S + V**

普 **disembark** [ˌdɪsɪmˈbɑrk] 動 下交通工具

反 **get on** 上車 (p.164)

2. 弄走

這個片語動詞也有「及物」的用法，指「把……從某處弄走」。

例 Please **get** the cat **off** the table.
請把那隻貓從桌上弄走。

用法 **S + V + O**

普 **remove** [rɪˈmuv] 動 移除

3. 逃脫處罰

"Get off" 還可以用來指「脫罪」、「免於受罰」。

例 The suspected killer **got off** without being convicted.
那個殺人嫌犯得以開脫，並沒有被定罪。

用法 **S + V**

普 **be acquitted** 被開釋 | **avoid punishment** 避開處罰

Get off my back! 別煩我！

如果某人在騷擾你或給你太大壓力，你就可以跟他／她說： "Get off my back."，意思就是「別再煩我了」，因為這個人有如「芒刺在背」。

例 A: Everyone else is finished with their part. We're waiting for you.
每個人都完成了自己的部分。我們都在等你。

B: **Get off my back.** I'm working as fast as I can.
別煩我！我已經在盡快了。

---

get off on the wrong foot 一開始就沒搞好

此慣用語常用在人際關係上。如果你「一開始就起錯腳」，日後當然會一路顛簸。"Get off on the wrong foot" 就是「起步時就沒搞好」之意。

例 I think we **got off on the wrong foot**. I don't want you to think I'm a bad guy.
　　我想我們一開始就沒有搞好。我不希望你認為我是壞人。

普 **have a misunderstanding or have trouble getting along (at the start of a relationship)**（在關係開始時）有誤解或相處有困難

---

get on

1. 上車

"Get on" 是「上車」的意思，與 "get off" 剛好相反。另外，若是上轎車（car）就必須使用 "get into"，也就是，"get out of" 的相反詞。

例 **Get on** the bus, children.
　　孩子們，上公車吧。

用法 S + V or S + V + O
普 **board** [bord] 動 上交通工具
反 **get off** 下車 (p.162)

2. 相處融洽

"Get on" 可指「相處融洽」。這是個較英國式的說法，美國人多用 "get along" 來表達相同的意思。

例 I'd say all of us teammates **get on** very well with each other.
　　我認為我們所有團隊的成員都處得非常好。

用法 S + V or S + V + O
普 **have a good relationship** 有良好的關係
類 **get along** 和睦相處 (p.159)

3. 過活；進行

這個片語還可以用來指「過活」或「進行」。若指「過活」，則等同於前面提到過的 "get along"；若指「進行」，則用於某一特殊事物，例如："How are you getting on with your new job?"（你的新工作進展得如何？）

例 How are you **getting on** these days?
你最近過得怎麼樣？

用法 S + V

普 **manage** [`mænɪdʒ] 動 設法做到 | **cope** [kop] 動 巧妙應付

---

get on one's horse   動身離開

"Get on one's horse" 原指「騎上馬匹離開」，但現代人鮮少以馬為交通工具，因此 "get on one's horse" 就被引申為「動身離開」。

例 Are you **getting on your horse** so soon? You just arrived.
你這麼快就要走了？你才剛到。

普 **leave** [liv] 動 離開 | **depart** [dɪ`pɑrt] 動 離去
類 **hit the road** 上路 (p.192)

Chat Time   ▶ Track 20

A: Well, I better **get on my horse**. Thanks again for the fantastic meal.
B: You're quite welcome.
A: I was really hungry. Sorry if I **ate like a horse**.
B: No problem. I consider that a compliment.
A: You should come by my place sometime for dinner. I admit, my cooking **can't hold a candle to yours**. But, my house is only **a stone's throw away**.

翻譯
A: 嗯，我得走了。再次感謝你準備那些美食。
B: 不客氣。
A: 我剛真的好餓。如果我吃得太多，真是不好意思。
B: 別介意。我把你這句話當作讚美囉。
A: 改天你應該來我家吃個晚餐。我承認我的廚藝跟你完全沒得比。不過，我家就在這附近，
很近。

get on someone's nerves　令某人不安、心煩

"Nerve" 是「神經」，因此，"get on one's nerves" 有「讓人神經緊張」的意涵，通常用來指「令某人不安」、「惹某人心煩」。

例 For whatever reason, that talk show host **gets on my nerves**.
不知爲什麼，那個脫口秀的主持人就是讓我覺得很不舒服。

普 **annoy or agitate someone** 困擾或攪亂某人
類 **get someone's goat** 惹惱某人 (p.168)

get one's feet wet　開始嘗試新事物

一般人要下水游泳前，常會先把腳放到水裡，試試水溫，因此，"get one's feet wet" 就被引申用來指「開始嘗試新的事物」。

例 I'm just **getting my feet wet** investing in the stock market. Do you have any advice for me?
我才剛開始投資股票。你能不能給我一點建議？

普 **start a new activity or job** 開始一個新的活動或工作 | **be a novice** 是個新手

get one's just deserts　得到應得的賞罰

"Deserts" 在此並不指「沙漠」，而是「應得的賞罰」，（注意，這個用法常為複數形。）"get one's just deserts" 也就是「罪有應得」的意思。

例 He can't get away with cheating people forever. He'll **get his just deserts** one day.
他騙人不可能老是得逞。總有一天他會得到應得、公平的懲罰。

普 **get that which is deserved** 得到應得的 | **face justice** 面對公平正義

get one's way　為所欲為

"Get one's way" 就是「想怎樣就怎樣」的意思，也就是中文說的「為所欲為」。

例 This time we'll let your brother decide where to go for dinner. You can't always **get your way**.
這一次我們讓你弟弟決定要去哪兒吃晚飯。你不能老是爲所欲爲。

普 **get what one wants** 隨心所欲

Get out of here! 你少來，真的假的？

"Get out of here." 除了用來指「滾出去」之外，還可以用來表達說話者對於對方說的話感到驚訝或難以置信。

例 A: I'm going to open a coffee shop.
    我打算開一家咖啡店。

   B: **Get out of here.** That's so incredible.
      你少來，真的假的？太不可思議了。

類 **No way!** 不會吧！ (p.256)

get out of one's hair 不再打擾某人

如果一個人的頭髮裡飛進了一隻蟲子，肯定相當惱人。 "Get out of one's hair" 指的就是「不再打擾某人」的意思。

例 I can see you're busy today. I'll **get out of your hair**.
    我看得出來你今天很忙。我就不再打擾你了。

普 **stop bothering or talking to someone** 停止打擾或跟某人說話

get over

1. 康復

從一些小病痛（例如感冒、拉肚子等）「康復」，可用 "get over" 來表達。若是從較嚴重的疾病「痊癒」，則用 "recover from"。

例 Johnny is finally **getting over** that terrible cold he has.
    強尼的重感冒終於快好了。

用法 **S + V + O**
普 **get better** 好轉

2. 忘懷

人在與男 / 女朋友分手之後常會留戀對方，例如你可以說： "I'll never get over Rachel."（我永遠無法忘懷瑞秋。）

例 Give it time. You'll **get over** breaking up with Danny.
    給它一點時間。對於跟丹尼分手的事妳終究會釋懷的。

用法 **S + V + O**

這個片語還可以指「攀越」，對象通常是牆、柵欄等障礙物。

例 We'll never **get over** this wall without special equipment.
沒有特殊裝備我們永遠無法攀越這道牆。

用法 S + V + O

普 **scale** [skel] **動** 攀登

---

get someone's goat　　激怒某人

"Goat" 有一個古老、現今已不再使用的意思：憤怒。今日雖然人們不用 "goat" 表示「憤怒」，但是 "get someone's goat" 還是被保留了下來，意思是「激怒某人」。

例 You do know how to **get Brenda's goat**. Just talking with you for five minutes put her in a bad mood.
你真懂得如何激怒布蘭達啊。才跟你說了五分鐘的話，她就很不爽。

普 **make someone angry** 使某人生氣

---

get the ball rolling　　開始做一件事

"Get the ball rolling" 字面上的意思是「讓球開始滾動」，通常用來表達「開始做一件事」。

例 If everyone will take their seats please, I'll **get the ball rolling**.
如果大家都就定位，我就可以開始了。

普 **begin the proceedings** 開始行動 | **start things moving forward** 著手進行

---

get the upper hand on someone　　比某人占優勢

"Upper hand" 指的是「優勢」，所謂 "get the upper hand on someone" 就是「比某人占優勢」之意。這個慣用語可用在運動比賽、企業與企業間，以及其他有競爭對手的情況。

例 Those other bidders don't have the information we have. Now, we'll **get the upper hand on them**.
其他那些競標者並沒有我們得到的資訊。現在，我們比他們占優勢。

普 **win an advantage over someone** 較某人具優勢
gain leverage over someone 占比某人有利的位置

---

get together

1. 聚在一起

「朋友聚在一起」英文就用 "get together" 來表示。有時 "get together" 也被用在邀人約會時，例如："Do you want to get together this Friday, maybe for dinner and a movie?"（要不要禮拜五一起出去吃個晚餐、看個電影什麼的？）

例 We should **get together** more often.
　　我們應該多聚一聚。

用法 **S + V or S + V + O**
普 **meet up** 碰面 ｜ **go out with** 和⋯⋯出去
反 **split up** 分開來 (p.326)

2. 把⋯⋯聚合在一起

這個片語動詞也有「及物」的用法，意思是「把⋯⋯聚合在一起」，受詞可以是「事物」，也可以是「人」。

例 **Get** your things **together**. It's time to go.
　　把你的東西收一收。該走了。

用法 **S + V + O**
普 **gather** [ˈɡæðɚ] 動 聚集 ｜ **assemble** [əˈsɛmbl] 動 集合

get up on the wrong side of the bed　吃錯藥

一個人起床時通常會由固定的一邊下床，如果你 "get up on the wrong side of the bed" 就有「反常」的意思。當你的朋友心情不佳時，你就可以問他／她："What's wrong? Did you get up on the wrong side of the bed?"（怎麼了？吃錯藥啦？）

例 It looks like Mark **got up on the wrong side of the bed**.
　　看來馬克似乎是吃錯藥了。

普 **be in a bad mood** 心情不好

get wind of something　聽到風聲

與中文「聽到風聲」雷同，"get wind of something" 就是「聽到某事的風聲」、「聽到某人說某事」之意。

例 Once my supervisor **gets wind of this**, he's going to be very angry.
　一旦我的主管聽到這個風聲，他一定會很生氣。

普 **hear about something** 聽聞某事
類 **hear something on the grapevine** 從小道消息得知某事 (p.189)

Get with the program. 照規矩來。

"Program" 在這裡指的是「固定的模式或規定」，因此 "Get with the program." 就是「照規矩來」的意思。

例 A: I don't want to wear a uniform.
　　我不想穿制服。

　B: **Get with the program.** It's required.
　　照規矩來。這是強制性的。

Give it your best shot. 全力以赴。

當某人必須面對困難的挑戰時，我們可以用 "Give it your best shot." 這句話來激勵他 / 她，意思就是要他 / 她「全力以赴」。

例 A: I never thought I'd change careers. What if I fail?
　　我從來沒想過我會改變職涯。要是我失敗了怎麼辦？

　B: **Give it your best shot.** That's all you can do.
　　加油，全力以赴吧！這是你唯一能做的。

類 **Do your best.** 盡你最大的能力。 (p.130)

Give me a break. 你得了吧。

這句俗語是「饒了我吧」的意思，用在表達不相信對方的話時。

例 A: I bet I can jump all the way across this ditch.
　　我跟你賭我只要縱身一跳就可以跨越那道溝渠。

　B: **Give me a break.** That's impossible.
　　你算了吧！那是不可能的。

類 **Come off it.** 算了吧。 (p.116) | **Yeah, right.** 才怪。 (p.392)

give someone the cold shoulder 對某人冷淡

"Cold" 本身即包含「冷淡」之意，所以給某人冰冷的肩膀就有了「對某人冷淡」的意涵。另有一說是舊時在英國的客棧裡對於那些不受歡迎的客人，店家送上的不是熱騰騰而是冷冰冰的牛、羊肩肉（cold shoulder），因此後來 "give someone the cold shoulder" 就變成「對某人冷淡」的意思。

例 Tammy is still mad about what happened yesterday. She **gave me the cold shoulder** when I saw her at school.

泰咪對於昨天發生的事還是很生氣，今天在學校看到她的時候她對我很冷淡。

普 **ignore someone** 不理睬某人 | **treat someone like a stranger** 對待某人像對待陌生人

---

give someone the red carpet treatment 將某人當貴賓招待

傳統上迎接貴賓時總會鋪上紅地毯，因此 "give someone the red carpet treatment" 就是「把某人當貴賓招待」的意思。

例 Our clients in Tokyo **gave me the red carpet treatment**. I felt like a celebrity.

我們在東京的客戶把我當貴賓招待，我感覺像是個名人。

普 **treat someone with great hospitality**
隆重熱烈地招待某人

---

give someone the willies 令某人毛骨悚然

"Willies" 可能指 willow（柳樹）的枝葉，在夜間搖曳起來多少有驚悚感；也可能指歐洲傳說中的 fairy（小妖精）。不論怎麼說，如果某事物 "gives someone the willies"，意思就是「令人覺得毛骨悚然」。

例 Horror movies **give me the willies**.
恐怖電影讓我毛骨悚然。

普 **frighten someone** 驚嚇某人
類 **make someone's hair stand on end** 令某人汗毛直豎 (p.243)

give up

1. 放棄

"Give up" 這個片語動詞指「放棄」。如果要表達放棄什麼，可以在 "give up" 後加介系詞 "on"，例如 "give up on a dream"（放棄一個夢想）。

例 No matter how bad the odds are, we'll never **give up**!
　　無論勝算如何，我們永遠不會放棄！

用法 S + V or S + V + O

(普) **quit** [kwɪt] **動** 放棄 ｜ **surrender** [sə`rɛndə] **動** 投降
(類) **part with** 放棄 (p.269)
(反) **fight back** 反擊 (p.148)

2. 戒除

"Give up" 也常用來指「不再做某事」，亦即有「捨棄」、「作罷」、「戒除」之意。

例 The doctor told Ned he had to **give up** smoking.
　　醫生告訴奈德他必須戒菸。

用法 S + V + O

(普) **stop** [stɑp] **動** 停止 ｜ **abandon** [ə`bændən] **動** 拋棄

---

give up the ghost　死亡　

許多人相信人死之後，靈魂還是會繼續存在。"Give up the ghost"（把靈〔鬼〕魂拋棄掉）就被用來指「死亡」。

例 I still can't believe my favorite actor **gave up the ghost**.
　　我還是不能相信我最喜歡的演員死了。

(普) **die** [daɪ] **動** 死
(類) **bite the dust**（倒地）身亡 (p.76)

---

go against the grain　違反常規

"Grain" 指的是木頭的「紋理」，不順著紋理劈柴就是 "go against the grain"。這個慣用語通常被用來指行事「不按牌理出牌」，也就是「違反常規」之意。

例 Our new billboards do **go against the grain**, but we think they'll be successful.
　我們的新廣告看板確實是不按牌理出牌，但是我們認為它們會很有效果。

普 **act against standard practice** 不依標準作業流程行事 | **be untraditional** 不按慣例

go bananas　情緒失控

大家都知道猴子喜歡吃香蕉，牠們一看到香蕉就會異常興奮，因此 "go bananas" 被用來指一個人「情緒失控」的狀態。

例 Phil **went bananas** when he saw how much his phone bill was.
　費爾看到他的電話費那麼高的時候就抓狂了。

用法 **S + V**
普 **lose one's composure** 失去鎮定 | **behave wildly** 表現瘋狂
類 **flip out** 抓狂 (p.152) | **wig out** 發狂 (p.387)
反 **chill out** 冷靜下來 (p.107)

go cruising　開車兜風

"Cruise" 原指「搭船遊覽」，而 "go cruising" 則是「開車兜風」之意。

例 The weather is perfect. Let's **go cruising** downtown.
　天氣那麼好，咱們開車到市中心兜兜風。

用法 **S + V**
普 **drive around** 開車四處走走

go from rags to riches　由非常貧窮變成非常富有

"Rags" 指「破衣服」，"riches" 指「財富」，"go from rags to riches" 就是「由非常貧窮變成非常富有」的意思。

例 Just like that, when Sue inherited a bunch of money from her grandfather, she **went from rags to riches**.
　就這樣，在蘇從她爺爺那兒繼承了一大筆錢之後就鹹魚翻身了。

普 **go from being poor to being rich** 由貧窮變有錢

go out

1. 出去

"Go out" 就是「出去」的意思，只要你離開家、辦公室等都可以用 "go out" 表示。另外，要邀某人出去約會也可以用 "go out"，例如："Do you want to go out sometime?"（要不要什麼時候一起出去？）

例 Mr. Fredericks **went out** about an hour ago.

福瑞德烈克斯先生大約一個鐘頭前出去了。

用法 S + V or S + V + O

普 **go somewhere** 去某處

類 **step out** 暫時外出 (p.332)

2. 熄滅

這個片語還可以用來指「熄滅」。柴燒光了，火就會 "go out"；停電時，燈也會 "go out"。

例 Bring in more logs. The fire just **went out**.

再拿些木柴進來。火剛剛滅了。

用法 S + V

---

go over

1. 複習

這個片語動詞是「複習」的意思。演員們可以 "go over" 他們的劇本，演說者可以 "go over" 他 / 她的講稿，學生則可以 "go over" 自己的功課。

例 The actors **went over** their lines several times.

那些演員把他們的台詞複習了 N 遍。

用法 S + V + O

普 **review** [rɪ`vju] 動 複習 | **rehearse** [rɪ`hɝs] 動 演練

2. 檢視

"Go over" 亦指「檢視」，對象可以是「地方」、「證據」、「資料」等。

例 The police investigators **went over** the crime scene very carefully.

警方的調查人員非常仔細地檢視犯罪現場。

用法 S + V + O

(普) **examine** [ɪgˋzæmɪn] 動 檢查 | **inspect** [ɪnˋspɛkt] 動 視察

3. 越過

"Go over" 還可以指「越過」，並且通常有「往上再往下」的意涵，例如 "go over a bridge"（越過一座橋）、"go over a mountain"（越過一座山）。

例 One of us should **go over** the bridge while the other waits here.
　　我們當中應該有一個人過橋去，其他的人在這裡等。

用法 S + V + O

(普) **cross** [krɔs] 動 橫越

go over something with a fine-toothed comb　仔細地檢視某物

"Fine-toothed comb" 指「齒間很細的梳子」，用一把細齒梳來梳頭，頭髮肯定會梳得很服貼，因此這個慣用語被用來表達「仔細地檢視某物」之意。

例 I want you to **go over that contract with a fine-toothed comb**. Tell me if there's anything that should be changed.
　　我要你仔細檢查那份合約。如果有任何需要更改的地方就告訴我。

(普) **very carefully and thoroughly review, analyze, or examine**
　　非常仔細徹底地檢視、分析或檢查

go overboard　過頭

如果在船上聽到有人喊 "Man overboard!"，喊叫的人是在表達「有人落水了！」"Overboard" 有「自船上落入水中」的意思，"go overboard" 則被用來指一個人的行為舉止「過頭」。

例 Two hundred roses for your girlfriend? Boy, you did **go overboard**.
　　送你女朋友兩百朵玫瑰？哇！你也太超過了。

(普) **behave excessively** 行為舉止過度 | **overreact** [ˌovɚrɪˋækt] 動 反應過度
(類) **get carried away** 行為舉止過頭 (p.161)
(反) **play it cool** 處之泰然 (p.276)

go postal 行為失控

幾十年前在美國曾連續發生了數起郵務員因壓力過大、情緒失控而殺人的案件。隨後，就有人開始用 "go postal" 來表示一個人「行為失控」的狀況。

例 Calm down. You don't need to **go postal** just because the guy bumped into you.
冷靜一下。你犯不著只因為那個傢伙撞到你而大動肝火。

用法 S + V

普 **exhibit highly abnormal behavior** 表現出極度不正常的行為

go stag 不帶女伴參加社交活動

"Stag" 是「公鹿」，"stag party" 指的是「只有男性參加的派對」，"go stag" 則指「不帶女伴參加社交活動」的意思。

例 Neither of us has a date to the party. Once again, we'll have to **go stag**.
我們兩個人參加派對都沒有伴。我們只好再一次自己去了。

普 **attend an event alone** 單獨參加活動

go through the roof 大發雷霆

"Go through the roof" 字面上的意思是「衝破屋頂」，在慣用語用法中指的則是「大發雷霆」。這個說法與中文的「怒髮衝冠」、「怒氣衝天」有異曲同工之妙。

例 Eric **went through the roof** when he saw the scratch on his new car.
當艾立克看到他新車上的刮痕時整個人暴跳如雷。

普 **become enraged** 變得非常憤怒
類 **fly off the handle** 勃然大怒 (p.153)

go to bat for someone 替某人出頭

"Bat" 原指棒球中的「打擊」，因此 "go to bat for someone" 字面上的意思就是「替某人代打」，但在慣用語中指「替某人出頭」。

例 I saw everything that happened. If you need me to **go to bat for you**, I will.
發生了什麼事我看得一清二楚。如果你需要我站出來，我會的。

普 **support or defend someone** 支持或維護某人
反 **leave someone high and dry** 使某人孤立無援 (p.227)

go to pieces　支離破碎；崩潰

這個慣用語指東西時有「支離破碎」的意思，用來講人則指「崩潰」。

例 Linda loved her rabbit very much. She **went to pieces** when it disappeared.
琳達非常鍾愛她的兔子，當牠不見的時候她整個人都崩潰了。

普 **be emotionally distraught** 心煩意亂

---

go to pot　荒廢

"Go to (the) pot" 原指將廢棄不要的食材通通「丟到鍋子裡」，後來這個說法被引申為「荒廢」、「衰敗」之意。（注意，今日的用法不須定冠詞。）

例 The building **went to pot** after it was abandoned.
那棟建築在被遺棄之後就荒廢了。

用法 S + V

普 **deteriorate** [dɪ`tɪrɪəˌret] 動 惡化

Go with the flow.　順其自然。

"Flow" 是「流水」的意思，"Go with the flow." 指「順著水流的方向走」，也就是中文的「順其自然」之意。

例 A: I'm tired of following these crazy rules. They change all the time.
對於遵守這些爛規定我已經覺得很厭煩。它們老是變來變去的。

　B: **Go with the flow.** That's all you can do.
順其自然吧。你也只能這麼做。

---

go without　沒有……也可以

"Go without" 與前面提到的 "do without" 同義，是「沒有……也可以」的意思。

例 This winter, we'll have to **go without** coal for the fireplace.
這個多天我們將在沒有煤炭的情況下度過。

用法 S + V + O

普 **get by without having something** 沒有某物也過得去

類 **do without** 沒有……也行 (p.130)

golden [ˋgoldn̩] 形 狀況極佳的

"Gold"（黃金）會發亮又很有價值，幾乎無人不愛，因此當我們說某人是 "golden"（金光閃閃）的時候，意思就是指這個人處在極佳的狀況之中。

例 A: The line's like a mile long. We'll never get in.
（排隊的）隊伍長得不得了。我們一定進不去。

B: Relax, my friend's working the door. We're **golden**.
別緊張，我朋友在管門。咱們安得很。

普 **in great shape** 狀況非常好

Good riddance to bad rubbish.
謝天謝地，總算擺脫了（討厭的人事物）。

"Riddance" 指「擺脫」，"rubbish" 指「垃圾」。這句話用來表達擺脫討厭的人事物時之心情。

例 A: The Wilsons moved out of the neighborhood.
威爾遜一家人搬出了這個社區。

B: **Good riddance to bad rubbish.**
謝天謝地，總算擺脫了他們。

Good things come to those who wait.　好事多磨。

這句話就是「好事多磨」的意思，常用來奉勸人要有耐心等待，好事才會降臨。

例 A: I've waited half my life for a chance to work on a movie set.
我等待在電影劇組工作的機會已經大半輩子了。

B: **Good things come to those who wait.**
好事多磨嘛。

類 **Patience is a virtue.** 耐心是美德。 (p.270)

Grab a seat. （找個位子）坐下。

"Grab" 指「抓取」。在公共場所（如餐廳、酒吧、咖啡店等）若見到熟識的人進來，你可以叫他／她 "Grab a seat and join us."，意思就是「過來一起坐」。

例 Hey, Charles, over here! **Grab a seat.**
嘿，查爾斯，這邊！坐吧。

類 **Take a load off.** 請坐。 (p.339)

grand [grænd] 名 一千元

"Grand" 原是形容詞，指「雄偉的」、「崇高的」、「盛大的」等意。在俚語的用法中，則可為名詞，指「一千元」。（**注意，"grand" 指「一千元」時，單、複數同形，不加 "s"。**）

例 I won five **grand** at the racetrack yesterday.
　　昨天我在賽馬場贏了五千元。

普 **one thousand dollars** 一千元

---

grow up 長大

"Grow up" 是「長大」、「成熟」的意思。對於一個行為幼稚的成年人，你可以跟他 / 她說："Grow up and act your age."（成熟點，舉止該像個大人。）

例 I can't believe we **grew up** in the same town!
　　我不敢相信我們在同一個城鎮長大！

用法 S + V
普 **be raised** 被養育｜**mature** [mə`tʃʊr] 動 成熟

---

grub [grʌb] 名 食物

"Grub" 原是「蛆」的意思，在俚語中卻被用來指「食物」。"Let's go get some grab." 就是「咱們去吃點東西」的意思。

例 It's 12:30. Anybody want to go out for some **grub**?
　　已經十二點半了。有沒有人要出去吃點東西？

普 **food** [fud] 名 食物
類 **chow** [tʃaʊ] 名 食物 (p.109)

---

gyp [dʒɪp] 動 欺騙

"Gyp" 可能是由 "gypsy"（吉普賽人）轉變過來的字，作「騙」解。如果你聽某人說 "I got gypped."，他 / 她的意思就是「我被騙了。」

例 You paid $75 for that shirt? They **gypped** you bad.
　　那件襯衫你花了七十五美元？他們騙得你好慘。

用法 S + V or S + V + O
普 **cheat** [tʃit] 動 欺騙

H

hand over

▶ Track 23

1. 交出

這個片語動詞可指「交出」。例如，當你想進入某些官方機構時，你常得 "hand over your cell phone"（交出你的手機）。

例 **Hand over** that knife before someone gets hurt.
把那把刀交出來，免得有人受傷。

用法 **S + V + O**

普 **deliver** [dɪˋlɪvə] 動 交付

2. 移交

"Hand over" 也有「移交」的意思，受詞通常是一些重要事務，例如前任總統將 leadership（領導權）"hand over" 給新任總統。

例 The outgoing president **handed over** power to the country's new leader.
即將卸任的總統把權力移交給該國的新領袖。

用法 **S + V + O**

普 **transfer** [trænsˋfɝ] 動 轉移 ｜ **cede** [sid] 動 讓與
反 **take away** 拿走 (p.340) ｜ **take over** 接收 (p.345)

hand someone his/her hat　要某人走路

當客人要離開的時候，主人常會把客人的帽子拿給他 / 她。"Hand someone his/her hat" 被用來指「要某人走路」，也就是「炒人魷魚」的意思。

例 The way nobody would talk to me, it was clear they were **handing me my hat**.
沒有人跟我講話，很清楚地看來他們要我走人。

普 **fire or dismiss someone** 開除或解雇某人

Hang in there. 堅持下去。

這句話通常被用來鼓勵人要「堅持下去」，同時也表達了某種程度的同理心。

例 A: Organic chemistry is so hard. I have to stay up late every night studying.
有機化學真的好難。我每天晚上都得熬夜苦讀。

B: **Hang in there.**
撐下去吧。

---

hang loose 放輕鬆

"Loose" 有「鬆弛」的意思，"hang loose" 就指「放輕鬆」。這個俚語通常用在說再見時，例如：﹁I'll see you later. Hang loose.﹂（稍後再見。放輕鬆。）

例 **Hang loose**, Steve. Don't work so hard.
放輕鬆，史帝夫。別那麼拼。

用法 S + V

普 **Take it easy.** 放輕鬆點。

Hang on a second. 稍等一會兒。

"Hang on" 有叫人「等待」的意思，"a second" 是「一秒鐘」。"Hang on a second." 被用來要對方「稍待片刻」。

例 **Hang on a second.** I've got to make a quick phone call. Then I'll be right over.
請等一下。我得很快打個電話，然後我就過來。

類 **Just a sec.** 稍等一下。 (p.216)

---

hang out 打發時間

這個俚語指沒做什麼正事，只是在「打發時間」。你可以自己一個人 "hang out"，也可以跟朋友在一起： "hang out with friends"。

例 I saw your sister at McDonald's. She was **hanging out** with her friends.
我在麥當勞看到你妹。她跟她的朋友泡在那兒。

用法 S + V

普 **spend time** 消耗時間 | **pass the time** 消磨時間

類 **veg out** 什麼事都不幹 (p.375)

hang tight　在原地靜待

"Tight" 作副詞用時指「緊緊地」、「牢牢地」。當你叫某人 "hang tight" 時，意思就是要他 / 她「留在原地不動，靜靜等待」。

例 **Hang tight**. I'll be back in a minute.
別走開，在這裡等。我一會兒就回來。

用法 **S + V**
普 **wait there** 在原地等候 ｜ **stay put** 留在原地不動

hang up

1. 掛電話

這是一個很常用的片語動詞，意思是「掛電話」。如果要表達掛「誰」的電話，必須在其後加介系詞 "on"，例如： "Why did you hang up on me?"（你為什麼掛我電話？）

例 Stop screaming, or I'm going to **hang up** the telephone.
別再尖叫，否則我就掛電話。

用法 **S + V or S + V + O**
普 **end a phone call** 結束一通電話
反 **pick up** 接電話 (p.273)

2. 懸掛

"Hang up" 也可以用來指「懸掛」，對象多半是外套、大衣、毛巾、圍巾等衣物類的東西。

例 You can **hang up** your coat over there by the door.
你可以把外套掛在那邊的門旁邊。

用法 **S + V + O**
普 **place on a hook or coat hanger** 放置在掛鉤或衣架上

Haste makes waste.　欲速則不達。

這句話就是「欲速則不達」的意思。"Haste" 指「匆忙」，"waste" 指「浪費」、「廢物」。

例 A: I should have spent more time packing. Everything in my suitcase was a mess when I opened it.
我應該多花點時間好好打包的。我把行李箱打開的時候簡直是一團亂。

B: **Haste makes waste.**
欲速則不達。

hate someone's guts 很討厭某人

"Guts" 指「五臟六腑」，如果你 "hate someone's guts" 就表示你「對某人恨之入骨」或「極度討厭某人」。

例 Stay away from Luke. You know he **hates your guts**.
離路克遠一點。你知道他對你恨之入骨。

普 **despise someone** 蔑視某人
反 **carry a torch for someone** 單戀某人 (p.99)
　 head over heels for someone 為某人神魂顛倒 (p.188)

Have a ball. 玩得開心。

"Ball" 除了指「球」之外，還可指「舞會」，而此俗語被用來指「玩得開心」、「盡情歡樂」。

例 A: Are you sure you don't want to go to the pub?
　　你確定你不一起上酒館去嗎？

　 B: No, not tonight. **Have a ball.**
　　不了，今晚不去。祝你玩得開心。

have a cow 情緒激動

在這個俚語中 "have" 指的是「生」，當然人不可能生出牛來，因此 "have a cow" 被用來指「情緒過度地激動」。

例 Don't **have a cow**. I said I'll pay you back, and I will.
　　你不要那麼激動。我說了我會還你錢，我就會還。

用法 **S + V**
普 **overreact** [ˌovɚrɪˈækt] 動 反應過度 | **become highly emotional** 變得非常情緒化
類 **flip out** 抓狂 (p.152) | **wig out** 發狂 (p.387)
反 **chill out** 冷靜下來 (p.107) | **lighten up** 放輕鬆 (p.230)

Have a good one. 祝你愉快。

在此俗語中的 "one" 可以指一天或一天中的早、中、晚，也可以指某項活動。

例 A: Bye, Fred.
　　掰，福瑞德。

　 B: See you later, Maureen. **Have a good one.**
　　再見，茉琳。祝妳愉快。

have a low boiling point　容易生氣

"Boiling point" 指「沸點」，說某人 "has a low boiling point" 就是說他 / 她「容易發怒」、「容易動肝火」的意思。

例 A: Stop bothering me!
　　別再煩我了！

　 B: OK, OK. I didn't know you **had** such **a low boiling point**.
　　好，好。我不知道你這麼容易生氣。

普 **be angered easily** 容易生氣

have a screw loose　腦袋有問題

此慣用語字面上的意思是「有顆螺絲鬆了」，但是與中文的意涵不同，英文的 "have a screw loose" 指的是「腦袋有問題」、「神經不正常」，也就是「頭殼壞去」的意思。

例 A: Vern is wearing his motorcycle helmet in the office again.
　　馮恩又在辦公室裡戴安全帽了。

　 B: I've said it once, and I'll say it again. That man **has a screw loose**.
　　我已經說過一次了，我再說一次。那個人頭殼壞去了。

普 **be unstable, mentally disturbed, or highly eccentric**
　精神不穩定、心理不正常或行為非常怪異

have a sweet tooth　喜歡吃甜食

"Have a sweet tooth" 不是「嘴巴很甜」的意思，而是指喜歡吃甜食，就好像一個人的嘴巴裡長了一顆非得吃到糖果才能滿足的牙齒似的。

例 First you ate a piece of cake, and now you want ice cream? You sure do **have a sweet tooth**.
　你先是吃了一片蛋糕，現在又想吃冰淇淋？你可真喜歡吃甜食啊。

普 **love eating sweets** 愛吃甜的東西

have an ax to grind　找某人算帳

這個慣用語字面上的意思是「有把斧頭要磨」，原本被引申為「別有用心」、「另有所圖」，後來又被用來指「找某人算帳」。或許後者更具「磨刀霍霍」的意味。

例 Where's Doug? I **have an ax to grind** with him.
道格在哪兒？我要找他算帳。

普 **have a grievance with someone** 對某人有所不滿

have bats in the belfry　腦袋有問題

"Bat" 是「蝙蝠」，"belfry" 指「鐘樓」。如果在鐘樓裡有許多蝙蝠飛來飛去，肯定會製造出一些紛亂，因此這個慣用語被引申用來指一個人「腦袋有問題」、「頭殼壞去」。

例 Whenever I see Ms. Gosset, she has a weird look on her face. I think she **has bats in the belfry**.
每次我看到嘉士得女士，她臉上的表情都怪怪的。我看她的腦筋有些問題。

普 **be mentally disturbed** 心理不正常 ｜ **be highly eccentric** 行為非常怪異

have egg on one's face　丟臉；出糗

不論為什麼一個人的臉上出現蛋漬（可能被丟雞蛋、可能吃蛋不小心、可能……），都是很囧的事。因此，"have egg on one's face" 指的就是「丟臉」、「出糗」；換言之，就是指一個人「臉上無光」、「顏面盡失」。

例 A: The party's tomorrow, not today. But, thanks for stopping by.
派對是明天，不是今天。不過，還是多謝你過來一趟。

　B: Boy, do I **have egg on my face**. Well, I'll see you tomorrow.
哇，有夠糗。那，明天見囉。

普 **be very embarrassed** 非常尷尬

have it in for someone　對某人懷恨在心

這個慣用語中的 "it" 指的是「嫌隙」、「怨恨」。如果你非常討厭某人，老想找他／她麻煩、跟他／她過不去，那你就是 "have it in for him/her"。

例 I'm telling you, Brian **has it in for me**. He wants to get me fired.
我告訴你，布萊恩對我懷恨在心。他想讓我被開除。

普 **have a vendetta against someone** 與某人有宿怨

have money to burn　非常有錢

「錢多到拿來當柴燒」是個相當誇張的說法，而這個慣用語指的就是「非常地有錢」。

例 No, I don't want to go to a five star restaurant. Do I look like I **have money to burn**?

不，我並不想去五星級餐廳。我像是有本事把錢當柴燒的人嗎？

普 **be very rich** 非常富有

have one's cake and eat it too　魚與熊掌兼得

此慣用語就是魚與熊掌兼得的意思。但是在生活中大多情況其實是 "one can't have one's cake and eat it too"（魚與熊掌不可兼得）。

例 Either you buy the computer or you leave your money in the bank. You can't **have your cake and eat it too**.

你要嘛就買電腦，要嘛就把錢留在銀行裡。魚與熊掌不可兼得。

普 **have things both ways** 二者兼得

have one's eye on someone/something　看中某人／某物

"Have one's eye on someone/something"（用眼睛盯著某人／某物）就是「相中或看上某人／某物」的意思。

例 I've **had my eye on you** all evening. Can I buy you a drink?

我一整晚眼睛都盯著妳看。能不能請妳喝杯酒？

普 **be very interested in or pay close attention to someone/something**
對某人／某物很有興趣或非常注意

have other fish to fry　另有要事

當一個廚師說 "I have other fish to fry."，他／她的意思當然是他／她還有其他的魚要煎。但此慣用語卻常被一般人用來表達「另有要事得做，而無法兼顧他人要求的事」之意。

例 Jennifer's problems don't concern me. Right now, I **have other fish to fry**.

珍妮佛的問題與我無關。此刻，我另有要事。

普 **have other matters to attend to** 有其他的事要做

have too many irons in the fire 同時要做的事情太多

鐵匠打鐵必須先把鐵放在火裡燒紅，"have too many irons in the fire" 就是「火裡有太多鐵塊」的意思。這個說法常被引申指「同時要做的事情太多」。

例 A: I can't go out tonight. I have dance class at 6:00, then, I have to go to work. Plus, I have to study for my French class.
今晚我不能出去。六點我有舞蹈課，然後我得去上班。而且我還得唸一下法文。

B: Are you sure you don't **have too many irons in the fire**?
你確定你同時要做的事情不會太多嗎？

普 **be involved in too many things at the same time** 同時要做太多事
類 **bite off more than one can chew** 貪多嚼不爛 (p.76)

have two left feet 笨手笨腳

做許多事都需要用到雙腳，尤其是跳舞，雙腳一定要非常靈活。"Have two left feet" 被用來指一個人「笨手笨腳地不靈活」。

例 I'm not going onto the dance floor. I **have two left feet**.
我不要到舞池裡去。我笨手笨腳的。

普 **be a bad dancer** 舞跳得不好 | **be clumsy** 很笨拙

He who pays the piper calls the tune. 出錢的人愛怎樣就怎樣。

"Piper" 是「吹笛者」，"tune" 指「曲調」。"He who pays the piper calls the tune." 原指「出錢的人有權決定要聽什麼曲子」，但是常被用來表達「出錢的人愛怎樣就怎樣」之意。

例 A: A warehouse is a strange place for a party.
在倉庫開派對還真奇怪。

B: It's Dave's party. **He who pays the piper calls the tune.**
是戴夫的派對。出錢的人愛怎樣就怎樣。

head case 瘋子

發瘋的人通常都是「腦袋」有毛病，因此，"head case" 被用來指瘋子。類似的說法還有 "nut case" 和 "nut job"。

例 She's a real **head case**. Good luck talking to her.
她真的是個瘋子，你要跟她講話，祝你幸運啦。

普 **mentally unstable person** 心理不穩定的人 | **lunatic** [`lunə,tɪk] 名 瘋子
類 **weirdo** [`wɪrdo] 名 怪人 (p.381)

head for

1. 前往（某處）

"Head" 作動詞時指「朝……前進」，"head for" 即指「前往（某處）」。

例 I'm also **heading for** the grocery store. Maybe we can go together.
我也正要去雜貨店。或許我們可以一起去。

用法 **S + V + O**
普 **approach** [ə`protʃ] 動 接近 | **go towards** 朝向……而去

2. 邁向

此片語也有一個比喻性的用法，意思是「邁向」，主詞通常是國家、政府、公司等組織或機構。例如：“The country is heading for disaster.”（該國正步向災難。）

例 The way everybody's unhappy, this company seems **headed for** trouble.
因為每個人都不高興，這家公司似乎已遭遇麻煩。

用法 **S + V + O**
普 **face** [fes] 動 面臨 | **be on the way towards** 在朝向……的途中

head over heels for someone 為某人神魂顛倒

"Head over heels" 本身即有「頭朝下」、「顛倒地」之意，而 "head over heels for someone" 就是「為某人神魂顛倒」的意思。

例 You should have seen the way Flo looked at Mario. She's **head over heels for him**.
你應該看看芙蘿看馬力歐的樣子。她簡直是為了他而神魂顛倒。

普 **deeply in love with someone** 深戀某人
類 **carry a torch for someone** 單戀某人 (p.99)
反 **hate someone's guts** 很討厭某人 (p.183)

hear someone out 聽某人把話說完

此即「聽某人把話說完」之意。與中文相同，通常有「讓某人做說明、解釋」的意涵。

例 **Hear him out**. He has something important to say.
　聽他把話說完。他有重要的事情要說。

用法 **S + V + O**

普 **let someone speak** 讓某人說話 ｜ **listen to someone** 聽某人說話

hear something on the grapevine 從小道消息得知某事

"Grapevine" 指「葡萄藤」，而葡萄藤彎彎曲曲的，因此在這個慣用語中被引申為「小道（消息）」。

例 A: How did you know I was moving to LA?
　你怎麼知道我要搬到洛杉磯？

B: I **heard it on the grapevine**.
　我聽到小道消息。

普 **hear some news** 聽到一些消息
類 **get wind of something** 聽到風聲 (p.169)

Hear, hear. 說得對。

這是一個較古老的說法，現今在英國較常聽到，意思是「說得對」，用來表示贊同他人。

例 A: We should accept Cynthia's proposal.
　我們應該接受辛西亞的提案。

B: **Hear, hear.**
　說得對。

類 **I'm with you.** 我贊成。 (p.204)
反 **Northing could be further from the truth.** 沒有比這更離譜的事。 (p.259)

heat up

1. 熱起來

有些地方，例如房屋、辦公室、工廠等，常會因溫度改變而變得比較熱，此時就可以用 "heat up" 來表示。

例 Our apartment really **heats up** every day around 2:00.
我們的公寓每天兩點都會變得比較熱。

用法 S + V or S + V + O

(普) **get hot** 變熱

(類) **warm up** 變暖和 (p.377)

(反) **cool off** 冷卻 (p.119)

2. 變激烈

如果一項比賽、競爭變得比較激烈，也可以用 "heat up" 來表達。另外，故事、電影等的情節也可能會 "heat up"，意思就是愈來愈引人入勝。

例 The election is starting to **heat up**.
選戰已經開始白熱化。

用法 S + V

(普) **intensify** [ɪnˋtɛnsəˌfaɪ] 動 增強

hella 有夠……

"Hella" 是 "hell of a" 的簡稱，意思是「有夠……」。例如，"a hell of a nice club" 可以變成 "a hella nice club"（一家有夠讚的俱樂部）。

例 Marty's pool is **hella** big.
瑪蒂的游泳池真是有夠大。

(普) **extremely** [ɪkˋstrimlɪ] 副 極度地

(類) **royally** [ˋrɔɪəlɪ] 副 極……地 (p.299)

help someone out 幫某人的忙

幫人做事、解決問題英文常用 "help someone out" 來表達。另一個常用的片語是 "give someone a hand"。

例 I'd be happy to **help you out**.
我很樂意幫你忙。

用法 S + V or S + V + O

(普) **assist** [əˋsɪst] 動 協助

(類) **pitch in** 加入幫忙 (p.275)

Help yourself. 請自行取用。

這句話常用於主人招待客人時。另外，在某些場合中（例如展覽會場），若有人詢問工作人員是否可取用某些物品（例如說明書），工作人員也可以此句回應。

例 A: Can I try one of these brownies?
　　我能不能試吃一個布朗尼？
　B: **Help yourself.**
　　請便。

Here we go again. 又來了。

如果某件事或某種情況（通常是負面的）再度發生，你就可以用 "Here we go again."（又來了）來表達無奈。

例 A: Our branch is up for inspection next week.
　　我們分公司下禮拜得接受視察。
　B: **Here we go again.**
　　又來了。

hint at 暗示

"Hint at something" 是「暗示某事」的意思。注意，"hint" 也可以當名詞，例如："Give me a hint."（給我一點暗示。）

例 The mayor **hinted at** plans to build a new sports stadium.
　市長暗示有興建一個新體育場的計畫。

用法 S + V + O

普 **suggest** [sə`dʒɛst] 動 暗示 | **imply** [ɪm`plaɪ] 動 暗示

hit a snag 遭遇阻礙

"Snag" 指「表面粗糙的突出物」，例如「斷枝」。這類突出物容易將人絆倒，所以 "hit a snag" 就被用來表示「遭遇阻礙」。

例 The proposed merger **hit a snag** when some investors got nervous about the deal.
　被提出的併購案遭遇阻礙，因為有些投資者對於該項交易有所疑慮。

普 **encounter a problem** 遭遇困難 | **run into trouble** 碰到麻煩

hit the nail on the head 一針見血

這是一個比喻性的說法。當一個人說話「一語中的」、「一針見血」時，我們就可以說他／她 "hit the nail on the head"，就像鎚釘子，一敲就敲在釘子扁平的頂上。

例 A: Buying land in the desert sounds like a risky thing to do.
　　購買在沙漠中的土地似乎是件相當有風險的事。

　　B: You **hit the nail on the head**. That's exactly what I was thinking.
　　你真是一針見血。我就是這麼認為的。

普 **be exactly right** 完全正確
類 **right on the money** 一點都沒錯 (p.295)

hit the road 上路；出發

"Hit the road" 不是「打馬路」的意思，而是指一個人「（動身）上路」。

例 The bar's about to close. Let's **hit the road**.
　　酒吧要打烊了。咱們上路吧。

普 **leave** [liv] 動 離開 | **depart** [dɪ`pɑrt] 動 離去
類 **get on one's horse** 動身離去 (p.165)

hit the sack 上床睡覺

"Sack" 是「大袋子」的意思，在大袋子上放一些稻草或一些軟的東西就可以當作床鋪來睡。因此，"hit the sack" 這個慣用語指的就是「上床睡覺」。

例 I'm exhausted. It's time for me to **hit the sack**.
　　我累翻了。該上床睡覺了。

普 **go to bed** 就寢

hold off

1. 抵擋

這個片語動詞可以用來指「抵擋」，與前面提到過的 "fend off" 同義。

例 With its strong defenses, the fort could **hold off** a large number of attackers.
　　這個堡壘的防禦力很強，足以抵擋人數眾多的攻擊者。

用法 S + V + O
普 **repel** [rɪ`pɛl] 動 逐退

2. 延緩

"Hold off" 還可以用來指「延緩做某件事」。一般的情況多是，原本已計畫要做某件事，但由於有其他考量，因而延後進行。

例 I think you should **hold off** buying a house until you have a better job.
　 我認為你應該遲些再買房，直到你找到更好的工作為止。

用法 S + V or S + V + O
普 **refrain from** 忍住不做（某事）
反 **carry on** 繼續（做某事）(p.99) | **proceed with** 繼續進行 (p.279)

hold on

▶ Track 25

1. 抓牢

當道路狀況不佳時，司機會要乘客 "hold on"，意思就是要他們「抓牢」，以免發生意外。

例 **Hold on**, it's going to be a bumpy ride.
　 抓牢，這一路上會很顛簸。

用法 S + V or S + V + O
普 **grab** [græb] 動 抓住

2. 等一等

"Hold on" 也可以用來要對方「等一等」，用法及涵義與前面提到過的 "hang on a second" 相同。除了經常被使用於電話情境外，也能使用於與人當面對話時。例如："Hold on, that's not what I meant."（等一下，我的意思不是那樣。）

例 I've got another call. **Hold on** a minute.
　 我有另外一通電話。你等一下。

用法 S + V
普 **wait a moment** 等一下

hold one's cards close to one's chest　守口如瓶

玩撲克牌的人為了怕別人看到自己的牌，常會把牌舉在靠近自己胸前的地方。"Hold one's cards close to one's chest" 後來被引申用來指一個人「保密到家」、「守口如瓶」。

例 Mr. Gibbons is **holding his cards close to his chest**. It's hard to figure out how much he knows.
　 吉本斯先生守口如瓶。很難搞清楚他到底知道多少。

(普) **keep one's intentions or knowledge concealed** 將自己的意圖或所知道的隱藏起來
(反) **advertise something to the world** 昭告天下 (p.59)

hold out an olive branch　願意尋求和平

在西方橄欖枝被視為和平的象徵，因此，"hold out an olive branch"（遞出橄欖枝）就表示「願意尋求和平」。

(例) The senator **held out an olive branch** to his political rival.
　　那個參議員向他的政敵釋出善意，表示願意握手言和。

(普) **make a peace offering** 提議和解

Hold your horses.　稍安勿躁。

"Hold your horses." 的原意是「抓住你的馬，不要讓牠們亂動」。今日，這句話被用來叫人有耐心點，「稍安勿躁」。

(例) A: Hurry up!
　　快一點！
　　B: **Hold your horses.** I'll be down in a minute.
　　稍安勿躁。我一會兒就下來。

homeboy [ˋhom͵bɔɪ] 名 男性好友

"Homeboy" 是「男性好朋友」的意思，通常用於第三人稱，較少用來直接稱呼對方。

(例) Some of my **homeboys** are coming by in an hour.
　　我有幾個好朋友一個鐘頭後會過來看我。

(普) **buddy** [ˋbʌdɪ] 名 哥兒們
(類) **bro** [bro] 名 兄弟 (p.89) | **homie** [ˋhomi] 名 好友 (p.195)

homegirl [ˋhomgɝl] 名 女性好友

"Homegirl" 和 "homeboy" 意思相同，不過指的是女性。

(例) How've you been, **homegirl**?
　　我的姊妹淘，近來好嗎？

(普) **girlfriend** [ˋgɝl͵frɛnd] 名 女朋友

homie [ˋhomɪ] 名 好友

"Homie" 是 "homeboy" 的簡稱，不過與 "homeboy" 不同，"homie" 通常直接用來稱呼對方。

例 Where did you go, **homie**? I've been calling your house all day.
你上哪兒去啦，老兄？我打電話到你家打了一整天。

普 **good friend** 好朋友

類 **bro** [bro] 名 兄弟 (p.89) | **homeboy** [ˋhomˌbɔɪ] 名 好朋友 (p.194)

Honesty is the best policy. 誠實為上策。

"Honesty is the best policy." 大概是英文當中最令人覺得耳熟能詳的諺語了，中文多譯為「誠實為上策」。

例 A: What did you tell Jack?
你跟傑克說了什麼？

B: I told him the truth. **Honesty is the best policy.**
我把實際狀況跟他說了。誠實為上策。

---

honey [ˋhʌnɪ] 名 美眉

"Honey"（蜂蜜）除了是情侶、夫妻之間的暱稱外，在俚語中還被用來指「美眉」，通常不用於當面稱呼對方。

例 Who's that **honey** you were talking to?
剛跟你講話那個美眉是誰？

普 **beautiful girl or woman** 美麗的女孩或女人

類 **hottie** [ˋhɑti] 名 辣妹；酷哥 (p.197)

反 **dog** [dɔg] 名 恐龍妹 (p.130)

---

hood [hʊd] 名 鄰里

"Hood" 是 "neighborhood" 的簡稱，用來指都市中的某個區域、某個鄰里。

例 We all look out for each other. That's the way it works in the **hood**.
我們都互相照料，在鄰里裡大家都是這樣。

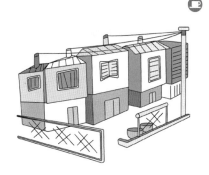

⦿ **neighborhood** [ˋnebɚ͵hud] **名** 鄰近地區
⦿ **turf** [tɝf] **名** 地盤 (p.367)

hook up 幫忙（某人）弄到（某物）

"Hook up" 的原意是「用鉤子鉤住」，在俚語的用法中 "hook someone up with something" 則指「幫忙某人弄到某物」。

例 When Lance was in Tokyo, he **hooked** me **up** with all kinds of cool stuff.
藍斯在東京的時候幫我弄到一堆很酷的玩意兒。

用法 S + V or S + V + O
⦿ **help someone get something** 幫某人取得某物 | **give someone a present** 給某人禮物

Hop to it. 快點。 ⦿

"Hop" 指「單腳跳」，叫人 "Hop to it." 就是要他／她「快點」的意思。注意，這句話很直接且用字較簡慢，因此使用時須特別留意，以免給人無禮的印象。

例 A: I'll have this article edited by 12 o'clock.
我 12 點前會把這篇文章編寫好。

B: **Hop to it.** I need it by 11.
快點，我 11 點以前就要。

⦿ **Make it snappy.** 快一點。 (p.242)

hot [hat]

1. 形 性感的

"Hot" 用來講人的時候，除了「熱」之外還可以指「性感的」，男、女皆適用。

例 Show me that photo again. You're right, he is **hot**.
那張照片再給我看一遍。你說得對，他挺性感的。

⦿ **gorgeous** [ˋgɔrdʒəs] **形** 極美的 | **sexy** [ˋsɛksɪ] **形** 性感的 | **handsome** [ˋhænsəm] **形** 帥的
⦿ **foxy** [ˋfɑksɪ] **形** 性感迷人的 (p.155)

2. 形 偷來的

"Hot" 用來指事物時可以是「熱門」的意思，而在俚語的用法中常被用來指「偷來的」，取其「燙手」之意。

例 I got this CD player for $15 from a friend. I think it may be **hot**.

我從一個朋友那兒以 15 塊美金買了這個 CD 播放器。我想它可能是贓物。

普 **stolen** [ˋstolən] 形 被偷的

---

hottie [ˋhɑtɪ] 名 辣妹；酷哥

這個字是從「性感的」"hot" 衍生而來的，表示性感的女人或男人，可指「辣妹」或「酷哥」。

例 What a **hottie**! Is she a new student?

好個辣妹！她是新來的學生嗎？

普 **attractive person** 有吸引力的人
類 **honey** [ˋhʌnɪ] 名 美眉 (p.195)
反 **dog** [dɔg] 名 恐龍妹 (p.130)

How does that grab you? 你覺得那樣如何？

"Grab" 字面上是「抓取」的意思，而 "How does that grab you?" 指的是「你覺得那樣如何？」，與 "What do you think about that?"（你認為那樣怎麼樣？）同義。

例 A: We're making you a full partner. **How does that grab you?**

我們要讓你成為正式的合夥人。你覺得怎麼樣？

B: It's terrific!

棒極了！

How goes it? 最近好嗎？

這是一個非常口語的說法，用來問人的近況如何。**雖然文法上不正確，但是卻廣泛地被人們使用。**

例 A: Good morning, Sandy. **How goes it?**

早，珊蒂。最近好嗎？

B: Pretty good, thanks.

蠻好的，謝謝。

How so? 怎麼說？

此問句的意思就是「怎麼說？」，用來要求對方針對其所說的話做一個澄清或進一步說明。

例 A: You say hiring more people will improve morale. **How so?**
　　你說雇用更多的人可以提振士氣。怎麼說？

　B: It will let the rest of our staff work without so much pressure.
　　這樣我們其他夥伴工作起來就不會有那麼多壓力。

How's life been treating you? 最近過得怎麼樣？

對於有一陣子沒有見面的朋友可以用 "How's life been treating you?"（最近過得怎麼樣？）來問候他們。

例 A: Well, hello Diana. **How's life been treating you?**
　　唷，黛安娜，妳好。最近過得怎麼樣啊？

　B: Not bad, Mr. Randell.
　　還不錯，藍道爾先生。

hunk of junk 破車

"Hunk" 是「大塊」的意思，而 "junk" 可指「破銅爛鐵」。"Hunk of junk" 常被用來指「破舊的車子」，類似中文「一堆破銅爛鐵」的說法。

例 No, I don't want to ride for ten hours in your **hunk of junk** car. Let's take a bus.
　　不，我不想在你的破車裡坐十個鐘頭。咱們搭巴士吧。

普 **automobile in poor condition** 車況很糟的車子
類 **lemon** [ˈlɛmən] 名 爛車 (p.228) | **rust bucket** 老爺車 (p.303)

hype [haɪp]

1. 名 因大肆宣傳而造成的轟動

"Hype" 這個字可能與 "hyper-"（意思是「過度」）這個字首有關。"Hype" 作名詞用時，意指「因大肆宣傳而造成的轟動」。

例 If the **hype** about that movie is true, it's gonna be fantastic.
　　如果因為那部電影的宣傳所造成的轟動真有那麼回事，那一定很好看。

普 **excitement generated over a product, company, etc.**
　　對於某項產品、某家公司等所產生的狂熱

2. **動** 大肆宣傳

"Hype" 作動詞用時，意指針對某項商品或服務「大肆宣傳」。近年來由於網路的普及，這個字也愈來愈常見。

例 The T-shirt company uses Twitter to **hype** its products all the time.
那家 T 恤公司總是利用推特大肆宣傳他們的產品。

用法 S + V or S + V + O

普 generate excitement for a new product, service, etc. 為某項新產品、服務等製造轟動

hyper [ˋhaɪpə] **形** 亢奮的

"Hyper" 這個俚語用字是 "hyperactive"（過動的）之簡稱，一般被用來指「亢奮的」；在這種用法之下通常帶有否定性的語意，因此不能當作稱讚語。

例 Slow down, will you? I can't understand what you're saying when you act so **hyper**.
拜託你說慢一點好嗎？你那麼亢奮我根本不知道你在說些什麼。

普 overly excited 過度興奮的

I can live with that. 那樣我（勉強）可以接受。 ▶ Track 26

這是個表達願意接受對方所提出的條件、意見或建議的說法。或許對方提出的並不是你所期待的，但是如果你可以接受，這句話就派得上用場。

例 A: Would a seven percent pay raise be acceptable?
　　調薪百分之七可以接受嗎？

　 B: Sure, **I can live with that.**
　　當然，我可以接受。

I can't argue with that. 這一點我不能不同意你的看法。

"I can't argue with that." 字面上的意思是「這一點我不能跟你爭辯」，其實也就是「這一點我不能不同意你的看法」。**換句話說，這是個「間接」表示認同對方看法或意見的說法。**

例 A: Buses should come every ten minutes instead of every twenty minutes.
　　公車應該每十分鐘而不是每二十分鐘來一班。

　 B: **I can't argue with that.**
　　這一點我不能不同意你的看法。

I can't complain. 我沒什麼可以抱怨的。

這是一個用來回應 "How are you?" 或 "How's everything?" 的說法，意思是「我沒有什麼可以抱怨的」，言下之意就是「還好」、「日子還過得去」。

例 A: How are you, Gregory?
　　你好嗎，葛雷戈利？

　 B: **I can't complain.** Business has been good recently.
　　我沒有什麼好抱怨的。最近生意還不錯。

I can't take it anymore! 我再也受不了了！

"Take" 在這裡有「忍受」的意涵。當情況已超出你的忍耐範圍、讓你快要發火時，你就可以用這句話來表達。

例 The noise, the traffic, the pollution ... **I can't take it anymore!**
　　吵雜聲、交通、汙染……我再也受不了了！

I can't wait. 我等不及了。

如果有什麼事讓你非常期待，恨不得馬上一做、一看等，你就可以說：" I can't wait."（我等不及了。）

例 A: Yo Yo Ma is giving two concerts here next month.
馬友友下個月在這裡有兩場音樂會演出。

B: Isn't it exciting? **I can't wait.**
那不是很令人興奮嗎？我等不及了。

I couldn't care less. 管它的。

這個句子字面上是「我不能再更不在乎了」的意思，與中文「管它的」相當。這句話有時還帶有不尊重、甚至輕蔑的意味，因此使用時須特別留意。

例 A: Trisha's going to be mad when she sees the mess in the living room.
要是特麗莎看到客廳亂七八糟的一定會很生氣。

B: **I couldn't care less.**
管它的。

I haven't had time to breathe. 我連喘口氣的時間都沒有。

這句俗語字面上的意思是「我一直沒有時間呼吸」，意即「我連喘口氣的時間都沒有」，用以誇示忙碌得幾乎沒空做其他事。

例 A: You look tired.
你看起來很累。

B: I am. It's been really busy at the store. **I haven't had time to breathe.**
我是很累。店裡忙得要命，我連喘口氣的時間都沒有。

I hear you. 我懂你的意思。

當別人跟你說某事而你想表達「我知道你在說什麼」時，即可以這句話來回應。"Hear"的原意是「聽見」、「聽到」，在這裡則有「聽懂」的意涵。

例 A: Food in this city is getting way too expensive.
這個城市的食物變得貴得離譜。

B: **I hear you.** Too much of our budget goes to buying groceries.
我懂你的意思。我們太多的生活費必須花在買食品雜貨上。

I owe you one. 我欠你一個人情。

如果有人幫了你忙而你覺得欠他一個人情，就能用 "I owe you one." 來表達，"one" 在這裡指「一個（要還的）人情」。

例 Thanks for helping me fix my bike. **I owe you one.**
多謝你幫我修腳踏車。我欠你一個人情。

I read you loud and clear. 你的意思我完全聽懂了。

"I read you loud and clear." 原本用於無線電通訊，指「你的聲音我聽得很清楚」。今日，在日常生活當中這句話則被用來表達「你的意思我完全聽懂了」。

例 A: Do you understand my instructions?
你明白我的指示嗎？

B: Yes, general. **I read you loud and clear.**
是的，將軍。你的意思我完全聽懂了。

I told you so. 我早就跟你說過了。

如果你先前已經警告過某人可能會發生某種情況，而他／她並未理會你的預警，倘若事情如你預期地發生了，你就可以跟他／她說這句話。

例 A: One of the legs on our coffee table fell off. I shouldn't have bought it.
客廳茶几的腳掉了一根。我當時不應該買它的。

B: **I told you so.** Cheap furniture doesn't last long.
我早就跟你說過了。便宜的家具用不了很久。

I won't take no for an answer. 不許回答「不」。

這句話常用於誠懇地邀約或堅持要幫忙他人時，是個「負負得正」的話語，意思其實就是「你一定要接受我的邀請、協助」。

例 I insist on your having dinner at my house. **I won't take no for an answer.**
我堅持你要到我家吃晚飯。不許回答「不」。

I won't tell a soul. 我不會告訴任何人。

"Soul" 的原意是「靈魂」，在這個句子中指的卻是「人」。"I won't tell a soul." 就是「我不會告訴任何人。」用於告訴對方你會保守祕密、你會「守口如瓶」。

例 You can let me know your secret. **I won't tell a soul.**
你可以告訴我你的祕密。我不會跟任何人說。

類 **Your secret's safe with me.** 我會保守你的祕密。 (p.398)

I wouldn't bet on it. 我倒不敢那麼肯定。

這是個相當保守（甚至悲觀）的話語，**有些「潑冷水」的味道**。當你認為某人對某事的期待過於樂觀時，就可以跟他／她說："I wouldn't bet on it."（我倒不敢那麼肯定。）"Bet on"的原意是「賭……」，在此指「對……有把握」。

例 A: Any moment, Leon is going to call me and apologize.
里昂隨時都有可能打電話來道歉。

B: **I wouldn't bet on it.** He never apologizes for anything.
我倒不敢那麼肯定。他是從不為任何事道歉的。

I'm all ears. 我洗耳恭聽。

這句話用來表達你願意傾聽對方的想法、意見，就相當於中文的「我洗耳恭聽。」

例 If you have a better plan, I'd love to hear it. **I'm all ears.**
如果你有更好的計畫，願聞其詳。我洗耳恭聽。

I'm game. 我參一咖。

"Game" 在這裡是形容詞，意思是「願意參與」。"I'm game." 通常用於有某人提出某個點子而你想表示有興趣參加時。

例 A: Does anyone want to go bowling?
有沒有人想去打保齡球？

B: **I'm game.** I haven't gone bowling in years.
我參一咖。我已經好多年沒打保齡球了。

I'm out of here. 我要閃人了。

這句話通常用於朋友之間，是一個相當口語的說法，意思就是「我要走了」、「我要閃了」。

例 See you guys. **I'm out of here.**
各位再見。我要閃了。

I'm ready when you are. 只要你準備好了，我隨時都可以。

"When you are" 在這裡是 "when you are ready" 的意思。整句話表達的則是：「只要你準備好了，我隨時都可以。」

例 A: When do you want to start?

你什麼時候要開始？

B: **I'm ready when you are.**

只要你準備好了，我隨時都可以。

I'm speechless. 我說不出話來。

在某些情況下或面對某些事我們常會說不出話來，尤其是當我們情緒特別激動的時候。此時，你就可以用 "I'm speechless." 來表達你的感受。

例 A: How do you feel about being chosen as this month's cover model for Fashion Trends magazine?

對於被選為本月《流行趨勢》雜誌封面的模特兒你感覺如何？

B: **I'm speechless.**

我說不出話來。

I'm with you. 我贊成。

介系詞 "with" 有「與……一起」的意思，因此 "I'm with you." 字面上指「我和你在一起」，但常用來表達「我贊成、支持你」、「我站在你這邊」等意。

例 A: We should have more choices about what our children eat at school.

孩子們在學校吃什麼，我們應該有更多的選擇。

B: **I'm with you.** Parents have a right to decide on the lunch menu.

我贊成。父母有權決定午餐的菜色。

類 **Hear, hear.** 說得對。 (p.189)

I've been in your shoes before. 我有過同樣的經驗。

"In someone's shoes" 字面上是穿某人的鞋子的意思，但是在此被引申指處於某人的位置或情況。因此，"I've been in your shoes before." 是「我有過同樣的經驗」之意。

例 A: Working overtime every day is hard.

每天加班非常辛苦。

B: It is. **I've been in your shoes before.**

的確是。我有過相同經驗。

If at first you don't succeed, try, try again.

如果一開始不成功，努力、努力再努力。

英文裡有許多用來鼓勵人的話，這句話便是其中之一。須注意的是，此說法有些老套，因此在使用時應表現出真誠，讓對方知道你並非只是隨口說說。

例 A: My last experiment didn't work, but my next one will.
　　我上一個實驗沒有成功，但是下次一定會。

　B: That's a good attitude. **If at first you don't succeed, try, try again.**
　　這是正確的態度。如果一開始不成功，努力、努力再努力。

If you can't beat 'em, join 'em.

如果你無法打敗他們，就加入他們的行列。

人生在世常會碰到無法稱心如意的事，如果你無法將某種局勢導向你想要的方向，你或許就得選擇接受他人的意見。這句話正好表達出這樣的消極哲學。注意，這裡的 "em" 是 "them" 的簡稱。

例 A: I wish the guys at work were interested in playing football instead of baseball.
　　我真希望那些同事喜歡的是踢足球而不是打棒球。

　B: **If you can't beat 'em, join 'em.**
　　如果你無法打敗他們，就加入他們的行列吧。

impose on

1. 強加諸於……之上

"Impose" 是「強加諸於」之意，後接 "on" 或 "upon"，表「強加諸於……之上」。

例 The boss **imposed** his decision **on** the employees.
　　那位老闆把他的決定強加諸於他的員工之上。

用法 S + V + O

普 force on 強迫接受

2. 占……的便宜

此片語也可指「占……的便宜」。當你覺得別人利用你、占你的便宜，你可以說 "I'm being imposed on"。

例 I hope I'm not **imposing on** you.
　　我希望我不是在占你的便宜。

in a dead heat　無法分出勝負

"Dead heat" 原用於賽馬。當兩匹馬同時抵達終點分不出勝負時就叫 "dead heat"。如今這個術語被廣泛使用於任何競賽之中（包括選舉）。若結果平分秋色、旗鼓相當，便能用 "in a dead heat" 來表示。

例 The two race cars finished **in a dead heat**. They reviewed the video footage to see who won.

兩台賽車同時抵達終點，無法分出勝負。他們重新檢視錄影帶以決定由誰獲勝。

普 **in a virtual tie** 等於是平手

---

in a huff　怒氣沖沖

"Huff" 指「氣憤」，"in a huff" 就是一副「怒氣沖沖」的樣子。

例 Cathy walked out of the room **in a huff**.
　凱西怒氣沖沖地走出了房間。

普 **visibly angry** 明顯地生氣

Chat Time　▶ Track 27

A: What a week. **I haven't had time to breathe.**

B: **I hear you.** These new deadlines are tough to beat.

A: I honestly don't think I'll finish on time.

B: **Hang in there.** You'll make it.

A: **Easier said than done.**

翻譯

A: 這禮拜真累人啊。我忙得連喘口氣的時間都沒有。

B: 我懂。那些新訂的期限很難達成。

A: 老實說我覺得我沒辦法準時完成。

B: 撐下去吧，你做得到的。

A: 說得容易，做起來難啊。

in a nutshell　簡言之

▶ Track 28

"Nutshell" 的原意是「堅果殼」,引申指「小東西」、「小容器」。試想,要將一個敘述塞進小小的堅果殼裡,勢必得夠簡潔才行,因此 "in a nutshell" 就是「簡而言之」的意思。

例 **In a nutshell**, tell us why you want to work at our agency.
請簡短地告訴我們你為什麼想在我們的機構工作。

普 **speaking briefly** 簡短地說 ｜ **to be concise** 言簡意賅

---

in a tight spot　處境艱難

"Tight spot" 字面上是緊密的地點,引申指艱難的處境。說一個人是 "in a tight spot" 意思就是說他 / 她「處境艱難」。

例 Look, I'm **in a tight spot**. You know I wouldn't ask for help if I didn't need it.
我跟你說,我現在處境艱難。你知道的,如果不是真的需要我不會要你幫忙的。

普 **in need of help** 需要幫忙 ｜ **in a difficult situation** 處境困難

---

in black and white　白紙黑字

"Black" 在此指「黑色的字」,"white" 就是「白色的紙」,而所謂的 "in black and white" 就相當於中文說的「白紙黑字」。不過,英文的 **"in black and white"** 多用來指已發表或已出版的文字紀錄。

例 The president's comments are right there, **in black and white**. Read them if you want.
總裁的意見就在這兒,白紙黑字。要看的話請便。

普 **in print** 已印刷(發表) ｜ **published** [ˋpʌblɪʃt] 形 已出版的

---

in hot water　惹上大麻煩

"Hot water" 在此有「水深火熱」之意涵,可作「困境」或「極大的麻煩」解。

例 The kids were **in hot water** for riding their bikes through the school hallways.
那些小鬼因為在學校走廊上騎腳踏車而惹了大麻煩。

普 **in trouble** 陷入麻煩

in nothing flat 很快速地

"Flat" 如果用來講時間，指的是「精確」，例如，"17 seconds flat" 就是「十七秒整」的意思。"In nothing flat" 這個慣用語則用來表達某件事「很快速地」被完成。

例 I'll get those documents copied **in nothing flat**.
我很快地就可以把那些文件影印好。

普 **very quickly** 非常快地

類 **in the blink of an eye** 一眨眼的工夫 (p.208)

　　in two shakes of a lamb's tail 轉瞬之間 (p.210)

in one fell swoop 一下子

"Fell" 指「凶猛的」，"swoop" 指「俯衝」。"In one fell swoop" 原指「猛禽一次由上而下的攻擊」，後來被引申為「一舉」、「一下子」能夠完成一個以上的目標。

例 This astronomy class will satisfy my degree requirement and science requirement **in one fell swoop**.
這堂天文學既符合我取得學位的需要又能滿足我科學必修學分的需求，真是一舉兩得。

普 **in a single action** 一次的行動中

in one's birthday suit 光溜溜

人出生時是赤身裸體的，此慣用語被趣味性地用來指一個人「一絲不掛」、「光溜溜」。

例 When Chris heard the fire alarm, he ran out of his room **in his birthday suit**.
當克里斯聽到火警警報響起來的時候，他一絲不掛地衝出他的房間。

普 **completely naked** 全裸

in the blink of an eye 一眨眼的工夫

人的眼睛眨得很快，"in the blink of an eye" 因此被用來指「非常快速」，也就是中文「一轉眼」或「一眨眼的工夫」的意思。

例 I turned around, and she was gone **in the blink of an eye**.
我轉個身，她就一下子不見了。

普 **very quickly** 非常快地

類 **in nothing flat** 很快速地 (p.208) ｜ **in two shakes of a lamb's tail** 轉瞬之間 (p.210)

in the doghouse （因得罪某人而）惹麻煩；遭冷落

"Doghouse" 是「狗屋」的意思，而當一個「人」必須去住狗屋時肯定就意味此人遭遇到某種麻煩，可能是因為得罪了某人或招惹了某人而被「打入冷宮」。

例 You forgot your girlfriend's birthday? You're going to be **in the doghouse** with her.
你忘了你女朋友的生日？你麻煩大了，她肯定會把你打入冷宮。

普 **on someone's bad side** 得罪某人 ｜ **in trouble with someone** 招惹某人

in the doldrums 無精打采；死氣沉沉

"Doldrums" 可以指「意志消沉」或「赤道附近的無風帶」。因此，如果說一個人 "in the doldrums"，意思是此人「憂憂悶悶、無精打采」；如果是一家公司，則指它「死氣沉沉、業績不佳」。

例 You look like you're **in the doldrums**. Is there anything I can do to cheer you up?
你看起來無精打采的。有什麼我可以做、讓你高興起來的事嗎？

普 **depressed** [dɪ`prɛst] 形 沮喪的 ｜ **sluggish** [`slʌgɪʃ] 形 欲振乏力的
underperforming [ˌʌndəpə`fɔrmɪŋ] 形 表現欠佳的

in the know 知曉內情

在 "in the know" 中 "know" 為名詞的用法，整個慣用語指「通曉內情」、「知道實情」。

例 Matt's the one you want to talk to. He's always **in the know**.
你該找麥特談。他是個包打聽。

普 **knowledgeable about something** 知曉某事 ｜ **well-informed** [`wɛlɪn`fɔrmd] 形 見聞廣博

in the line of duty 依職務所需

"Line of duty" 原指「軍、警之勤務」，如今可擴大泛指一個人在公司、機構中應盡的責任和義務，故 "in the line of duty" 為「依（某人）職務所需（行事）」的意思。

例 A: Thank you for your help, officer.
謝謝你的協助，警察先生。

B: You're quite welcome, miss. It's all **in the line of duty**.
不客氣，小姐。這都是我該做的。

普 **according to one's assigned or expected role** 依據一個人被指定或被期待的角色

in the nick of time　在緊要關頭

"Nick" 的原意是「刻痕」，"in the nick of time" 則被用來指「緊要關頭」，通常就是「關鍵的最後一刻」。

例 I made it onto the boat **in the nick of time**.
　　我在最後一刻搭上了船。

普 **just in time** 及時
類 **at the eleventh hour** 在最後一刻 (p.68)

in the same boat　同在一條船上

此慣用語即「同在一條船上」之意，表達的是「遭遇到相同的情況」。

例 A: Jim said he needed me to stay late tonight.
　　吉姆說他需要我今天留晚一點。

　B: Me too. So, we're both **in the same boat**.
　　我也是。所以我們同在一條船上。

普 **in the same or similar situation** 處於相同或類似的情況

in two shakes of a lamb's tail　轉瞬之間

由於羊尾巴搖動地非常快速，因此這個慣用語被用來表達「轉瞬之間」。

例 I'll get your order **in two shakes of a lamb's tail**.
　　我馬上把你點的東西拿來。

普 **very quickly** 非常快地
類 **in nothing flat** 很快速地 (p.208) ｜ **in the blink of an eye** 一眨眼的工夫 (p.208)

It takes one to know one.　彼此彼此。

這句話是在說「只有同類的人才知道誰是同類」，用來表達類似中文的「彼此彼此」、「一個半斤，一個八兩」的意思。

例 A: I'm serious, you are one weird guy.
　　我是說真的，你真是個怪胎。

　B: **It takes one to know one.**
　　彼此彼此。

It wouldn't hurt to ask. 問問無妨。

"Hurt" 是「傷害」的意思，"It wouldn't hurt to ask." 就是「問一下並不會造成傷害」，也就是「問問無妨」之意。另一個相同意涵的說法是："There's no harm in asking."。

例 A: Should we see if they'll give a discount?
我們要不要看看他們打不打折？

B: **It wouldn't hurt to ask.**
問問無妨。

It's a dog eat dog world. 這是個自相殘殺的世界。

"Dog eat dog" 是「狗咬狗」的意思。此俗語指「這是個互相傾軋、自相殘殺的世界」，用以描述某領域競爭之激烈。

例 A: Theresa took the promotion I was supposed to get.
泰瑞莎取得了本來應該是我得到的晉升。

B: **It's a dog eat dog world.**
這世界競爭非常激烈啊。

It's about time. 也該是時候了。

"It's about time." 字面上指「差不多是時候了」，可用來表達該做某件事情時。但這句話還有「也該是時候了」的意思，用來表達「某件事早該發生但是卻到現在才實現」之意，帶有「終於」的意涵。

例 A: The delivery truck is here with our sofa.
送貨卡車把我們的沙發送來了。

B: **It's about time.** They're an hour late.
終於。他們晚了一個鐘頭。

It's all Greek to me. 我完全不懂。

這句話源自莎士比亞的戲劇《凱薩大帝》，意思是「我完全不懂」。莎翁當時的想法是觀眾不懂（或不想懂）Greek（希臘文），而如今這句話被廣泛用來表示不了解某種外文、某個數學公式、某些符號、某些指示等。

例 I have no idea what that means. **It's all Greek to me.**
我不知道那是什麼意思。我完全不懂。

It's all the same to me. 對我而言都一樣。

"It's all the same to me." 是「對我而言都一樣」的意思，常用來表達對於他人的提議或所提供的選擇都能接受或者興趣缺缺，亦即中文的「我都可以」。

例 A: Instead of KFC, we're going to Burger King. Is that all right with you?
　　 我們不去肯德基，我們要到漢堡王，這樣可以嗎？

　 B: **It's all the same to me.**
　　 對我而言沒差。

It's always darkest before the dawn. 黎明之前總是最黑暗的。

這句話常被用來鼓勵當事人不要氣餒，事情很快就會有轉機。

例 A: Things couldn't be any worse for me at work. I want to quit.
　　 我工作的情況已經糟到不能再糟了。我要辭職。

　 B: Cheer up. You know what they say: **It's always darkest before the dawn.**
　　 振作起來。你知道的，黎明之前總是最黑暗。

It's been fun. 我玩得蠻開心的。

這句話一般用於不常見面的朋友或剛開始交往的男女朋友之間，並且通常暗示說話者有意願再度見面或再度出遊。

例 A: **It's been fun.** We should get together again soon.
　　 我玩得蠻開心的。咱們應該很快地再聚一聚。

　 B: I'd like that.
　　 我很願意。

It's lonely at the top. 高處不勝寒。

大家都知道「高處不勝寒」出自蘇軾的《水調歌頭》。如今這句話被拿來比喻位高權重的人沒有知心的朋友，英文的 "It's lonely at the top." 表達的就是這種情況。

例 A: Asking your employees to take a pay cut will not win you any friends.
　　 要求你的員工接受減薪是不會讓你得到任何朋友的。

　 B: I'm used to it already. **It's lonely at the top.**
　　 我已經習慣了。高處不勝寒嘛。

It's no skin off my nose. 我無所謂。

"It's no skin off my nose." 原是拳擊場上的用語，表示「並不會傷到我的鼻子」（鼻子是拳擊手最容易受傷的地方）。如今這句話被用來表達「我無所謂」之意。

例 A: I want to stay later. I'll ask one of my friends to give me a ride home.
　　我要待晚一點。我會找個朋友開車送我回家。

　 B: As long as you can get a ride, I don't mind. **It's no skin off my nose.**
　　只要你找到人開車送你，我並不介意。我無所謂。

It's on me. 算我的。

"It's on me." 是「（帳）算我的」的意思，也就是「我請客」之意。在美國，如果對方堅持要請客，你可以跟他 / 她說： "That's very kind of you. I'll get it next time." （你太客氣了。下次我來出。）

例 A: I'll pay for dinner.
　　晚餐我來付帳。

　 B: No, no, no. **It's on me.** I insist.
　　不，不，不。算我的。我堅持。

類 **My treat.** 我請客。 (p.253)

J

jam [dʒæm]

▶ **Track 29**

1. 名 困境

"Jam" 有「（因塞滿東西而）無法動彈」之意，例如我們常聽到的 "traffic jam" 指的就是「塞車」。而當我們說某人 "is in a jam"，意思就是他／她「處於困境中」。

例 I'm in a **jam**, and I need your help.
　　我處境困難，需要你的協助。

普 **in trouble** 有麻煩 │ **in a difficult situation** 處於困難的情況

2. 動 走人

"Jam" 在俚語中指「走人」，也就是「離開某處」之意。

例 It's getting late. I've got to **jam**.
　　時間不早了，我得走人了。

用法 **S + V**

類 **bail** [bel] 動 離開 (p.71) │ **scram** [skræm] 動 走開 (p.306)

jazzed up 很興奮

這個俚語與 "jazz"（爵士音樂）有關。喜歡聽爵士樂的人一聽到這種音樂，相信都會變得 "jazzed up"（很興奮）。"Up" 可省略。

例 Am I the only one **jazzed up** about the new space station?
　　我是唯一因為新的太空站而感到興奮的人嗎？

普 **very excited** 非常興奮

類 **psyched** [saɪkt] 形 極度興奮的 (p.280) │ **stoked** [stokt] 形 異常興奮的 (p.333)

jerk [dʒɝk] 名 討厭鬼

"Jerk" 的原意是「猛拉」、「抽搐」，在俚語中被用來指「令人覺得反感、討厭的人」。

例 I asked for your opinion, not a sarcastic remark. You're being a **jerk**.
　　我要的是你的意見，不是酸言酸語。你真是令人討厭的傢伙。

普 **rude person** 沒有禮貌的人
類 **troll** [trol] 名 白目的人 (p.366)

jerk someone's string　耍弄某人

"Puppet"（木偶）是用繩子來操控的。如果一個人刻意控制你或誤導你，英文就可以用 "jerk someone's string" 來表達，也就是說，他 / 她把你當 puppet 來耍弄。

例 The boss really said that about me? Are you **jerking my string**?
老闆真的那樣說我嗎？你是不是在耍我？

用法 **S + V + O**

普 **mislead, manipulate, or control someone**
誤導、操縱或控制某人

Join the club.　你我同病相憐。

"Join the club." 字面上的意思是「加入俱樂部」，在俗語中被用來告訴對方「你我同病相憐」，就彷彿加入了同一個俱樂部。

例 A: My landlord is raising the rent again.
我的房東又要漲房租了。

B: **Join the club.** It happens to me every year.
你我同病相憐。我每年的房租都會漲。

類 **Same here.** 我也一樣。 (p.304)

juiced [ˋdʒust] 形　非常興奮的

"Juice"（果汁）是很有營養的飲料，喝了它通常會提振精神。正因如此，在俚語中 "be juiced" 就被用來表達「感覺非常興奮」之意。

例 Almost everyone on campus was **juiced** about the big baseball game.
校園內幾乎所有的人都因為那場盛大的棒球賽而感到非常興奮。

普 **very enthusiastic** 非常狂熱

類 **psyched** [saɪkt] 形 極度興奮的 (p.280) | **stoked** [stokt] 形 異常興奮的 (p.333)

jump down someone's throat 厲聲斥責某人

很難想像一個人跳入另一個人的喉嚨裡的景象。"Jump down someone's throat" 這個誇張的說法指的是「厲聲斥責某人」。

例 I was only expressing my opinion. You don't have to **jump down my throat** for it.
我只是表達我個人的意見。你沒有必要對我大小聲。

普 **strongly blame or verbally attack someone** 強烈責怪或痛罵某人

Just a sec. 稍等一下。

"Sec" 是 "second"（秒）的縮寫。"Just a sec." 就是稍等一下。與 "Just a minute."、"Just a moment." 同義。

例 A: Sir, can I ask you something?
先生，可以請教一下嗎？

B: **Just a sec.** Let me finish ringing up this lady's purchase.
稍等一下，讓我先幫這位女士結個帳。

類 **Hang on a second.** 稍等一會兒。 (p.181)

just what the doctor ordered 正合所需

醫生為人看病會對症下藥，"just what the doctor ordered" 此慣用語被用來指某事物「正合所需」。

例 A long, hot bath is **just what the doctor ordered**.
洗個久久的熱水澡正是我所需要的。

普 **exactly what is needed** 正是所需要的

K

Keep a civil tongue in your mouth.
你說話好聽一點。

▶ **Track 30**

如果一個人說話很難聽或是滿口粗話，你就可以跟他 / 她說：　"Keep a civil tongue in your mouth."。"Civil" 是「文明的」、「有禮貌的」的意思。

例 A: This food is nasty.
這東西難吃死了。

B: **Keep a civil tongue in your mouth.** I know the chef.
你說話好聽一點。我認識廚師。

Keep me posted.　有消息就告訴我。

"Post" 這個字當動詞用時指「通報」、「使通曉」。"Keep me posted." 即「有消息就告訴我」、「讓我能夠掌握狀況」的意思。

例 A: I'm driving out to the ranch to check on things.
我要開車到牧場去查看一下。

B: **Keep me posted.** You can reach me on my cell phone.
有任何狀況就告訴我。你可以打我的手機。

keep one's eyes peeled　提高警覺

"Peel" 是「剝（果實的）皮」之意。如果把一個人的眼皮（eyelids）剝開，這個人就只得張著眼睛看，因此 "keep one's eyes peeled" 被用來指「提高警覺」。

例 A: Tell me if you see anything suspicious at the factory.
如果你在工廠看到了任何可疑的事物，就告訴我。

B: I'll **keep my eyes peeled**.
我會提高警覺。

普 **pay close attention** 非常注意 | **be watchful** 留心

keep one's mouth shut　守口如瓶

"Shut" 是關閉的意思，一個人如果把嘴巴閉起來當然就不能說話了，"keep one's mouth shut" 因此被用來指「守口如瓶」、「三緘其口」。

例 I promise I'll **keep my mouth shut**. I won't say a word.
　我保證守口如瓶。我什麼都不會說。

普 **remain silent** 保持沉默 ｜ **keep a secret** 保守祕密
類 **button one's lip** 一言不發 (p.93)

keep someone in stitches　讓某人笑破肚皮

"Keep someone in stitches" 字面上的意思是「害某人（受傷）必須縫好幾針」，在慣用語中被用來指「讓某人笑破肚皮」。

例 The comedian **kept the audience in stitches** for hours.
　那個喜劇演員讓觀眾笑破肚皮好幾個小時。

普 **make someone laugh heartily** 使某人開心大笑

keep something under one's hat　守住祕密

此慣用語字面上是指「把某物放在帽子下面」，在日常生活中被用來表達「守住祕密」之意。

例 I can't tell you the surprise. I swore I'd **keep it under my hat**.
　我不能告訴你那個驚喜是什麼。我已經發誓要守密。

普 **keep a secret** 保守祕密
反 **advertise something to the world** 讓全世界都知道某事 (p.59)

keep up with the Joneses　趕上左鄰右舍

"Jones" 是一個相當普遍的姓氏，因此 "the Joneses" 被用來代表「左鄰右舍」。此慣用語是指「趕上左鄰右舍」，也就是「鄰居買什麼新的東西，就趕快也買同樣的東西」之意。

例 A: The neighbors installed a satellite dish. We should too.
　鄰居裝了衛星電視天線。我們也應該裝。

　B: Why? Who said we have to **keep up with the Joneses**?
　為什麼？誰說我們一定要趕上左鄰右舍？

普 **buy the same new things that one's neighbors buy** 買鄰居買的新東西

Keep your chin up. 挺起胸膛。

"Chin" 是「下巴」的意思，把下巴抬起來有驕傲、維持尊嚴的意涵。這句話用來鼓勵對方「別氣餒」、「挺起胸膛來」。

例 A: My paintings aren't good enough. Who's going to want them?
  我的畫不夠好。有誰會想要？

  B: **Keep your chin up.** Plenty of people love your art.
  別氣餒。很多人喜歡你的畫。

Keep your eye on the ball. 鎖定目標，全力以赴。

"The ball" 在此指「特定的目標」，這句話就是「鎖定目標，全力以赴」的意思。

例 A: We're not far from closing the deal, but I've got so many other cases to worry about.
  那項交易我們就快完成了，可是我還有許多其他的案子要操煩。

  B: **Keep your eye on the ball.** That's the only way to guarantee success.
  鎖定目標，全力以赴。這是成功的不二法門。

kick out

1. 趕出去

此片語字面上是「踢出去」的意思，一般指的就是「趕出去」，而不是真的用「踢」的。

例 I can't believe you got **kicked out** of the bar.
  我真不敢相信你被趕出酒吧。

用法 **S + V + O**
普 **force to leave** 強迫離開
反 **take in** 收容 (p.341)

2. 踢出去

因為 "kick" 是「踢」，因此真的用腳把某事物「踢出去」當然就是 "kick something out" 了。

例 Don't pick the dead rat up. Use your foot to **kick** it **out**.
  別用手把那隻死老鼠撿起來。用腳把牠踢出去。

用法 **S + V + O**
普 **boot** [but] 動 踢出去
反 **kick in** 踢進去

kick up a row　引起騷動

"Kick up" 原意是「踢起」，可引申作「引起」解，而 "row" 指的是「騷動」，因此 "kick up a row" 的意思就是「引起騷動」。

例 You better have a good excuse for coming into my restaurant and **kicking up a row**.
你最好有個好理由解釋一下你為何闖進我的餐廳引起騷動。

普 **cause trouble** 引起麻煩 | **make a big show** 造成大騷動

---

kicks [kɪks] 名 鞋子　　

穿上鞋子之後，除了方便走路，也方便踢東西，故 "kicks"（用複數）就被用來指「鞋子」。

例 Where'd you get those **kicks**? I heard they were really expensive.
你那雙鞋在哪裡買的？我聽說很貴。

普 **shoes** [ʃuz] 名 鞋子

---

killer [ˋkɪlə] 形 超正的　　

"Killer" 字面上是殺人者，在俚語中被用來指某物非常棒，類似中文「超正」的意思。

例 A: Your snowboard is **killer**.
你的滑雪板超正的。

B: Thanks. I had it custom built.
謝謝，我特別訂製的。

普 **outstanding** [aʊtˋstændɪŋ] 形 出色的
類 **cool** [kul] 形 酷 (p.118) | **phat** [fæt] 形 超讚的 (p.273)

---

knock down

1. 擊倒；撞倒

"Knock" 有「打擊」之意，因此 "knock down" 就指「擊倒」。另，車輛「撞倒」行人的情況也可以此片語描述。

例 The stronger fighter **knocked down** his opponent twice.
那個較強壯的拳手兩次將他的對手擊倒。

用法 S + V + O
普 **knock to the ground** 擊倒在地；撞倒在地
類 **knock over** 打倒 (p.221)

2. 駁倒

此片語也可被引申用來指「駁倒」，例如 "knock down an argument"（駁倒一個論證）。

例 As the speaker had no facts, his claims were easily **knocked down**.
由於發言者並沒有提出事實根據，因此他的說法輕易地就被駁倒了。

用法 **S + V + O**

普 **discredit** [dɪsˋkrɛdɪt] 動 使不足信

---

knock out

1. 打昏

這個片語指的是「打昏」，"out" 在此有「失去意識」的意涵。

例 Ricky didn't just beat the guy up, he **knocked** him **out**.
里奇並不是只是把那個傢伙打了一頓，而是把他打昏過去。

用法 **S + V or S + V + O**

普 **beat unconscious** 打得不醒人事

K

2. 淘汰

在運動比賽中，"knock out" 被用來指擊敗對手，將之「淘汰」。

例 Everybody was surprised when Federer was **knocked out** in the first round.
費德勒在第一輪就慘遭淘汰，令大家都非常驚訝。

用法 **S + V or S + V + O**

普 **defeat** [dɪˋfit] 動 擊敗 | **force out of a tournament** 迫使在比賽中出局

---

knock over

1. 撞倒；打翻

這個片語可以指「撞倒」、「打翻」，**通常用於不小心的情況下**。
若有人「故意」撞倒或打翻某物，則可說他 / 她 "knocked over something on purpose"。

例 Mr. Thistle, I'm sorry I **knocked over** your flowerpot.
席索先生，我很抱歉撞倒了你的花盆。

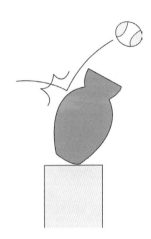

用法 **S + V + O**

普 **tip over** 打翻

類 **knock down** 撞倒 (p.220)

2. 搶劫

"Knock over" 也被用來指「搶劫」，對象可以是商店、銀行、加油站等，而通常不適用於「人」。若要描述「人」被搶劫的情況，則須使用動詞 "rob" 或 "mug"。

例 This is the third time in a month that store has been **knocked over**.

這是一個月中那家商店第三次被搶。

用法 S + V + O

普 **rob** [rɑb] 動 搶劫

3. 震驚

"Knock over" 還可以用來表達「震驚」，也就是，一個人受驚的程度猶如被打倒在地。

例 When I told Martha the news, it **knocked** her **over**.

當我告訴瑪莎那個消息的時候，她震驚不已。

用法 S + V + O

普 **greatly surprise** 非常令人驚訝

knock someone for a loop 令某人非常震驚

"Loop" 的原意是「圈」、「環」，在特技飛行中被用來指「翻筋斗」。"Knock someone for a loop" 字面上可以被詮釋成「打得某人翻了一圈」，表達的是「令某人非常震驚」之意。

例 When I heard you were a physicist, it **knocked me for a loop**.

當我聽說你是個物理學家時，我非常地震驚。

普 **completely shock someone** 令某人十分震驚

know someone/something like the back of one's hand
對某人 / 某物非常了解

中文有「易如反掌」這個成語，英文則用 "know someone/something like the back of one's hand" 此慣用語。中文的成語指某件事「非常簡單、容易」，英文的慣用語則表達「對某人 / 某物知之甚詳」。

例 We won't get lost. I **know this area like the back of my hand**.
我們不會迷路。我對這個地區非常熟悉。

普 **be deeply knowledgeable about** 對⋯⋯非常了解

---

know-it-all [ˋnoɪtˌɔl] 名 自認無所不知的人

這是個複合字，指「自認無所不知的人」，無論在何時、何地使用皆為負面用語。注意，"know-it-all" 的複數形為 "know-it-alls"。

例 Don't be such a **know-it-all**. You also make mistakes sometimes.
你別以為你什麼都懂。你有時也會犯錯。

普 **conceited person** 自大的人

L

lag [læg] 動 爛透了

"Lag" 的原意是「落後」，在俚語中被用來表達某事物「爛透了」。（這個用法僅限動詞，因此須注意與主詞間的一致。）

例 This **lags**, man. We've been waiting in line for two hours.

　　哇，眞的有夠爛！我們已經排了兩個鐘頭的隊。

用法 S + V

類 **bite** [baɪt] 動 令人不爽 (p.75) │ **blow** [blo] 動 爛死了 (p.78) │ **suck** [sʌk] 動 遜斃了 (p.335)

反 **rock** [rɑk] 動 超正點 (p.297)

---

lame [lem] 形 遜

"Lame" 原指「跛腳的」，在俚語中被用來表達某事物很不怎麼樣、很「遜」的意思。中文所謂的「冷笑話」，英文就可以用 "a lame joke" 來表示。

例 I thought the article was **lame**.

　　我認爲那篇文章很遜。

普 **terrible** [ˋtɛrəbl] 形 糟糕的 │ **awful** [ˋɔfəl] 形 極糟的

類 **crummy** [ˋkrʌmɪ] 形 很差的 (p.122) │ **weak** [wik] 形 弱的 (p.379)

反 **awesome** [ˋɔsəm] 形 很讚的 (p.68)

---

laugh at

1. 因⋯⋯而發笑

"Laugh" 就是「笑」，因看見或聽見什麼而笑，英文就用 "laugh at" 來表示。

例 What are you all **laughing at**?

　　你們大家在笑什麼？

用法 S + V + O

普 **chuckle about** 因⋯⋯而咯咯笑 │ **find amusing** 覺得很有趣

2. 嘲笑

"Laugh at" 也可以用來指「嘲笑」，介系詞 "at" 之後接嘲笑的對象。

例 You shouldn't **laugh at** her. Everybody makes mistakes.
你不應該嘲笑她。每個人都會犯錯。

用法 S + V + O
（普）**make fun of** 嘲弄…… | **ridicule** [ˋrɪdɪkjʊl] 動 揶揄
（類）**put down** 奚落 (p.284)

lay off

1. 解雇

此片語動詞常用來指「解雇」。 "Fire" 這個字雖然也可以指「解雇」，但是因為它也具有「開除」的意涵，所以近來較少使用。

例 Deciding which employees to **lay off** will not be easy.
決定要解雇哪些員工並不是件容易的事。

用法 S + V or S + V + O
（普）**fire** [faɪr] 動 解雇；開除
（反）**take on** 雇用 (p.344)

2. 停止某種狀態或活動

"Lay off" 也可以用來表達「停止某種狀態或活動」，例如戒菸、戒酒、戒零食等。

例 I better **lay off** playing basketball until my back feels better.
在我的背好一點之前，我最好不要再打籃球。

用法 S + V or S + V + O
（普）**refrain from** 節制

3. 別再煩了

"Lay off" 還可以用來叫對方停止騷擾你、別再煩你，語意中帶有怒氣。

例 **Lay off**, will you? I'm getting mad.
拜託你別再煩了。我的火氣都上來了。

用法 S + V
（普）**leave me alone** 別煩我

lead off 開場

"Lead" 有「領頭」的意思，因此 "lead off" 被用來指「開場」。另，在棒球比賽中，"leadoff hitter" 就是全場或單局的「第一棒打者」。

例 As the most senior member here, I'll **lead off** the meeting.
身為此處最資深的成員，會議就由我來開場。

用法 **S + V or S + V + O**
普 **open** [`opən] 動 開始
類 **start out** 起頭 (p.330)

lead someone down the garden path 欺騙某人

"Garden path" 原指「花園中的小徑」，會帶領你走 "garden path" 的通常是你信任的人。在慣用語的用法中，"lead someone down the garden path" 則被用來指「欺騙某人」。

例 I don't trust that man. I think he's **leading you down the garden path**.
我不信任那個人。我認為他是在騙你。

普 **mislead someone** 誤導某人

learn the ropes 學會門道

此原為航海用語，指新水手學習如何綁牢繩索、打結等。如今 "learn the ropes" 則被用來指「學會某行某業的門道」。

例 Spend a few days working with Louise. You'll **learn the ropes** quickly.
跟著露易絲工作幾天。你會很快上手的。

普 **learn the basics** 學習基本原則

Leave it to me. 讓我來。

"Leave it to me." 就是「讓我來」的意思，表達的是說話者願意負責處理某件事或某種情況。

例 A: Who's going to tell the neighbors to turn down their stereo?
誰要去告訴鄰居叫他們把音響的音量調低一點？

B: **Leave it to me.**
讓我來。

Leave no stone unturned. （徹底地搜查，）連一根髮絲都別放過。

"Leave no stone unturned." 字面上是「別留下任何一顆沒有被翻動的石頭」，也就是，「每一顆石頭都必須翻動」的意思。這句話常用來強調做「徹底的搜查」，類似中文「連一根髮絲都不放過」之意。

例 I want this crime scene checked out thoroughly. **Leave no stone unturned.**
這個犯罪現場給我徹底地搜查。連一根髮絲都別放過。

---

leave someone high and dry 使某人孤立無援

"High and dry" 原指一艘船因漲潮而被沖上岸，但是當水退了之後就擱淺在陸地上的情況。今日人們用 "leave someone high and dry" 來表達「使某人孤立無援」之意。

例 Help me out, Joe. Don't **leave me high and dry**.
幫幫我，喬。別讓我孤立無援。

普 **leave someone defenseless** 讓某人無保護、無防禦 ｜ **abandon someone** 拋棄某人
反 **go to bat for someone** 替某人出頭 (p.176)

Leave well enough alone. 適可而止。

"Well enough" 是「夠好」的意思，"leave alone" 是「不去管」的意思。因此，"Leave well enough alone." 指的就是「已經夠好就不用去管它了」，有「適可而止」之意。

例 A: The engine is running about as smoothly as it's going to.
引擎運轉就只能這麼順了。

B: Then, **leave well enough alone**. Start working on the brakes.
那就適可而止吧。開始動手弄煞車。

---

legit [lə`dʒɪt] 形 合法的；真確的

"Legit" 是 "legitimate"（合法的）的簡稱，除了可以指「合法」外，還可以指「真確的」。

例 The job's **legit**. Tell the foreman you know me, and you'll get hired.
真的有這個工作。只要告訴工頭你認識我，他就會雇用你。

普 **legitimate** [lɪ`dʒɪtəmɪt] 形 合法的 ｜ **authentic** [ɔ`θɛntɪk] 形 真正的
反 **bogus** [`bogəs] 形 假的 (p.79) ｜ **cockamamie** [kɑkə`memɪ] 形 滑稽可笑的 (p.112)

lemon [ˈlɛmən] 名 破車

在俚語的用法中，"lemon" 和「檸檬」一點關係都沒有，而是被用來指「破車」，尤其是原本被認為車況很好的車。

例 As soon as I drove the used car around the block, I knew it was a **lemon**.
我開著那輛二手車在這個街區轉了轉，就知道它是台破車。

普 **low quality automobile** 品質差的汽車
類 **hunk of junk** 爛車 (p.198) │ **rust bucket** 老爺車 (p.303)

Let bygones be bygones. 既往不咎。

"Let bygones be bygones." 這個諺語指的是「過去的就讓它過去吧」，也就是「既往不咎」之意。

例 A: I'm still mad at Charlie.
我還是對查理不爽。

B: **Let bygones be bygones.** Life's too short to stay mad for so long.
過去的就讓它過去吧。人生苦短，犯不著生那麼久的氣。

---

let down

1. 放下來

"Let something down" 是「把某物放下來」的意思，可以指直接用手放下或是利用繩索、滑輪等裝置。

例 **Let** the basket **down** slowly.
把籃子慢慢地放下來。

用法 **S + V + O**
普 **lower** [ˈloə] 動 降下
反 **lift up** 舉起 (p.230) │ **pull up** 拉起 (p.282)

2. 使失望

"Let someone down" 則指令某人失望。"Letdown" 為名詞用法，例如："That movie was a letdown."（那部電影令人失望。）

例 I won't **let** you **down**, son. I'll be at your ball game.
兒子，我不會讓你失望的，我一定會去看你的球賽。

用法 S + V or S + V + O
普 disappoint [ˌdɪsəˈpɔɪnt] 動 使失望

Let's call it a day. 今天就到此為止吧。

這個俗語是「今天就到此為止吧」之意，"a day" 指的是一天的工作或活動；並無限定須於一天即將結束或結束時（如傍晚或夜晚）使用。

例 The sun's going down, guys. **Let's call it a day.**
各位，太陽要下山了。今天就到此為止吧。

Let's get something straight. 咱們把狀況搞清楚。

"Let's get something straight." 是「咱們把狀況搞清楚」的意思。說這句話的人通常帶些不悅，因為對方顯然「搞不清楚狀況」。

例 A: We need to buy new equipment.
我們需要買新的設備。

　B: **Let's get something straight.** I make the decisions around here.
咱們把狀況搞清楚。在這裡做決定的人是我。

Let's get the show on the road. 讓我們動起來。

"Let's get the show on the road." 就是「讓我們動起來」之意。在此 "show" 與「秀」無關，而是指原來預定好要做的事。

例 Everyone's here, and we're short on time. **Let's get the show on the road.**
人都到齊了，我們時間不多。大家動起來吧。

lie down 躺下來

"Lie down" 就是「躺下來」的意思，通常是為了休息或小憩一下。

例 I'm exhausted. I need to **lie down**.
我精疲力盡，必須躺下來。

用法 S + V
普 take a rest 休息

lift up

1. 舉起來

"Lift up" 是「舉起來」的意思，依其受詞而定，有時亦可作「抬起來」解。

例 **Lift up** the trophy so everyone can see it.
把獎杯舉起來，讓大家瞧瞧。

用法 **S + V + O**

普 **raise** [rez] 動 舉起

類 **pull up** 拉起 (p.282)

反 **let down** 放下來 (p.228)

2. 提振士氣

"Lift up" 也可以用來指「提振士氣」，也就是 "raise (someone's) spirits" 的意思。

例 The coach's speech **lifted up** the players.
教練的一席話提振了選手們的士氣。

用法 **S + V or S + V + O**

普 **encourage** [ɪnˋkɝɪdʒ] 動 鼓舞

- -

lighten up　放輕鬆

"Lighten" 是「減輕（負荷）」的意思，"lighten up" 則用來指「放輕鬆」。

例 **Lighten up**. You can't get an 'A' on every test.
放輕鬆點。你不可能每次考試都得 A。

用法 **S + V**

普 **relax** [rɪˋlæks] 動 放鬆

類 **chill out** 冷靜下來 (p.107)

反 **flip out** 抓狂 (p.152) | **have a cow** 情緒激動 (p.183)

- -

like a bat out of hell　健步如飛

"Like a bat out of hell" 字面上是「像一隻從地獄飛出來的蝙蝠」的意思，在慣用語中被用來表達「健步如飛」。

例 Richie came running through here **like a bat out of hell**.
里奇健步如飛地從這兒跑過去。

普 **at top speed** 以最高速度
反 **at a snail's pace** 牛步化 (p.67)

like a bull in a china shop 橫衝直撞

"Bull" 是「公牛」，"china shop" 是「瓷器商店」的意思。"Like a bull in a china shop" 就是「像一隻在瓷器商店裡的公牛」，用來表示一個人行為非常魯莽、笨拙，到處「橫衝直撞」，造成損害。

例 Your little boy needs to learn some manners. He stomped through my living room **like a bull in a china shop**.
你那兒子必須學點禮貌，他橫衝直撞地從我的客廳闖了過去。

普 **uncontrollable and reckless** 無法控制且魯莽 | **causing a lot of damage** 造成許多損害

like a fish out of water 渾身不自在

魚應該要在水裡游才能自在，"like a fish out of water" 講的正是相反的情況。當一個人所在之處或所處之境不好，肯定會覺得「渾身不自在」。

例 For the first time ever, I saw George without his guitar. He stood there looking **like a fish out of water**.
有史以來第一次我看到喬治沒帶著他的吉他。他站在那兒看起來渾身不自在。

普 **in an uncomfortable position** 處於不舒適的位置 | **not where one belongs** 不在適合之處

like pulling teeth 非常艱難

拔牙很痛苦，所以當某件事被形容成 "like pulling teeth"，意思就是它相當艱辛、困難。

例 Getting Carlos to tell the truth is **like pulling teeth**.
要卡洛斯說實話是件相當困難的事。

普 **extremely difficult** 極度困難

line up

1. 整隊

這個片語指的是士兵、學生等的「編隊」、「整隊」。

例 The soldiers **lined up** for their daily inspection.
士兵們排好隊伍準備接受每日檢閱。

用法 S + V or S + V + O

普 **assemble** [əˋsɛmbl̩] 動 集合 | **stand in formation** 編隊站好

2. 排隊

"Line up" 就是一般「排隊」的意思。順帶一提,「插隊」的英文叫 "cut in line";占位子 (暫時離開馬上就回來) 則可說 "hold one's place"。

例 You **line up** for tickets while I find a place to park.
你去排隊買票,我去找地方停車。

用法 S + V

普 **wait in line** 排隊等候 | **form a queue** 排成一行

3. 安排

"Line up" 還可以指「安排」,對象可以是各種人事物。

例 We still don't have a band **lined up** for the fair.
展覽會我們還沒有安排好樂團。

用法 S + V + O

普 **arrange** [əˋrendʒ] 動 安排

listen in   聆聽;偷聽

"Listen" 是「聽」,"listen in" 則指「聆聽」或「偷聽」。

例 Mary enjoys **listening in** on her brother's telephone conversations.
瑪麗很喜歡偷聽她弟弟講電話。

用法 S + V or S + V + O

普 **pay attention** 注意 | **eavesdrop** [ˋivzˌdrɑp] 動 竊聽

live on   靠……生活

"Live on" 指「靠……生活」,受詞通常是錢或收入。

例 I **live on** about a thousand dollars a month. It's not much, but it's enough.
我一個月靠一千美元生活。雖然不多,但是夠用。

用法 S + V or S + V + O

普 **survive on** 靠……生存

loaded [ˋlodɪd]

1. 形 喝醉的　🔊

"Load" 是「裝填」的意思，如果說一把槍是 "loaded"，意思就是它「裝了子彈」。在俚語中 "loaded" 則被用來指「喝醉的」。

例 Can you drive me home? I'm **loaded**.
　你能不能開車送我回家？我喝醉了。

普 **drunk** [drʌŋk] 形 酒醉的

2. 形 有錢的　🔊

在俚語的用法中，"loaded" 還被用來指「有錢的」。

例 Stephanie has a job working at a bank. She must be **loaded**.
　史蒂芬妮在銀行工作，她肯定很有錢。

普 **very rich** 非常富有
類 **filthy rich** 非常有錢的 (p.150)
反 **tapped out** 身無分文的 (p.347)

lock in　　監禁

"Lock" 是「上鎖」的意思，"lock in" 則指「監禁」、「禁閉」。

例 The prisoners were **locked in** their cells most of the day.
　一天大多數的時間囚犯們被監禁在他們的牢房裡。

用法 **S + V or S + V + O**
普 **imprison** [ɪmˋprɪzn] 動 關在牢裡

lock up

1. 鎖好

"Lock up" 指的是確保所有的門、窗都「鎖上」、「鎖好」的意思。

例 Remember to **lock up** the house when you leave.
　你離開的時候記得把屋子鎖好。

用法 **S + V or S + V + O**
普 **secure** [sɪˋkjʊr] 動 確實關上 ｜ **bolt up** 閂上門閂 ｜ **shutter** [ˋʃʌtɚ] 動 關閉
類 **seal off** 緊閉 (p.307)
反 **open up** 打開 (p.262)

2.（把人）關起來

"Lock up" 也可以用來指「（把人）關起來」。名詞 "lockup" 則指「監獄」或「拘留所」。

例 The man claimed he was **locked up** for a crime he didn't commit.
那個人宣稱他為了一項他並未犯下的罪行而被關。

用法 S + V or S + V + O

普 **imprison** [ɪm`prɪzn̩] 動 關在牢裡

---

lock, stock, and barrel　所有全部的東西　　　▶ Track 33

"Lock, stock, and barrel" 原指構成一把槍的「槍機、槍托和槍管」，在慣用語中被用來指「所有一切的東西」。

例 I packed everything in my van—**lock, stock, and barrel**.
我將全部的東西打包放進廂型車裡──所有的一切。

普 **all the parts** 所有的部分 | **everything** [`ɛvrɪ,θɪŋ] 名 一切事物

Long time, no see.　好久不見。

"Long time, no see." 就是中文的「好久不見」。在日常生活中，一般在這句話之後，習慣會接著說："How've you been?"（你好嗎？），或者 "What have you been up to lately?"（最近怎麼樣？）

例 Come on in, Phil. **Long time, no see.**
快請進，費爾。好久不見。

Look alive.　趕快。

"Alive" 有「精神抖擻」的意思，"Look alive." 這個說法就被用來要對方「打起精神來」、「動作快一點」。

例 **Look alive.** Ms. Witherspoon is coming this way.
趕快。威瑟斯彭女士已經朝這兒來了。

---

look around　四處看看

"Look around" 是「四處看看」的意思，常用於隨意參觀某處時，如建築、公園、博物館、購物中心等。

例 This castle is huge. I want to **look around** some more.

這座城堡好大。我要再四處看一看。

用法 S + V or S + V + O

(普) **see the sights** 參觀名勝 │ **browse** [braʊz] **動** 瀏覽

look down on

1. （從高處）往下看……

"Look down" 是「往下看」的意思，「（從高處）往下看某物」英文就用 "look down on something" 來表示。

例 From the top of the hill, we **looked down on** the valley below.

我們在山丘的頂上看下方的山谷。

用法 S + V + O

(普) **peer down on** 向下凝視

2. 輕視；瞧不起

"Look down on" 也可以指「輕視」、「瞧不起」，其後接「人」。

例 The garbage collector, who was both proud and sensitive, didn't like people **looking down on** him.

那個收垃圾的人既驕傲又敏感，他不喜歡被人瞧不起。

用法 S + V + O

(普) **disrespect** [ˌdɪsrɪˈspɛkt] **動** 不尊敬 │ **have a low opinion of** 輕蔑

(反) **look up to** 仰望；尊敬 (p.236)

look forward to 期待

"Look forward" 是「向前看」之意，"look forward to" 則用來指「期待」，其後接名詞或動名詞。

例 I **look forward to** having a corner office one day.

我期待將來有一天能夠有一間在角落的辦公室。

用法 S + V + O

(普) **eagerly anticipate** 熱切地預期

look the other way 睜一隻眼閉一隻眼

"Look the other way" 字面上是「朝另一邊看」之意，在慣用語中被用來指「視而不見」、「睜一隻眼閉一隻眼」。

例 After the inspector was handed a bribe, he **looked the other way** when he came across a safety violation.
在檢查員被賄賂之後，當他看到違反安全之情事時就睜一隻眼閉一隻眼。

普 **ignore something** 忽略某事物 | **tolerate an infraction or violation** 容忍違法或犯規

look up to 仰望；尊敬

"Look up" 是「往上看」的意思，因此 "look up to" 就指「仰望」，也就是「尊敬」之意。

例 Natalie **looks up to** her math teacher.
娜塔莉很尊敬她的數學老師。

用法 **S + V + O**
普 **respect** [rɪ`spɛkt] 動 尊敬 | **admire** [əd`maɪr] 動 佩服

loony [`lunɪ] 形 愚蠢的；瘋狂的

這個俚語由正式單字 "lunatic"（瘋子）衍生而來，可單純指行為舉止「愚蠢的」或「瘋狂的」，也可以用來指精神方面有問題的人。

例 What a **loony** guy. He always makes me laugh.
他真是個瘋狂的傢伙，老是讓我發笑。

普 **very silly** 非常蠢的 | **insane** [ɪn`sen] 形 精神錯亂的
類 **bonkers** [`bɑŋkəz] 形 瘋狂的 (p.82) | **psycho** [`saɪko] 名 神經病 (p.280)

loot [lut]

1. 名 錢

"Loot" 原指「戰利品」、「掠奪物」或「贓物」，在俚語中則被用來指「錢」。

例 How much **loot** did your dad give you?
你老爸給了你多少錢？

普 **money** [`mʌnɪ] 名 錢
類 **dough** [do] 名 錢 (p.134) | **scratch** [skrætʃ] 名 錢 (p.306)

2. **名** 禮物；贈品

"Loot" 的新俚語用法還可以指「禮物」或「贈品」。

例 I got some great **loot** for my birthday.
我生日收到一些很棒的禮物。

普 **gift(s)** [gɪft] **名** 禮物

lose one's shirt　輸到脫褲子

"Lose one's shirt" 與中文的「輸到脫褲子」有異曲同工之妙，指的是一個人賭博或玩股票等時「輸得精光」。

例 My uncle **lost his shirt** in the stock market.
我叔叔在股市輸到脫褲子。

普 **lose everything** 失去一切 ｜ **suffer a great loss** 蒙受巨大損失

lose out

1. 遭擊敗

這個片語動詞可以用來指「（在比賽或競爭中）遭擊敗」。

例 Our team **lost out** in the semi-finals.
我們的球隊在準決賽中遭擊敗。

用法 S + V
普 **be defeated** 被打敗

2. 錯失

"Lose out" 還可以用來指「錯失」，通常須加介系詞 "on" 再接受詞。

例 It's a great deal. You don't want to **lose out** on this chance, do you?
這是筆很棒的交易。你不會想錯失這個機會，對吧？

用法 S + V or S + V + O
普 **miss out** 錯過 ｜ **miss an opportunity** 失去好機會

lovely weather for ducks　濕答答的天氣

鴨子喜歡水，雖然牠們不見得喜歡「下雨」。"Lovely weather for ducks" 被用來指因大雨不斷而造成「濕答答的天氣」。

例 A: It certainly is **lovely weather for ducks**.
　　這天氣還真是濕答答的。

　 B: Too bad we had to cancel the game.
　　很不幸我們必須取消球賽。

普 **rainy weather** 下雨的天氣

---

lower the boom on someone　對某人施鐵腕

"Boom" 指「帆的下桁」，當海風很大或是海象不佳時把它降下來是很危險的。在慣用語中，"lower the boom on someone" 被用來指「懲戒某人」、「對某人施鐵腕」。

例 The new mayor promised to **lower the boom on the gangsters** in the city.
　新市長承諾要對該市的幫派分子施以鐵腕。

普 **discipline** [`dɪsəplɪn] 動 懲戒 | **punish** [`pʌnɪʃ] 動 處罰 | **exert one's authority** 行使威權

---

lug　[lʌg] 動 使勁地搬動

"Lug" 是「使勁地搬動」之意，對象通常是龐大或較重的物品。

例 Denise helped me **lug** the suitcases to my room.
　丹妮絲幫我把行李箱搬到我房間裡。

用法 S + V + O
普 **carry** [`kærɪ] 動 搬運

A: **Lovely weather for ducks**, isn't it?

B: Really. We better do something indoors. Any ideas?

A: No, but let me call Tony. He **knows this city like the back of his hand**.

B: I don't know. The **guy gets my goat**.

A: Come on, he's not that bad. True, he **has a low boiling point**, but that's about it. Nobody's perfect.

翻譯

A: 這天氣還真是濕答答的，不是嗎？

B: 真的。我們最好還是在室內找點事做吧。你有什麼想法嗎？

A: 沒有，不過我打個電話給湯尼。他對這城市瞭若指掌。

B: 這我可不知道喔。我看他不爽。

A: 拜託別這樣，他沒有那麼壞。沒錯，他是很容易生氣，不過也只是這樣。沒有人是完美的。

M

mad [mæd] 形 超厲害

 ▶ Track 35

"Mad" 的原意是瘋狂的、生氣的，在俚語的用法中被拿來指超厲害的，一般用以描述某人超強的技能或天分。

例 You've got **mad** skills! You should be a professional artist.

你的技術超厲害的！你應該成為專業的藝術家。

(普) **outstanding** [aut`stændɪŋ] 形 出眾的 ｜ **extraordinary** [ɪk`strɔrdn,ɛrɪ] 形 非凡的

(類) **sick** [sɪk] 形 超酷的 (p.317)

(反) **crummy** [`krʌmɪ] 形 很差的 (p.122)

---

mad dog 怒目而視

當一隻狗生氣或準備要打鬥時都會凶狠地瞪著牠的對手。因此，"mad dog" 被用來表示「怒目而視」之意。

例 A: Did you see the way he **mad dogged** you? That guy is looking for trouble.

你有沒有看到他惡狠狠地瞪你的樣子？那傢伙想找麻煩。

B: I can tell. Let's get out of here.

我看得出來。咱們離開這裡吧。

用法 S + V + O

(普) **glare at** 瞪視

---

make a beeline for somewhere 迅速直接地前往某處

當蜜蜂發現目標之後，牠們會很快地飛過去。"Make a beeline" 在慣用語中就指「走一直線」，而 "make a beeline for somewhere" 則表達 "get somewhere directly and swiftly"（迅速而直接地前往某處）之意。

例 As soon as the store opens, my son will **make a beeline for the toy section**.

那家店一開門，我兒子就會迅速地直衝到玩具部。

make a killing 賺大錢

"Kill" 在俚語的用法中有「大成功」之意，而 "make a killing" 則用來指「賺大錢」。

例 Derrick **made a killing** in the oil business.
德瑞克在搞石油賺了大錢。

普 **make a lot of money** 賺很多的錢

---

make a monkey out of someone 把某人當猴子耍

在馬戲團的表演中常會看到耍猴戲，"make a monkey out of someone" 就是「把某人當猴子耍」的意思。

例 I'm not putting on that funny costume. I won't let you **make a monkey out of me**.
我是不會穿上那套可笑的服裝的。我可不願意讓你把我當猴子耍。

普 **make someone look foolish** 愚弄某人

---

make a mountain out of a molehill 小題大作

"Molehill 是「鼴鼠丘」之意，通常只是一小塊泥巴；相對地，"mountain" 就是龐然大物。因此，"make a mountain out of a molehill" 被比喻指「小題大作」。

例 A: Jerry got really angry when some guy bumped into him by accident.
當別人不小心撞到傑瑞的時候，他大發雷霆。

B: He has a habit of **making a mountain out of a molehill**.
他老喜歡小題大作。

普 **overreact** [ˌovɚrɪˋækt] 動 反應過度
exaggerate the size or importance of an issue 誇大某事端的大小或重要性

---

make a scene 丟人現眼

"Scene" 指電影或戲劇裡的「場景」，在日常生活中 "make a scene" 則被引申指在大眾面前做出喧嘩、舉止怪異等「丟人現眼」的事。

例 Please don't shout. There's no reason to **make a scene**.
請不要大聲叫。沒有必要在大庭廣眾前丟人現眼。

普 **draw attention to oneself or the group** 吸引注意力到自己或團體上
behave overly dramatically 表現過度地戲劇化

make do 湊合

"Make" 和 "do" 這兩個簡單、常用的動詞配在一起所形成的片語意思就是「湊合」、「將就」，常見於描述經濟狀況困窘的對話之中。

例 Don't worry about Luke. He'll **make do** just fine.
　　別擔心路克。他湊合湊合，不會有問題的。

用法 **S + V**
普 **be all right** 不會有問題 | **survive** [sə`vaɪv] 動 存活
類 **get by** 過得去 (p.161)

make ends meet 能夠勉強糊口

"Ends" 指「收入與支出」，"make ends meet" 因此就是「收支平衡」之意，一般可指「能夠勉強糊口」，通常用以描述個人或家庭的經濟狀況。

例 A: How's work going?
　　工作的情況怎麼樣？

　　B: Not bad. I'm **making ends meet**.
　　還不錯。我勉強可以糊口。

普 **do all right financially** 在財務上沒問題
　 earn enough to pay one's bills 賺的錢足以支付帳單

Make it snappy. 趕快；快一點。

"Snap" 有「發出清脆聲響」之意，"Make it snappy." 可以用來要對方「乾脆一點」，不要拖拖拉拉的。一般的用法則指「趕快」、「快一點」。

例 **Make it snappy.** I haven't got all day.
　　動作快一點。我可沒那麼多時間跟你耗。

make light of something 對某事掉以輕心

"Light" 在此是指「輕」，"make light of something" 就是不把某事當一回事，即「掉以輕心」的意思。

例 It's a serious situation. We shouldn't **make light of it**.
　　這是個嚴重的情況，我們不應該掉以輕心。

普 **joke about something** 把某事當玩笑 | **fail to take something seriously** 未能嚴肅看待某事

make someone's hair stand on end 使某人毛髮豎立

人在害怕的時候毛髮會豎立起來，"make someone's hair stand on end" 就是「使某人毛髮豎立」之意。

例 As I was going upstairs, I heard eerie noises that **made my hair stand on end**.

我在上樓梯的時候聽到令人毛骨悚然的聲音，讓我的毛髮都豎立起來了。

普 **frighten someone** 驚嚇某人

類 **give someone the willies** 令人覺得毛骨悚然 (p.171)

make someone's day 令某人非常開心

"Make someone's day" 是「令某人非常開心」的意思。依字面解釋，這個慣用語指「令某人『當天』非常開心」，因此也有可能你會聽到有人說 "It made my week, month, or year"，意即「它使我一整個禮拜、月或年都非常開心」。

例 I received a letter from my best friend yesterday. It **made my day**.

我昨天收到我最要好的朋友的來信，讓我非常開心。

普 **make someone very happy** 使某人很快樂

make up

1. 化妝；打扮

"Make up" 是「化妝」、「打扮」的意思。注意，作名詞用時應拼寫成 "makeup" 一個字，指「化妝品」。

例 How long are you going to stay in the bathroom **making** yourself **up**?

妳要花多少時間待在浴室裡梳妝打扮？

用法 **S + V + O**

普 **apply makeup** 使用化妝品

2. 編造

這個片語動詞也可以指編造，例如 "make up a story"（編一個故事）、"make up an excuse"（編一個藉口）等。

例 Admit it, you **made up** that story, didn't you?

承認吧，那個故事是你編造的，不是嗎？

用法 S + V + O
普 invent [ɪnˋvɛnt] 動 捏造

3. 重修舊好

朋友、情人、同事間在爭執、吵架之後和解，「重修舊好」也可以用 "make up" 這個片語來表達。

例 It's nice to see those two **make up** and be friends again.
看到他們倆重修舊好，還是朋友，真是太好了。

用法 S + V
普 reconcile differences 調和爭論、不和

4. 組成

"Make up" 也有「組成」的意思，通常使用被動形式："something is made up of ..."（某事物由……所組成）。

例 The council is **made up** of representatives from every city in the region.
該評議會由該地區每一個城市的代表所組成。

用法 S + V + O
普 comprise [kəmˋpraɪz] 動 由……組成

5. 整理

"Make up" 還可以用來指「整理」，例如 "make up one's room"（整理個人的房間）。

例 Remember to **make up** your bed before you come down for breakfast.
在你下來吃早餐之前，記得把床鋪整理一下。

用法 S + V + O
普 organize [ˋɔrgəˌnaɪz] 動 使井然有序 | tidy up 收拾乾淨
反 mess up 弄得亂七八糟 (p.247)

6. 彌補

最後，"make up" 還可以當「彌補」用，通常其後須接介系詞 "for"，再加受詞，例如 "make up for someone's loss"（彌補某人的損失）。

例 I need to work weekends to **make up** for the time I took off.
我週末必須上班以彌補我請假的時間。

用法 S + V + O

普 compensate [`kɑmpənˌset] 動 補償 ｜ **make amends** 賠償

Make your mind up. 拿定主意；下定決心。

"Make one's mind up." 或 "Make up one's mind." 都是「拿定主意」、「下定決心」的意思。當有人猶豫不決、優柔寡斷時，這句話就派得上用場。注意，這是一句不算太客氣的話，或許會讓人覺得說話者很不耐煩，因此使用時必須特別小心說話的對象，以免失禮。

例 A: Which tie should I wear?
　　我該戴哪一條領帶呢？

　 B: That's up to you. **Make your mind up.** The taxi will be here soon.
　　看你自己囉。打定主意。計程車很快就要到了。

Make yourself at home. 把這兒當自己的家，別拘束。

如果有客人到你家來，為了表示歡迎之意，你可以對他 / 她說："Make yourself at home."，意思就是要對方不要客氣、不要拘束。

例 A: What a lovely place you have.
　　你家好漂亮。

　 B: Thank you. **Make yourself at home.**
　　謝謝。把這兒當自己的家，別拘束。

mark down

1. 記下

此片語指「記下」、「寫下」，例如在會議中你可以 "mark down" 某些出席人員的發言要點。

例 Jeff **marks down** the names of everyone who comes in and goes out.
　　傑夫把每一個進出的人的名字都記下來。

用法 S + V + O

普 record [rɪ`kɔrd] 動 記錄下來

類 **write down** 寫下來 (p.391)

2. 減價

"Mark down" 也可以指商店的減價；相反地，提高價錢就叫 "mark up"。有時候，你會看到店門口掛起寫著 "All prices marked down!"（全面降價！）的布條。

245

例 The day after Christmas, all the prices in the store were **marked down**.
聖誕節過後那天，店裡所有的商品都降價了。

用法 **S + V + O**

普 **reduce** [rɪ`djus] 動 減價

反 **mark up** 提高價錢 (p.246)

mark up

1. 塗寫

在書本、桌面、牆壁上等「塗寫」英文叫 "mark up"。另，老師在學生的作業上「批改」也可以用 "mark up" 來表示。

例 The naughty child **marked up** his desk with a crayon.
那個頑皮的小孩用蠟筆在他的書桌上塗寫。

用法 **S + V + O**

普 **draw on** 在……上面畫 | **write on** 在……上面寫 | **deface** [dɪ`fes] 動 破壞表面

2. 提高價錢

由於貨幣貶值或製作成本增加等原因，商店有可能會以 "mark up their prices"（提高他們的價格）來作為因應。

例 Have you noticed how much they've **marked up** the price of fruit?
你有沒有注意到他們把水果的價格提得有多高？

用法 **S + V + O**

普 **raise** [rez] 動 抬高價錢 | **increase** [ɪn`kris] 動 漲價

反 **mark down** 減價 (p.245)

meathead [`mit,hɛd] 名 大笨蛋

說一個人是 "meathead"，就是說他／她「一腦袋漿糊」，是個「大笨蛋」的意思。

例 For the last time, **meathead**, the books should be arranged in alphabetical order.
跟你說最後一次，笨蛋，這些書應該按照字母順序排列。

普 **idiot** [`ɪdɪət] 名 白痴

類 **bonehead** [`bon,hɛd] 名 蠢蛋 (p.81)

反 **brain** [bren] 名 聰明人 (p.82) | **egghead** [`ɛg,hɛd] 名 有聰明才智的人 (p.141)

mend fences 言歸於好

▶ Track 36

"Fence" 是「籬笆」的意思，兩鄰居 "mend fences" 指的是盡釋前嫌、重歸於好。此慣用語可以廣泛地應用在人際關係的修補上。

例 I'm going to give Nina a call. We've got to **mend fences** eventually.

我要打個電話給妮娜。我們終究是要言歸於好的。

普 **repair a relationship** 修補關係 ｜ **make up** 重修舊好 (p.244)

類 **bury the hatchet** 和解 (p.92)

mess up

1. 弄得亂七八糟

"Mess" 當名詞用時指「一團亂」，"mess up" 是片語動詞，指「弄得亂七八糟」。

例 Stop **messing up** my hair. I just combed it.

不要把我的頭髮弄得亂七八糟的，我才剛剛梳好。

用法 **S + V + O**

普 **make disorderly** 弄亂

反 **clean up** 打掃乾淨 (p.110) ｜ **straighten out** 弄整齊 (p.334)

2. 搞砸

"Mess up" 也可以指把事情「搞砸」，也就是沒把事情做好的意思。

例 Sorry, I **messed up**. Can I try again?

對不起，我搞砸了。我可以再試一次嗎？

用法 **S + V or S + V + O**

普 **make a mistake** 犯錯

類 **mix up** 弄錯 (p.249)

Mi casa su casa. 我家就是你家。

"Mi casa (es) su casa." 原是西班牙文，意思是「我的家就是你的家」，用於歡迎他人到你家或住你家時。

例 The door's always open to you. **Mi casa su casa.**

我的門永遠為你敞開。我家就是你家。

Might makes right. 強權即公理。

"Might makes right." 是句古老的諺語，與中文的「勝者為王」意思相似。（注意，"might" 在這裡是「名詞」，意指「強大的力量」。）

例 A: Everything around here is so unfair. I feel powerless.

在這兒沒有一件事是公平的。我覺得好無力。

B: **Might makes right.**

強權即公理。

Mind your manners. 注意禮貌。

父母經常會在帶小孩和人見面時、進餐廳前、參加野餐時等情境，對孩子們說這句話，以提醒他們要乖一點；有時也會聽到父母在小孩胡鬧時用這句話斥責小孩。"Manners" 為複數形，指「行為」、「舉止」，而 "Mind your manners." 就是要對方「注意禮貌」的意思。

例 A: **Mind your manners.** These are very important clients.

注意禮貌。這些可是非常重要的客戶。

B: I'll be good, Mom.

我會乖乖的，媽。

類 **Mind your p's and q's.** 注意禮儀。 (p.248)

Mind your own business. 少管閒事。

"Mind your own business." 字面上的意思是「管好你自己的事」，但是一般被用來告訴對方「少管閒事」。注意，這句話語帶怒氣，有時可能會被視為無禮。

例 A: I was listening to your conversation. I may have an answer to your problem.

我剛聽到你們的談話。我可能有解決你們問題的方法。

B: **Mind your own business.** It's rude to eavesdrop on other people's conversations.

你少管閒事。偷聽別人談話是很不禮貌的。

Mind your p's and q's. 注意禮儀。

"Mind your p's and q's." 與 "Mind your manners." 同義，就是要人「注意禮儀」。至於 "p's" 和 "q's" 到底指的是什麼，眾說紛云，不過較普遍的看法是："p's" 代表 "please"，而 "q's" 則指 "excuse me"。

例 A: Dad, I don't want to play outside.
　　爸，我不想到外面玩。

　　B: **Mind your p's and q's**. We're guests here.
　　注意你的禮儀。我們在這裡是客人。

類 **Mind your manners.** 注意禮貌。 (p.248)

miss the boat　坐失良機

"Miss the boat" 字面上的意思是「沒搭上船」，但在慣用語的用法中指「坐失良機」，也就是錯過了大好機會之意。

例 I knew I should have bought that stock last week. I **missed the boat** again.
　　我知道我上個禮拜應該買那支股票的。我又坐失良機了。

普 **lose an opportunity** 失去好機會

mix up

1. 調拌

"Mix" 本身是「混合」的意思，片語 "mix up" 則指「調拌」，常用於烹調食物時。順帶一提，「打蛋（將蛋攪拌成蛋汁）」的動詞要用 "beat"。

例 I'll **mix up** the spaghetti sauce.
　　我會把義大利麵醬拌好。

用法 **S + V + O**
普 **stir** [stɜ] 動 攪拌

2. 弄錯

"Mix up" 還可以用來指弄錯、搞混，例如："I mixed up the time for the meeting."（我弄錯了開會的時間。）

例 Did I **mix up** your names? I apologize.
　　我是不是把你們的名字搞錯了？我道歉。

用法 **S + V + O**
普 **confuse** [kən`fjuz] 動 混淆 | **jumble** [`dʒʌmbl] 動 混雜
類 **mess up** 搞砸 (p.247)
反 **straighten out** 弄清楚 (p.334)

Money doesn't grow on trees. 賺錢不容易。

如果錢可以像樹葉一樣不斷地長出來就太棒了,而事實上 "Money doesn't grow on trees." 這個俗語表達的就是「賺錢不容易」的意涵。

例 Be careful how you spend this. **Money doesn't grow on trees.**
這些錢要怎麼花你得留意。賺錢不容易。

反 **Money is no object.** 錢不是問題。 (p.250)

Money is no object. 錢不是問題。

"Object" 原指「物體」、「目標」,在這個俗語中則指「關注的重點」;換言之, "Money is no object." 就是「錢不是問題」的意思。

例 A: These custom modifications are going to be very expensive.
做這些客製化的修改得花不少錢。

　B: No problem. **Money is no object.**
沒關係。錢不是問題。

反 **Money doesn't grow on trees.** 賺錢不容易。 (p.250)

Money talks. 有錢能使鬼推磨。

"Money talks." 從字面上解釋是指「錢會說話」,但真正的意思是「有錢好辦事」、「有錢能使鬼推磨」。

例 A: I gave the mechanic $50, and he agreed to look at my car right away.
我給了那個技工五十大洋,他願意立馬幫我檢查一下車子。

　B: **Money talks.**
有錢能使鬼推磨。

---

mooch [mutʃ]

1. 名 揩油的人

"Mooch" 這個俚語用字指的是愛「揩油」的人,也就是到處「拗」別人的人。

例 Clyde is such a **mooch**. He always asks me for money.
克來德真的很愛揩油。他老是跟我要錢。

普 **person who always looks to others to pay the bill** 老是要別人出錢的人

2. **動** 討取

"Mooch" 也可當動詞用，指向人「討取」，不過它不像名詞的用法那麼負面，有時也有向人「借」的意思。使用時一般採「mooch + 物品或金錢 + off (of) + 人」的形式。

例 Can I **mooch** twenty dollars off of you?
我可以跟你借個二十美元周轉一下嗎？

用法 S + V + O
(普) **ask for** 要（某事物）| **borrow** [`bɑro] **動** 借入
(類) **bum** [bʌm] **動** 乞討 (p.90)

---

mop up   拖乾淨

"Mop" 作名詞時指「拖把」，作動詞用則指「擦拭」。片語動詞 "mop up" 指「拖拭乾淨」，對象多半是 floor（地板）。

例 Call the waitress over and have her **mop up** the floor.
叫女服務生過來把地板拖乾淨。

用法 S + V or S + V + O
(普) **clean with a mop** 用拖把清理

---

move in   搬進

"Move" 除了「移動」之外，還可以用來指「搬家」。搬進新買或新租的房子就用 "move in" 來表示。

例 Now that you've signed the lease, you can **move in** whenever you're ready.
既然你已經簽了租約，只要你準備好了，隨時都可以搬進來。

用法 S + V or S + V + O
(普) **start living somewhere** 開始住在某處
(反) **move out** 搬出 (p.251)

---

move out

1. 搬出

"Move in" 的相反詞就是 "move out"，指「搬出」。

例 The landlord told us to **move out** by the end of the month.
房東要我們在月底前搬出去。

用法 S + V or S + V + O

普 **stop living somewhere** 不再住在某處

反 **move in** 搬進 (p.251)

2.（軍隊、士兵等）開始行動

"Move out" 還可以用來表示開始行動，尤其是指軍隊、士兵等開始某一項任務。

例 The soldiers were ordered to **move out**.

　　士兵們被命令開始行動。

用法 S + V

普 **start marching** 開拔 ｜ **advance** [əd`væns] 動 挺進

mull over　仔細考慮

"Mull" 是「反復思索」的意思。如果對某件事你左思右想，久久不能做出決定，你就可以說：「I'm mulling over it.」。相反地，「迅速抉擇」的英文則是 "make a snap decision"。

例 I'm still **mulling over** your offer.

　　我還在仔細考慮你開出的條件。

用法 S + V + O

普 **consider** [kən`sɪdə] 動 考慮

類 **think about** 思考（某事）(p.356)

Mum's the word.　保守祕密。

"Mum" 是「沉默」、「無言」的意思，而 "Mum's the word." 被用來指不把祕密說出去，也就是「保守祕密」之意。

例 A: You promised to keep my secret safe. Remember that.

　　你答應過幫我守住祕密的。別忘了。

　 B: **Mum's the word.**

　　我會守密的。

類 **My lips are sealed.** 我會守口如瓶。(p.253)

my bad　我的錯

這是一個美國的俚語，原為籃球場上的用語，如今已被廣泛應用在不同場合；**通常用來指自己的錯誤，因此沒有 "his bad" 或 "our bad" 的說法。注意，"bad" 在此為名詞。**

例 The water on the floor is **my bad**. I forgot to turn off the faucet this morning.

地板上有水是我的錯。今天早上我忘了關水龍頭。

普 **my fault** 我的過失 | **my mistake** 我的錯誤

My hands are tied.　我無能為力。

當一個人的雙手被綁住的時候，他／她什麼也不能做。"My hands are tied." 這個俗語表達的就是說話者「無能為力」之意。

例 A: Can't you do anything to help me out?

你可不可以做些什麼幫幫我？

B: **My hands are tied.** I don't have that kind of authority.

我無能為力。我沒有那種權限。

My lips are sealed.　我會守口如瓶。

"Seal" 意指「封住」。當一個人說 "My lips are sealed."，意思是他／她會「三緘其口」、「守口如瓶」。

例 A: Tell me what Laurie said.

告訴我蘿莉說了什麼。

B: Sorry, I can't. **My lips are sealed.**

抱歉，我不能說。我會守口如瓶。

類 **Mum's the word.** 保守祕密。 (p.252)

My treat.　我請客。

幫別人付餐費、買電影票等支付相對較小額的金錢時，就能用 "My treat." 來表示。注意，在這個用法中 "treat" 為名詞，意思是「招待」、「款待」，與動詞用法的「治療」無關。（"treat" 當「治療」解時，名詞為 "treatment"。）而若是贈送電視或微波爐等相對較昂貴的物品給他人時，一般則會使用 "buy" 這個字。例如："I'd like to buy you something nice, like a camera."（我想送你一個好東西，比方說一台相機。）

例 Let's go out to a movie. **My treat.**

我們去看場電影吧。我請客。

類 **It's on me.** 算我的。 (p.213)

N

Name your price. 你開個價。

▶ Track 37

"Name" 作動詞時原意為「取名」、「命名」，但在 "Name your price." 這個句子中指的是「指定（價錢）」。當你看到未標價的商品而想購買時，就能用這句話來詢價；相反地，出售的一方也能以此來回應買方。

例 I realize the lamp isn't for sale, but I must have it. **Name your price.**
我知道這盞燈是非賣品，但是我一定得擁有它。你開個價吧。

---

nerd [nɜd] 名 書呆子

"Nerd" 指「只會讀書、不善社交的人」，也就是「書呆子」。以前這個字僅有否定的意味，不過近來也被用來指熱衷於某些事物（如電腦、漫畫、電玩等）的「宅男／宅女」，相對而言已經不會給人那麼嚴重的負面形象了。

例 That **nerd** carries two notebook computers with him everywhere he goes!
那個書呆子不管到哪裡都帶著兩台筆記型電腦！

普 **bright but socially inept person** 聰明但社交能力極差的人

---

no brainer 不需要用腦的事

"No brainer" 這個俚語的意思再明白不過了，那就是「不需要用腦的事」，通常用來指非常容易做出決定的事。

例 The way I see it, your decision's a **no brainer**. You should accept the promotion.
依我看，你的決定根本就不需要用腦袋想。你應該接受升遷。

普 **obvious choice** 明顯的選擇 | **easy decision** 容易的決定

No buts about it. 沒什麼好但是的。

"But" 是「但是」的意思，在這裡當「名詞」用。當你堅持某事必須做到而對方卻想找藉口不如此做時，你就能跟他／她說："No buts about it."。一般而言，這句話常見於親子、師生、上司與下屬之間。

例 A: But, I want to watch TV. The show isn't over yet.

但是，我想看電視。節目還沒有結束。

　 B: I said go upstairs and clean your room. **No buts about it.**

我說了上樓打掃你的房間。沒什麼好但是的。

No can do.　辦不到；沒辦法。

這句話是非常不正式的英文，通常用於朋友之間，在一些小店鋪或餐館也會聽到這樣的說法，用以表示拒絕。

例 A: Can you give me the pair for $25?

這一雙可不可以算 25 美元？

　 B: **No can do.** The prices are fixed.

沒辦法。價格是固定的。

類 **No way, Jose.** 門都沒有。 (p.257)

反 **Can do.** 可。 (p.97)

No doubt.　那是一定的。

"No doubt." 也屬不正式的英語，意思就是「那是一定的」，表示贊同對方所說的話，而較正式的說法是 "Definitely."。

例 A: Our trip to Mexico is going to be great.

我們的墨西哥之旅會很愉快。

　 B: **No doubt.**

那是一定的。

類 **You're telling me.** 那還用說。 (p.396)

反 **Nothing could be further from the truth.** 完全不是那麼回事。 (p.259)

No harm, no foul.　無傷大雅。

"No harm, no foul." 原為籃球比賽用語，意思是「如果某一個不應當的動作不影響比賽結果就不算犯規」；在日常生活中被用來表示他人說錯的話或犯的錯誤「無傷大雅」。

例 A: Please excuse me. I didn't look where I was going.

非常抱歉。我沒有看路。

　 B: That's all right. **No harm, no foul.**

沒關係。不要緊。

no laughing matter   不是鬧著玩的事

當對方不把一件嚴肅或嚴重的事當一回事時，你就可以跟他 / 她說："This is no laughing matter."（這可不是鬧著玩的事。）

例 Christopher, this is **no laughing matter**. I have an appointment in an hour, and I can't find my socks!

克里斯多福，這可不是鬧著玩的事。我一個鐘頭後有一個正式的會，可是我找不到我的襪子！

普 **not something to be joked about** 不是開玩笑的事 | **a serious matter** 嚴肅的事

no spring chicken   已經不年輕了

"Spring chicken" 是小雞的意思，當一個人說他 / 她不是 "spring chicken" 的時候，他 / 她是在委婉地表達自己「已經不年輕了」。

例 I'm **no spring chicken**, but I still like to have a good time.

我已經不年輕了，但是我還是喜歡找樂子。

普 **mature** [mə`tʃʊr] 形 成熟的 | **no longer young** 不再年輕
類 **not born yesterday** 沒那麼生澀 (p.418)   反 **babe in the woods** 無經驗、易受騙的人 (p.69)

No sweat.   沒問題。

"Sweat" 字面上是「汗」的意思，但是 "No sweat." 這個俗語指的卻是「沒問題」（回應他人請求）、「沒什麼大不了的」（回應他人道歉）之意，用法與 "Sure." 和 "No problem." 類似。

例 A: Would you mind looking over my math homework?

你介不介意幫我看一下數學作業？

B: **No sweat.** I was good at math in school.

沒問題。我在學校的時候數學很好。

No way!   不會吧！

對於某些令人吃驚或難以置信的事可以用 "No way!" 這個短句來表示驚訝。

例 A: That band I told you about is coming here on tour.

我跟你講的那個樂團巡迴演唱要到這兒來。

B: **No way!** Is it too late to get tickets?

不會吧！現在買票會不會太晚？

類 **Get out of here!** 怎麼可能！ (p.167)

No way, Jose.　門都沒有。

"No way, Jose." 是個有點過時、用來強烈表達 "No" 的說法。"Jose" 在此並不指「人」，用它的目的只是因為它和 "way" 有押韻。

例 A: Give me a bite of your ice cream.
　　給我吃一口你的冰淇淋。

　B: **No way, Jose.** Get your own.
　　門都沒有！自己去買。

類 **No can do.** 辦不到。 (p.255)
反 **Can do.** 可。 (p.97)

nod off　不知不覺睡著了

"Nod" 本身有「打盹」的意思，"nod off" 則用來指「不知不覺睡著了」。

例 Terry **nodded off** while watching the boring play.
　泰瑞看那齣無聊的戲劇時不知不覺睡著了。

用法 **S + V**
普 **fall asleep** 睡著
反 **wake up** 醒來 (p.376)

not anything to write home about　沒什麼值得大書特書的

"Not anything to write home about" 字面上是「不是什麼值得寫信回家報告的事」之意，大約相當於中文說的「沒什麼值得大書特書的」。

例 A: How was your trip?
　　你的旅行如何？

　B: It **wasn't anything to write home about**.
　　沒什麼值得大書特書的。

普 **ordinary** [ˋɔrdn͵ɛrɪ] 形 普遍的 | **not special** 不特別的

not born yesterday　沒那麼生澀；沒那麼好騙

一個昨天才出生的寶寶什麼事都不懂，因此當一個人說自己 "not born yesterday"，他／她的意思就是他／她是經過歷練的，沒那麼好騙。

例 I know how to take care of myself. I **wasn't born yesterday**.
我知道怎麼照顧我自己。我又不是昨天才生的。

普 **experienced** [ɪk`spɪrɪənst] 形 有經驗的 ｜ **wise** [waɪz] 形 有智慧的
類 **no spring chicken** 已經不年輕了 (p.256)
反 **babe in the woods** 無經驗、易受騙上當的人 (p.69)

Not in this lifetime. 這輩子不會。

這句話用以表達強烈否定，說 "Not in this lifetime."（這輩子不會。），就等於說 "Never."
（絕不會）。另，若是在描述某人事物不符合自己的喜好時，這句話則隱含了些許嫌惡的意
味。例如：Would I date Kevin? Not in this lifetime. He repulses me.（你問我要不要跟凱文
約會？絕不。我對他很反感。）

例 A: Have you thought about getting a tattoo?
你有沒有想過去刺青？

B: **Not in this lifetime.**
這輩子不會。

not know someone from Adam 與某人素昧平生

根據聖經，亞當是世上的第一個男人，沒有人真正見過他，也因此就算他走在路上你也認不
出來。"Not know someone from Adam" 的意思是「與某人素昧平生」，你既不認識亞當，
你同樣也不認識那個人。

例 David ignored me when he saw me. He acted like he **didn't know me from Adam**.
大衛看到我的時候完全不理我。他表現得好像與我素昧平生。

普 **be completely unfamiliar with someone** 與某人完全不熟識

not someone's cup of tea 不合某人的胃口

愛喝茶的人通常會有特別喜歡的口味或牌子。說某事物 "isn't my cup of tea" 的意思就是該
事物不合你的胃口，你並不喜歡。

例 A: Do you want to go scuba diving with me?
你要不要跟我一起去潛水？

B: Sorry, diving **isn't my cup of tea**.
抱歉，我並不喜歡潛水。

普 **not someone's favorite thing or activity** 不是某人喜歡的事或活動

Nothing could be further from the truth. 與事實相去甚遠。

這個句子字面上的翻譯是「沒有離事實更遠的東西」，也就是「與事實相去甚遠」、「完全不是事實」的意思，當你要澄清某個誤會或修正曾說過的話時，這句話就派得上用場。

例 A: There are rumors about you resigning.
有傳聞說你是辭職。

B: **Nothing could be further from the truth.**
那完全不是事實。

反 **No doubt.** 那是一定的。(p.255)

Now you're cooking. 這樣就對了。

"Now you're cooking." 是 "Now you're cooking with gas." 的簡略版。這個俗語與實際的烹飪無關，真正的意思是「（你）這樣就對了」，也可用於表示同意他人的意見或提案。另外還有一個更通俗的說法也傳達類似的涵義："You're on a roll."（你的狀況絕佳。）

例 A: This piece attaches to this one. And these fit together too.
這一片接這一片。而這兩片也吻合。

B: **Now you're cooking.** You'll have that puzzle finished in a few hours.
這樣就對了。只要幾個鐘頭你就可以完成那個拼圖。

nuke [njuk] 動 用微波爐烹煮

"Nuke" 是 "nuclear"（核子的）之簡略，在此作動詞用，指「用微波爐烹煮食物」。（之所以有這個用法可能是因為微波與輻射都非肉眼所能見到。）

例 I'm going to **nuke** some popcorn. Do you want any?
我要用微波爐熱爆米花。你要不要來一點？

普 **microwave** [`maɪkro,wev] 動 用微波爐烹煮 | **cook in a microwave oven** 在微波爐裡烹煮

nut case 瘋子

"Nut case" 與前面提到過的 "head case" 都是指「瘋子」，但是 "nut case" 要比 "head case" 更強烈一些，畢竟 "nut" 這個字本身就有「發瘋」的意思。

例 That woman is talking to herself again. She must be a **nut case**.
那個女人又在自言自語了。她一定是個瘋子。

普 **lunatic** [`lunə,tɪk] 名 神經病
類 **head case** 瘋子 (p.187) | **weirdo** [`wɪrdo] 名 怪人 (p.381)

of the first water　一流的

 Track 38

這個慣用語源自寶石鑑定，因為好的寶石通常都清澈如「水」，而最高品質的寶石則被稱為 "first water"（最澄澈的水）。另，"first-rate" 也有近似的涵義，即「一流的」。

例 They say Mr. Brewster is a lawyer **of the first water**.
　　他們說布魯斯特先生是一流的律師。

普 **of excellent quality** 品質極優的

off one's rocker　神經失常

在美國許多上了年紀的人都喜歡坐在 "rocker"（搖椅）上搖呀搖的，編編毛衣、逗逗貓兒。而年長者當中，有些人可能會有健忘症或痴呆症等狀況，因此 "off one's rocker"（從搖椅上掉下來）這個慣用語便讓人聯想到有精神方面問題的老人，進而衍生出「神經失常」、「發瘋」的涵義，並用以表達對於他人行為舉止感到十分驚訝。

例 You're **off your rocker**. How could you even make such a suggestion?
　　你瘋了。你怎麼會做出如此的建議？

普 **mentally disturbed** 神經錯亂
類 **as mad as a hatter** 發瘋的；發狂的 (p.64)

old [old] 形 老套

人會變老，人們的招式也會變老；如果一個人的行為一成不變，英文可用 "gets old" 來表達。此字帶有負面語意，表示說話者感到厭煩。

例 Jeff's complaining is getting **old**. I wish he'd stop.
　　傑夫的抱怨已是老套。我真希望他能停止。

普 **tiresome** [`taɪrsəm] 形 令人厭倦的
類 **dead** [dɛd] 形 失效的 (p.125) ｜ **stale** [stel] 形 陳腐的 (p.329)

on its last legs　破舊不堪

這是個比喻的說法。當一件物品已經很破舊時，我們可以說："It's' on its last legs."，就像一個年事已高的老人，兩腿無力，搖搖欲墜。

例 This old car is **on its last legs**. It's time to get a new one.
這輛老爺車已經破舊不堪，該換輛新的了。

普 **old and worn out** 又舊又破

on one's dogs　站著或在走路

前面提到過 "dog" 可以指人的「腳」，因此說一個人 "is on his/her dogs" 就是說他 / 她「站著或在走路」。這個慣用語通常用來強調因長時間站立或行走而十分疲憊的狀況。

例 You guys go ahead and play basketball without me. I've been **on my dogs** all day.
你們自己去打籃球吧。我已經站 / 走了一整天了。

普 **standing or walking** 站著或在行走

on pins and needles　如坐針氈

"Pin"（大頭針）和 "needle"（縫針）都有尖頭，"on pins and needles" 就相當於中文的「如坐針氈」，形容一個人不安或戒慎的心理狀態。

例 Everyone in the office is **on pins and needles**. The CEO is supposed to visit us next week.
辦公室裡的每一個人都如坐針氈，因為執行長下星期要來拜訪我們。

普 **very sensitive or anxious** 非常敏感或焦慮

on the back burner　擱置一旁

西式的爐灶通常會有四到六個火口，分前後兩排。一般在烹煮時會先用前排的火口，因此，"put something on the back burner"（把某物放在後排的火口上）被用來指「先將某物擱置一旁」，不立即處理。

例 We can't afford to replace the equipment now. We'll have to put that suggestion **on the back burner**.
目前我們沒有能力更新設備。我們得把那個建議先暫時擱置。

普 **not a priority** 非優先事項 │ **put to the side** 擱在一邊

on the blink　故障

"Blink" 是「閃爍」的意思，當電視機壞掉時畫面會不斷閃爍，因此 "on the blink" 此慣用語就被用來指電子產品的「故障」，雖然並非所有的電子產品都有螢幕。

例 Sorry, we can't watch the game. My TV is **on the blink**.

抱歉，我們沒辦法看球賽的電視轉播。我的電視機壞了。

普 **broken** [`brokən] 形 壞掉的 ｜ **malfunctioning** [mæl`fʌŋʃənɪŋ] 形 故障的

once in a blue moon 很久才一次

通常滿月的情況一個月才發生一次，但是偶爾會有一個月出現兩次滿月的情形，而一個月中的第二次滿月就稱之為 "blue moon"。"Once in a blue moon" 表達的是「極少」、「很久才一次」之意。

例 We don't get visitors here but **once in a blue moon**.

我們這兒沒什麼訪客，久久才一次。

普 **rarely** [`rɛrlɪ] 副 鮮少

one man/one woman show 獨角戲

"One man/one woman show" 指的就是「獨角戲」。與中文「唱獨角戲」相同，這個說法不一定指真正的「戲」，而可以廣泛地用來指單獨一個人的行動、運作等。

例 You can't always be a **one woman show**. Admit it, you need our help.

妳不能永遠一個人唱獨角戲。承認吧，妳需要我們的協助。

普 **one person operation** 單獨一個人運作

open up
1. 打開

"Open up" 就是「打開」的意思，你可以 "open up" 一個罐頭、一個盒子、一家店鋪，或其他封住或鎖住的事物。

例 I'm having trouble **opening up** this jar.

我打不開這個罐子。

用法 S + V or S + V + O

普 **unseal** [ʌn`sil] 動 開封 ｜ **unlock** [ʌn`lɑk] 動 開鎖 ｜ **unscrew** [ʌn`skru] 動 擰開
反 **close down** 關閉 (p.111) ｜ **lock up** 鎖上 (p.233)

2. 開放

"Open up" 還可以用來指經濟、貿易方面的「開放」，對象通常是 market（市場）。

例 Economists feel the country's markets will **open up** soon.
經濟學家認為該國的市場不久就會開放。

用法 **S + V or S + V + O**
普 **liberalize** [ˋlɪbərəˌlaɪz] 動 使自由化

3. 表露；吐露

"Open up" 還有「表露（心跡）」、「吐露（隱祕）」的意思，表示某人敞開心房，談論之前一直不願意說出的事情。

例 Claire finally **opened up** and told me what happened.
克蕾兒終於開了金口，告訴我發生了什麼事。

用法 **S + V**
普 **express oneself** 表達自己的意見 │ **say what's on one's mind** 說出心裡的話

Opportunity seldom rings twice. 良機稍縱即逝。

機會是不會等人的，"Opportunity seldom rings twice." 表達的就是這個意涵。另，也有很多人會以 "knock"（敲門）取代 "ring"（鈴響）。

例 A: Should I take the job?
我該不該接受這個工作？

B: I would. **Opportunity seldom rings twice.**
要是我，我會。良機稍縱即逝。

---

out in left field 舉止怪異

在棒球場上，左外野（left field）是球較少「光顧」的區域，因此常會看到左外野手孤零零地站在那兒。在慣用語的用法當中 "out in left field" 則被用來指一個人「舉止怪異」，與常人不一樣。

例 Warren knows people think he's **out in left field**.
華倫知道人們認為他的舉止怪異。

普 **bizarre** [bɪˋzɑr] 形 奇怪的 │ **unusual** [ʌnˋjuʒʊəl] 形 不尋常的

---

out like a light 睡得很沉

許多人就寢時習慣將燈完全關掉才能好眠，而這個慣用語指的是一個人「睡得很沉」，就像一盞燈熄滅了似的。

例 The moment Todd laid down, he was **out like a light**.
陶德一躺下就睡死了。

普 **sleeping deeply** 熟睡

Out of sight, out of mind. 眼不見為淨。

"Out of sight, out of mind." 按字面上的解釋就是「眼不見，心不煩」，也就是我們常說的「眼不見為淨」。

例 A: Whenever I look at that picture, it brings back bad memories.
只要一看到那張照片，我就會想起過去那些不好的回憶。

B: Then, take it off your wall. **Out of sight, out of mind.**
那就不要把它掛在牆上。眼不見為淨。

---

out of the blue 突然地；出其不意地

"The blue" 在此指的是 "the blue sky"，而 "out of the blue" 與中文的「晴天霹靂」相仿，都有「突然」、「出乎意料」的意涵。

例 I was driving along slowly, when from **out of the blue** a truck sped out of a side street.
我當時車開得很慢，突然有一輛卡車從巷子裡衝了出來。

普 **suddenly and unexpectedly** 突然且出乎意料地

---

out of this world 不同凡響

當某事物好到讓人覺得在世界上不可能有這樣的東西時，我們就可以用 "It is out of this world." 來表達讚嘆。

例 The pizza here is **out of this world**.
這裡的披薩真是不同凡響。

普 **extraordinary** [ɪkˋstrɔrdn͵ɛrɪ] 形 非凡的

Over my dead body. 除非我死了（，否則你想都別想）。

"Over my dead body." 字面上是「從我的屍體上過去」，用以表達強烈反對、不願聽命行事。但其實這是一個誇張的說法，說話者真正的意思是：「除非我死了（，否則你想都別想）」。

例 A: The food was horrible. I'm leaving, and I'm not paying.
東西難吃死了。我要走了，我也不付錢。

　B: **Over my dead body.**
除非我死了，否則你想都別想。

over the hill 走下坡

"Hill" 是「丘陵」、「斜坡」的意思，「走下坡」的英文就叫 "over the hill"。人的體力、精力在青壯期達到巔峰，到了中老年之後就開始衰退，這一點在運動選手身上看得最清楚。

例 The volleyball player insisted he was only injured, and not **over the hill**.
那個排球選手堅持說他只是受傷，而不是已經走下坡了。

普 **elderly** [ˈɛldəlɪ] 形 年邁的 ｜ **past the prime of life** 過了黃金時代
past one's peak 過了一個人的巔峰期

own [on] 動 幹掉；羞辱

"Own" 的原意是「擁有」，在俚語中被用來指「幹掉」或「羞辱」，常以被動的形式出現，例如："You got owned."、"He was owned." 等。在線上遊戲甚至會看到有人故意把 "owned" 拼成 "pwned"，這原本是某個人打錯字的結果，沒想到竟蔚為風潮。

例 A: Did you hear Fiona tell Bob he didn't know anything about Ducatis?
你有沒有聽說費歐娜跟鮑伯說他根本就不懂杜卡迪的摩托車？

　B: Yep, Bob got **owned**!
是啊，鮑伯真的被糗到了！

用法 S + V or S + V + O

普 **dominate** [ˈdɑməˌnet] 動 占優勢 ｜ **humiliate** [hjuˈmɪlɪˌet] 動 使羞愧
類 **school** [skul] 動 教訓；使丟臉 (p.306)

A: Should I accept the promotion?

B: I think you should. **Opportunity seldom rings twice.**

A: If I take it, I'll have to move to Florida.

B: **I've been in your shoes before.** I had to move twice for my last job. With all the competition in the field, I had no choice. **It's a dog eat dog world.**

A: **No doubt.**

翻譯

A: 我應該接受這個升遷嗎？

B: 我認為你應該接受。機會稍縱即逝。

A: 如果我接受的話，我得搬到佛羅里達。

B: 我有過同樣的經驗。我曾為了我上一份工作搬過兩次家。因為這業界競爭激烈，我別無選擇。這是個互相殘殺的世界。

A: 完全沒錯。

P

pack up 打包

▶ Track 40

"Pack" 當動詞用是「包裝」之意，"pack up" 這個片語則指「打包」，對象通常是行李。

例 We need to leave soon. Are you all **packed up** yet?
我們不久就得走了。你都打包好了嗎？

用法 S + V or S + V + O

(普) **get packed** 包好 | **prepare one's things** 收拾一個人的物品

packed (in) like sardines 像擠沙丁魚似的

沙丁魚罐頭裡的沙丁魚通常都是一條條地被塞在一起，因此要傳達極為擁擠時就可以用 "packed (in) like sardines" 來表示。

例 On the first day of the exhibit, people were **packed in like sardines** at the museum.
展覽的第一天博物館人多得像擠沙丁魚似的。

(普) **very crowded** 非常擁擠

packrat [`pæk,ræt] 名 收集狂

"Packrat"（林鼠）為囓齒類動物，牠們喜歡在窩裡收集各式各樣的小東西。一個喜歡收藏有的沒的人在英文裡被稱為 "a packrat"。

例 I admit it, I'm a **packrat**. I even save old appliances that don't work anymore.
我承認我是個收集狂。我甚至把已經不能用的器具保存起來。

(普) **hoarder** [`hordə] 名 貯藏者 | **junk collector** 廢物收集者

pad [pæd] 名 家

"Pad" 的原意是襯墊，在俚語中被用來指「家」或任何安身之處，例如租來的公寓房間。

例 You need some more furniture. Your **pad** is almost empty.
　　你需要多一點的家具。你家幾乎是空的。

普 **house** [haʊs] 名 家
類 **crib** [krɪb] 名 住家 (p.122)

---

paddle one's own canoe　獨立自主

　"Canoe" 是獨木舟，"paddle" 指划槳，此慣用語被用來比喻一個人「獨立自主」。

例 Thanks for your offer, but it's time I **paddled my own canoe**.
　　謝謝你的好意，但是該是我獨立自主的時候了。

普 **be independent** 獨立 | **control one's own destiny** 掌控自己的命運

---

pain in the neck　惹人厭的人或事

　當我們扭到脖子的時候是非常痛苦的，說某個人或某件事是 "a pain in the neck" 指的就是這個人或這件事非常惹人討厭。

例 The application process is a **pain in the neck**.
　　申請的過程真是有夠令人討厭。

普 **bothersome thing or person** 煩人的事或人

---

pansy [ˈpænzɪ] 名 懦弱的人

　"Pansy" 原指植物「三色菫」，在俚語中被用來指「懦弱的（男）人」，尤其是不敢為自己發聲的人。

例 Tell your colleague you're tired of him making fun of you. Don't be a **pansy**.
　　告訴你的同事你已經厭倦他對你的嘲弄。別當一個懦弱的人。

普 **weak and subservient person** 軟弱、卑屈的人
類 **sissy** [ˈsɪsɪ] 名 膽小無用的男子 (p.318) | **wuss** [wʊs] 名 軟弱無能的人 (p.391)
反 **stud** [stʌd] 名 男子漢 (p.335)

---

parental unit　父親或母親

　"Unit" 原是單位、單元的意思，在其前加上 "parental"（雙親的）是一個玩笑式的說法，意思其實就是「父親」或「母親」。注意，與 parent 相同，若指父母則應使用複數：parental units。

例 I told my **parental units** I'd call them at 11:00.
我告訴我爸媽我十一點會打電話給他們。

普 **parent** [ˋpɛrənt] 名 父或母

---

part with 放棄

"Part" 作動詞用時指的是分開、與……分手，若在其後加上介系詞 "with" 則有放棄之意，對象常是對某人有特別意義的事物，例如紀念品、傳家寶等。

例 I could never **part with** that set of silverware. My mother gave it to me.
我永遠不會放棄那套餐具。那是我媽媽給我的。

用法 **S + V + O**
普 **sell** [sɛl] 動 賣掉 | **give away** 贈送
類 **give up** 放棄 (p.172)

---

pass out

1. 分發

"Pass" 是「傳遞」的意思，"pass out" 則用來指「分發」，對象常是傳單、講義、樣品等可以被分送出去的東西。

例 As part of the promotion, we're going to **pass out** several thousand flyers.
作為促銷的一部分，我們會分發出好幾千份的傳單。

用法 **S + V + O**
普 **distribute** [dɪˋstrɪbjut] 動 分配

2. 昏倒

"Pass" 這個字也有「消失」、「終止」之意，由此延伸出的片語 "pass out" 則指「昏倒」、「失去知覺」。

例 Hillary **passed out** from the heat.
希拉芮熱得昏倒。

用法 **S + V**
普 **awaken** [əˋwekən] 動 醒過來 | **regain consciousness** 恢復意識
反 **wake up** 甦醒 (p.376)

pass the buck　推卸責任

以前在美國玩撲克牌時輪到須發牌者之前會擺一個物件，該物件就稱之為 "buck"。如果輪到下一家發牌，"buck" 就傳到下一家，依此類推。在慣用語的用法中 "pass the buck" 被用來指「推卸責任」，這個表達方式與中文的「踢皮球」有異曲同工之妙。

例 No one would admit responsibility. People **passed the buck** all around the office.
沒有人願意負責。辦公室裡的人互踢皮球。

普 **transfer responsibility or decision making to another person** 把責任或決定權交給他人
反 **take the bull by the horns** 勇敢果斷地面對問題

Patience is a virtue.　耐心是美德。

這個諺語就是在勸人要有耐心，因為好事多磨，沒有耐心的人是不會獲得好東西的。

例 A: I wish they'd hurry up with our order.
　　真希望他們快點把我們點的餐送過來。

　 B: Relax, they'll bring it when it's ready. **Patience is a virtue.**
　　放輕鬆，他們做好就會送過來。耐心是美德。

類 **Good things come to those who wait.** 好事多磨。 (p.178)

pay back

1. 還錢

此片語動詞就是「還錢」的意思，「有借有還」是古今中外不變的道理。

例 Mike never **paid** me **back** the money I lent him.
麥克一直都沒有把我借他的錢還給我。

用法 S + V + O
普 **return** [rɪˋtɝn] 動 還 ｜ **repay** [rɪˋpe] 動 償還

2. 報復

"Pay back" 也可用來指「報復」。注意，作名詞用時，須拼寫成一個字：payback。

例 That gang won't get away with this. We'll **pay** them **back**.
那個幫派不會就這樣逃過的。我們一定會報復，給他們好看。

用法 S + V + O
普 **get revenge** 報仇

pay the piper　承擔費用；承擔後果

此慣用語中的 "piper" 指的應該是德國民間傳說故事中的 "Pied Piper"（穿花衣服的吹笛手）。在該故事中 "Pied Piper" 被請來驅逐鎮上的老鼠，但是鎮民並未依約付錢給他，因此 "Pied Piper" 就把鎮上的小孩給拐走。後來，"pay the piper" 就被用來指「承擔費用」，或甚至「承擔後果」。

例 You committed the crime, and now you have to **pay the piper**.
你犯了罪，現在就必須承擔後果。

普 **pay the fee due** 付該付的費用 │ **face up to a punishment** 面對懲罰

---

pay through the nose　付出（比真實價值高出）許多的錢

此慣用語指「付出比真實價值高出許多的錢」，之所以用「鼻子」來比擬可能是因為鼻子是很容易流血的部位。用中文的說法來看，就是「荷包大失血」的意思。

例 The sofa better be comfortable. I **paid through the nose** for it.
這沙發最好很舒適。我可是花了大把的鈔票。

普 **pay a large sum of money** 支付一大筆錢
反 **buy something for a song** 以低價購得某物 (p.93)

Chat Time　▶ Track 41

A: Wow, your attic is **hella** full. You're such a **packrat**.
B: I know. I've got junk in here from ten years ago.
A: Why don't you throw it away?
B: I like **hanging out** up here and looking at the old stuff. It reminds me of being a kid.
A: Whatever. Man, **check out** the **kicks** in this box. I had a pair of these when I was in junior high!

翻譯
A: 哇！你家閣樓也放太多東西了吧。你真是個收集狂。
B: 我知道。十年前開始我這兒就有一堆東西了。
A: 你怎麼不丟掉？
B: 我喜歡在這待著，看看這些老玩意兒。它們讓我覺得自己像個孩子。
A: 不管你啦。老兄，你看箱子裡的這雙鞋。我國中時也有一雙！

peace out 我要走了

▶ Track 42

"Peace out" 乃 "peace" 和 "I'm out." 的組合，意思是「我要走了」，是一個說「再見」相當口語的表達方式。

例 I'll see you tomorrow. **Peace out**.
我要走了。明天見。

普 **I'm leaving, goodbye.** 我要走了，再見。

---

peep [pip] 名 人；朋友

"Peeps"（人們）這個字是 "people" 的簡略，而單數形的 "peep" 則指 "person"（人）或 "friend"（朋友）。

例 We want to thank you **peeps** for coming out here in the rain.
我們要感謝各位下雨天還大老遠到這兒來。

普 **friend** [frɛnd] 名 朋友 | **person** [`pɝsn] 名 人

---

peeved [pivd] 形 惱怒的

動詞 "peeve" 是「使氣惱」的意思，它的過去分詞 "peeved" 可作形容詞，指「惱怒的」。

例 Nothing gets me more **peeved** than being lied to.
沒有什麼事比對我說謊更令我惱怒。

普 **very angry** 非常生氣

類 **steamed** [stimd] 形 憤怒的 (p.332) | **ticked off** 憤慨的 (p.362)

---

phase in 逐步採用

"Phase" 作名詞指「階段」，作動詞則指「分階段實施」，後常接介系詞 "in"。

例 We plan to **phase in** the changes slowly over a period of three months.
我們計畫在三個月內逐步進行改變。

用法 S + V + O

普 **gradually implement** 逐步執行

反 **phase out** 逐步淘汰 (p.273)

phase out 逐步淘汰

"Phase in" 的相反詞就是 "phase out"，也就是「逐步淘汰」之意。

例 This type of battery will be **phased out** and replaced with a new model.
這種電池將會逐步被淘汰掉，並用新型的來取代。

用法 S + V + O

普 gradually eliminate 逐漸排除

反 phase in 逐步採用 (p.272)

---

phat [fæt] 形 超讚的

此俚語用字的發音和 fat（肥）相同，但是涵義與體重毫不相干。"Phat" 是「超讚」的意思，如果用來形容女性則指「非常漂亮」。

例 The special effects in that movie were **phat**.
那部電影的特效超讚。

普 gorgeous [`gɔrdʒəs] 形 極美的 | excellent [`ɛksḷənt] 形 極好的

類 fly [flaɪ] 形 炫 (p.152)

---

pick up

1. 拾起

此片語動詞即指將物品從地面、地板等「撿起」、「拾起」。

例 **Pick up** that candy wrapper. You shouldn't litter.
把那張糖果紙撿起來。你不應該亂丟垃圾。

用法 S + V + O

普 lift up 舉起 (p.230)

反 put down 放下 (p.284)

2. 購買

"Pick up" 也可以用來指「購買」，對象通常是價錢不高的小東西或日用品。

例 I **picked up** these rings at the flea market.
這些戒指我是在跳蚤市場買的。

用法 S + V + O

普 buy [baɪ] 動 買

3. 學會

這個片語還可以用來指「學會」,對象多是某一種外國語言,不過一個人也可能 "pick up" 一些 bad habits（壞習慣）。

例 While traveling in Europe, I **picked up** some French and German.
在歐洲旅行的時候,我學會一點法文和德文。

用法 S + V + O
普 **learn** [lɜn] 動 學習 | **acquire** [əˋkwaɪr] 動 獲得

4. 接（人）

"Pick someone up" 是「接人」的意思,例如到托兒所接小孩等。

例 Lorraine said I should **pick** her **up** at 7:30.
蘿蘭說我應該在七點半的時候去接她。

用法 S + V + O
普 **meet someone and take them somewhere** 與某人碰面並把他 / 她帶往某處

pig out 狼吞虎嚥地大吃特吃 🔊

一般人認為豬是很貪吃的,因此 "pig out" 這個俚語被用來指「吃得過多」,尤其是「狼吞虎嚥地大吃特吃」。

例 The way you're **pigging out**, I'd say you haven't eaten all week.
看你狼吞虎嚥地吃,我想你應該是一整個禮拜都沒吃東西了。

用法 S + V
普 **overeat** [ˋovəˋit] 動 吃過量

pile up

1. 堆疊

"Pile" 是「堆積」的意思,而 "pile up" 則指「堆疊」。

例 **Pile up** the books you don't want in that corner.
把你不要的書堆疊起來放在那個角落裡。

用法 S + V + O
普 **stack** [stæk] 動 把……疊成堆

2. 積累

此片語也可以指「積累」，比方說一個人如果無法繳清帳單，這些帳單就會 "pile up"。

例 Every month, my bills keep **piling up**.
　　每個月我的帳單不斷地積累。

用法 **S + V**
普 **mount** [maʊnt] 動 增多

---

pimp out　改裝

"Pimp" 的原意是「拉皮條」，但是 "pimp out" 這個俚語卻與此意無關，而是指將車子、摩托車、辦公室等加以改裝讓它們更酷、更炫。

例 I got my car **pimped out** at a body shop—new paint job and rims, plus I had them put in new speakers.
　　我把我的車子拿到車廠去改裝——新的烤漆和輪圈，我還要他們裝上新的揚聲器。

用法 **S + V or S + V + O**
普 **upgrade** [`ʌp`gred] 動 升級 | **highly customize** 高度客製化

---

pitch in　共同努力；做出貢獻

"Pitch" 原本的意思是「投」、「扔」、「擲」，而片語動詞 "pitch in" 則可指「共同努力」或「做出貢獻」。

例 If we all **pitch in**, we'll finish before sundown.
　　如果我們大家共同努力，在太陽下山前我們就可以完成。

用法 **S + V or S + V + O**
普 **work together** 一起做 | **contribute** [kən`trɪbjut] 動 貢獻
類 **help someone out** 協助 (p.190)

---

plastered [`plæstəd] 形 爛醉如泥

"Plaster" 作名詞用時指「灰泥」，作動詞用時是「塗灰泥」之意。在俚語的用法中過去分詞 "plastered" 則被用來指「爛醉如泥」。

例 You're **plastered**. I think we better leave.
　　你已經喝茫了。我覺得我們最好走人。

普 **very drunk** 非常醉
類 **loaded** [`lodɪd] 形 酩酊大醉 (p.233) | **wasted** [`westɪd] 形 醉茫茫 (p.379)

plastic money   信用卡

信用卡是用塑膠（plastic）做的，因此「刷卡付帳」英文就可以說成 "use plastic money"。順帶一提，若不確定店家是否接受刷卡付費，也可用 "Do you take plastic money?" 來詢問。

例 I don't have any cash. I'll have to use **plastic money**.
　　我沒有現金。我必須刷卡付帳。

普 **credit card** 信用卡

play ball   合作；參與

"Play ball" 原為棒球用語，指「球賽開打」，在慣用語中則被用來指「合作」、「參與」。

例 If you won't **play ball**, I'll find someone who will.
　　如果你不合作，我會找個願意的人。

普 **cooperate** [ko`ɑpə‚ret] 動 合作 | **go along with a plan or system** 參與某項計畫或系統
反 **rock the boat** 搗亂 (p.297) | **upset the applecart** 打亂計畫 (p.374)

play it cool   保持冷靜；處之泰然

要人 "play it cool" 就是叫他／她對某事「保持冷靜」，即「處之泰然」之意。

例 Just **play it cool**. Those guys probably aren't looking for trouble.
　　保持冷靜。那些傢伙可能並不是要找麻煩。

普 **stay calm** 保持冷靜 | **maintain one's composure** 維持平靜
反 **get carried away** 得意忘形 (p.161) | **go overboard**（行為舉止）過頭 (p.175)

play with fire   做危險的事

這個慣用語按字面解釋就是「玩火」，通常被用來比喻做危險的事。

例 Maria, don't get involved with that gang. It's like **playing with fire**.
　　瑪麗亞，不要和那個幫派有什麼牽扯。那就像在玩火。

普 **make a very risky move** 做非常危險的舉動

point to

1. 指向

"Point" 作動詞用是「指」的意思,要表示「指向」就在其後加介系詞 "to"。

例 The man **pointed to** the east to show the traveler the way.
那個人指向東方,告訴該旅人應朝哪邊走。

用法 **S + V + O**

普 **gesture** [`dʒɛstʃə] 動 做手勢

2. 顯示出

"Point to" 也可用來指「顯示出」,其後通常接某種結果或結論。

例 Our poor crop yield and increased foreign competition **point to** hard times up ahead.
我們作物的收成不佳,加上來自國外的競爭增加,都顯示我們將面臨重重困難。

用法 **S + V + O**

普 **indicate** [`ɪndə‚ket] 動 指示

poles apart　天差地遠;南轅北轍

在此 "poles" 指的是「北極」與「南極」,而 "poles apart" 被用來指「天壤之別」,也就是「天差地遠」、「南轅北轍」之意。

例 It's clear that our goals for this company are **poles apart**.
很明顯地我們對於這家公司的目標的看法天差地遠。

普 **holding drastically different points of view** 持極端不同的觀點
be separated by a wide gap 差距很大而扞格不入

pop the question　求婚

"Pop" 是「突然地、迅速地出現、發生」之意,而 "question" 指的是「妳願不願意嫁給我?」這個問題,故此慣用語指的就是「求婚」。

例 I'm going to **pop the question** to Rosa during dinner tonight.
今晚吃晚餐的時候我將向蘿莎求婚。

普 **ask for someone's hand in marriage** 要求與某人定終身

poser [ˋpozɚ] 名 裝模作樣的人

"Pose" 原是「擺姿勢」之意，可以用來指「裝腔作勢」，因此 "poser" 就是「裝模作樣的人」，通常也可用來指稱你所討厭的人。

例 A: Chuck said he's really good at golf.
　　查克說他很會打高爾夫球。

　 B: He's a **poser**. He plays worse than I do.
　　他最會裝模作樣了。他打得比我還差。

普 **pretender** [prɪˋtɛndɚ] 名 偽裝者
類 **wannabe** [ˋwɑnəbɪ] 名 想成為或自封為……的人 (p.377)

---

posse [ˋpɑsɪ] 名 一群朋友

"Posse" 以前指的是維持地方治安的「民團」，如今此工作已改由警察擔當。後來 "posse" 這個字成為了俚語，意指「一群朋友」。

例 Hey, man, I'll introduce you to my **posse**.
　　嘿，老哥，我介紹我這群朋友給你認識。

普 **group of friends** 朋友群

---

pour out

1. 倒出

"Pour" 是「倒」、「灌」、「注」的意思，而 "pour out" 指的是把液態的東西從容器中「倒出」。

例 The milk has gone bad. **Pour** it **out** in the sink.
　　這牛奶已經壞了。把它倒到水槽裡。

用法 **S + V + O**
普 **empty** [ˋɛmptɪ] 動 倒空 ｜ **dispose of** 把……處理掉

2. 離開

此片語動詞也可用來比喻許多人「離開」某處的狀況。

例 After the ball game, the fans **poured out** of the stadium.
　　球賽完了以後，球迷們離開體育場。

用法 **S + V**
普 **leave** [liv] 動 離開 ｜ **vacate** [ˋveket] 動 離開

Practice makes perfect. 熟能生巧。

此諺語就是中文「熟能生巧」之意。這句話雖然是老生常談，但是至今仍然很多人在使用。

例 A: This violin piece is so hard.
   這首小提琴的曲子真難。

B: I know, but keep trying. **Practice makes perfect.**
   我知道，但是你得繼續努力。熟能生巧。

---

preggers [`prɛgəz] 形 懷孕的

這個俚語用字是從 "pregnant" 衍化而來的，意思同樣是「懷孕的」。

例 I can't believe you're **preggers**. That's so incredible!
   我不敢相信妳懷孕了。真是令人難以置信！

普 **pregnant** [`prɛgnənt] 形 懷孕的

---

premo [`primo] 形 優質的

此俚語用字為 "premium"（優質的）之簡略，可用來指某產品、服務或技術等。

例 Listen to that bass. That's a **premo** car stereo.
   你聽這低音。真是優質的汽車音響。

普 **premium** [`primɪəm] 形 優質的

---

proceed with 繼續（做某事）

這個片語是「繼續（做某事）」的意思，通常用於某事因故停頓或延誤後。

例 The judge told the witness to **proceed with** her story.
   法官叫那位證人繼續她的陳述。

用法 S + V + O

普 **continue** [kən`tɪnju] 動 繼續 ｜ **resume** [rɪ`zjum] 動 重新開始

類 **carry on** 繼續 (p.99)

反 **hold off** 暫緩 (p.193)

pronto [`prɑnto] 副 很快地

"Pronto" 原為西班牙文，意思是「很快地」，在英文中有「立即」、「馬上」的意涵。

例 Get over here, **pronto**.
　　你立馬就過來。

普 **very soon** 很快地

---

props [prɑps] 名 功勞

這個字可能是另一俚語用字 "propers" 的簡略，而 "propers" 乃 "proper respect" 的混成字，指「適當的尊重」，"props" 則用來指「功勞」。

例 The city deserves **props** for cleaning up the downtown area.
　　市政府對鬧區所做的整頓值得嘉許。

普 **credit** [`krɛdɪt] 名 功勞

---

psyched [saɪkt] 形 極度興奮的

"Psyched" 這個字源自 "psychological"（心理〔學〕的），意思是「極度興奮」。

例 We're all **psyched** about taking a ride in Maria's new Porsche.
　　對於能坐瑪麗亞的新保時捷我們都非常興奮。

類 **juiced** [`dʒust] 形 非常興奮的 (p.215) | **stoked** [stokt] 形 異常興奮的 (p.333)
普 **very excited** 非常興奮的

---

psycho [`saɪko] 名 神經病

此俚語用字由 "psychotic"（精神病患者）簡縮而來，指的是行為怪異的「神經病」、「瘋子」。1960 年，由希區考克（Alfred Hitchcock）執導的著名驚悚片《驚魂記》正是以 "Psycho" 命名。

例 Take your hands off me, you **psycho**.
　　把你的手拿開，你這神經病。

普 **psychotic person** 有精神病的人 | **lunatic** [`lunə,tɪk] 名 神經病
類 **nut case** 瘋子 (p.259) | **weirdo** [`wɪrdo] 名 怪人 (p.381)

pub [pʌb] **名** 廣為人知

這裡的 "pub" 不是由 "public house" 簡略而來的酒館，而是 "publicity"（眾所周知）這個字的縮簡版。

例 Tiger Woods gets more **pub** than any other golfer.
老虎伍茲比其他任何一位高爾夫球選手都更廣為人知。

普 **publicity** [pʌbˋlɪsətɪ] **名** 眾所周知

pull ahead

1. 超前

"Pull" 字面上是「拉」、「拖」、「扯」的意思，而片語 "pull ahead" 則指「超前」之意。

例 The motorcycle **pulled ahead** of the race leader with three laps to go.
那輛摩托車超越領先者，只剩三圈。

用法 **S + V or S + V + O**
普 **surpass** [səˋpæs] **動** 超越 ｜ **pass** [pæs] **動** 超過

2. 領先

"Pull ahead" 還可以用來指領先，可用於與任何競爭有關的事物。

例 According to the latest election polls, Whitewood has **pulled ahead** of Underbrush.
根據最新選舉民調，懷特伍德已經領先安德布魯希。

用法 **S + V or S + V + O**
普 **exceed** [ɪkˋsid] **動** 勝過 ｜ **pass** [pæs] **動** 超過
類 **get ahead** 領先 (p.158)
反 **fall behind** 落後 (p.144)

pull someone's leg 開某人玩笑

此慣用語並非如字面上「扯某人的腿」之意，而是指「開某人玩笑」。

例 You really know Michael Jordan? Are you **pulling my leg**?
你真的認識麥可喬丹？你是在跟我說笑嗎？

普 **jokingly tell an untrue story** 開玩笑地說不實的話語

pull up

1. 往上拉

"Pull up" 的意思是往上拉，受詞可以是事物，也可以是人。

例 That's it, **pull** the rope **up** slowly.
　　就這樣，慢慢地把繩子往上拉。

用法 S + V + O

普 **raise** [rez] 動 升起
類 **lift up** 向上升 (p.230)
反 **let down** 往下放 (p.228)

2. 停車

這個片語動詞也有俗語的用法，指「停車」。

例 You can **pull up** at the corner. I'll get out there.
　　你可以在街角停。我在那兒下車。

用法 S + V

普 **stop** [stɑp] 動 停

---

push back

1. 往後推

"Push" 是「推」的意思，所以 "push back" 就是「往後推」。

例 **Push** the sofa **back** just a little bit more.
　　把沙發再向後推一點。

用法 S + V + O

普 **move backwards** 向後移動

2. 往後挪

"Push back" 也可以用來指「（把時間、日期）往後挪」。

例 The release date of the movie was **pushed back** a month.
　　那部電影的上映時間被往後挪了一個月。

用法 S + V + O

普 **delay** [dɪˋle] 動 延後

push for 推動

（▶）**Track 44**

這是個比喻的說法，意思是推動，對象通常是政策、法案等。

例 Several legislators are **pushing for** the law to get passed.
　　有幾個立委正在促使該法案被通過。

用法 **S + V + O**

(普) **encourage** [ɪn`kɪɪdʒ] 動 鼓吹 │ **support** [sə`port] 動 支持

(類) **call for** 公開要求 (p.96) │ **speak for** 呼籲 (p.325)

---

put away

1. 收好；放好

這個片語指的是把東西（如碗盤、玩具、衣物等）「收好」、「放好」。

例 **Put away** the dishes in the cupboard.
　　把碗盤收好放在碗櫃裡。

用法 **S + V + O**

(普) **place** [ples] 動 放

(類) **set aside** 放置一旁 (p.311)

(反) **bring out** 拿出來 (p.88)

2.（把人）關起來

"Put away" 的對象如果是「人」，則是「關起來」的意思。

例 I hope they **put away** that killer and never let him out.
　　我希望他們把那個殺人犯關起來，永遠不要放他出來。

用法 **S + V + O**

(普) **lock up** 監禁 (p.234) │ **imprison** [ɪm`prɪzn] 動 使入獄

3. 吃掉

"Put away" 還可以用來指「吃掉（大量的食物）」。

例 Are you going to **put away** that whole cake by yourself?
　　你打算一個人把那整個蛋糕都吃掉嗎？

用法 **S + V + O**

(普) **eat** [it] 動 吃 │ **consume** [kən`sjum] 動 吃光

4. 儲存

你也可以 "put away money"，意思是「存錢」。

例 Joanne tries to **put away** a few hundred dollars a month.
喬安試著每個月存個幾百元。

用法 S + V + O
普 **save** [sev] 動 存

---

put down

1. 放下

"Put down" 簡單的用法就是指「放下」。

例 **Put** that newspaper **down** and come with me.
把那份報紙放下，跟我來。

用法 S + V + O
普 **set down** 放置下來
反 **pick up** 拿起 (p.273)

2. 嘲笑；羞辱

這個片語動詞也可以用來指「嘲笑」、「羞辱」。（注意，作名詞用時應拼寫成一個字：putdown。）

例 You shouldn't **put** him **down** for his painting.
你不應該因為他的畫作而嘲笑他。

用法 S + V + O
普 **ridicule** [ˈrɪdɪkjul] 動 訕笑 | **mock** [mɑk] 動 嘲弄
類 **laugh at** 嘲笑 (p.225)

3. 記下；寫下

"Put down" 也有「記下」、「寫下」的意思。

例 Mick **put down** all the details of the meeting in his notebook.
密克把會議的所有細節都記在他的筆記本裡。

用法 S + V + O
普 **write** [raɪt] 動 寫 | **record** [rɪˈkɔrd] 動 記錄

4.（不得不）殺死

此片語還可以指「（不得不）殺死」，對象通常是無法醫治的動物。不過這樣做必須以人道的方式來進行，也就是所謂的「安樂死」。

例 The vet said the old dog should be **put down**.
獸醫說應該讓那隻老狗安樂死。

用法 **S + V + O**

普 **euthanize** [ˋjuθəˌnaɪz] 動 使安樂死

put on

1. 穿上

"Put on" 是個常見的片語動詞，意思是「穿上」。

例 **Put on** your jacket. It's cold outside.
穿上你的夾克。外面很冷。

用法 **S + V + O**

普 **wear** [wɛr] 動 穿；戴
反 **take off** 脫掉 (p.343)

2. 放在……之上

"Put something on ..." 是「把某物放在……之上」的意思。

例 I thought I **put** my wallet **on** the table.
我以為我把皮夾放在桌子上。

用法 **S + V + O**

普 **place** [ples] 動 放 ｜ **set** [sɛt] 動 置

3. 演出；舉辦

依對象為何，"put on" 可以指「演出」（如話劇、歌舞劇），也可以指「舉辦」（如慶典、展覽）。

例 This year, we're **putting on** two plays.
今年我們將演出兩齣戲。

用法 **S + V + O**

普 **run** [rʌn] 動 進行

4. 裝作……

這個片語動詞還可以用來指「裝作……（的樣子）」。

例 Don't **put on** such a fake air of humility.
別裝出一副很謙卑的樣子。

用法 S + V + O

普 **wear** [wɛr] 動 面帶…… | **affect** [əˋfɛkt] 動 假裝

5. 愚弄；欺騙

"Put someone on" 指「愚弄某人」或「欺騙某人」。

例 Tell the truth. Are you **putting** me **on**?
跟我說實話。你是不是在耍我？

用法 S + V + O

普 **joke** [dʒok] 動 戲謔 | **fool** [ful] 動 欺騙

6. 增加（體重）；變胖

"Put on weight" 指的是「增加體重」，也就是「變胖」的意思。

例 We've both **put on** weight over the years.
這些年來你我都變胖了。

用法 S + V + O

普 **gain** [gen] 動 增加

---

put on airs 擺架子

"Put on airs" 指的是「擺架子」。注意，"airs" 為複數形。

例 We grew up together. You don't need to **put on airs** around me.
我們是一塊長大的。你不必跟我擺架子。

普 **act pretentious** 裝腔作勢

behave as if one is superior to others 表現出一副比別人優秀的樣子

---

put one's nose to the grindstone　埋頭苦幹

"Grindstone" 指的是「磨刀石」，當一個人低頭專心磨刀的時候鼻子即可能非常靠近磨刀石。因此，"put one's nose to the grindstone" 就用來表示「埋頭苦幹」。

例 I can get the job done on time, but I'll have to **put my nose to the grindstone**.
　　我可以準時把工作做完，但是我得埋頭苦幹。

普 **work very hard** 非常辛苦地工作

---

put out

1. 拿出去

"Put out" 是「拿出去」的意思，通常指的是「拿到屋外」。

例 Tell Billy to **put out** the garbage.
　　叫比利把垃圾拿出去。

用法 **S + V + O**
普 **place outside** 放在外面
類 **set out** 置於外 (p.312)
反 **take in** 拿進來 (p.341)

2. 麻煩（他人）

"Put out" 可以用來指「麻煩（他人）」、「造成（他人的）不便」。

例 I know it's an inconvenience, and I'm sorry to **put** you **out** like this.
　　我知道這樣很不方便，非常抱歉這樣麻煩你。

用法 **S + V + O**
普 **inconvenience** [ˌɪnkənˈvinjəns] 動 使不便

3. 撲滅；熄滅

這個片語動詞也可以用來指「撲滅」或「熄滅」。

例 After days of battling the blaze, the firefighters finally **put** it **out**.
　　在與大火奮鬥了數天之後，消防隊員終於把它撲滅了。

用法 **S + V + O**
普 **extinguish** [ɪkˈstɪŋgwɪʃ] 動 撲滅

4. 生產；產出

"Put out" 也有「生產」、「產出」的意思。

例 This factory can **put out** 10,000 units a day.
　　這家工廠一天可生產一萬件。

用法 **S + V + O**

普 **manufacture** [ˌmænjəˈfæktʃə] 動 製造 ｜ **release** [rɪˈlis] 動 釋出 ｜ **turn out** 製出

put someone in the poorhouse 　使某人花很多錢

"Poorhouse" 意指「救濟院」，"put someone in the poorhouse" 按字面解釋是「讓某人去住救濟院」的意思。這是一個誇張的說法，其實是在表達「使某人花很多錢」，結果害得這個人窮得只好去住救濟院。

例 Can't you give me a discount? You don't want to **put me in the poorhouse**, do you?
　　你不能給我打個折嗎？你總不會讓我花很多錢然後去住救濟院吧？

普 **cause someone to spend or lose a large sum of money** 使某人花費或損失大量金錢

put someone through the wringer 　讓某人遭受嚴峻的考驗或折磨

"Wringer" 是「絞扭用的機器」，把一個人放在絞扭機裡想必是十分痛苦的。因此，這個慣用語被用來指「讓某人遭受嚴峻的考驗或折磨」、「使某人心力交瘁」。

例 My credit card company **put me through the wringer** after I forgot to pay my bill.
　　因為我忘了付款，我的信用卡公司把我搞得心力交瘁。

普 **cause someone severe distress (during a difficult process)**
　　（在艱困的過程中）造成某人極大的苦惱

put together

1. 組合起來

"Put together" 有把分別的部分「組合起來」的意思。

例 It took me four weeks to **put** this model tank **together**.
　　我花了四個禮拜才把這個坦克車模型組合起來。

用法 **S + V + O**

普 **assemble** [əˈsɛmbl] 動 組裝

反 **take apart** 折解開來 (p.339)

2. 串聯起來

此片語動詞也有將一件件的事實、資料等「串聯起來」的意思。

例 The lawyer **put together** the pieces of evidence linking the dock foreman to the smuggling operation.
該律師把證據一一串聯起來，證明那個碼頭領班與走私行動有關。

用法 **S + V + O**
普 **conclude** [kən`klud] 動 作出結論

Put your money where your mouth is.
別光說不練，說到做到。

這句話原本是指「不要光用嘴巴說，把錢拿出來咱們打個賭」，今日一般則用來表達「說到做到」、「不要光說不練」。

例 A: I could beat you in a race around the track.
跑操場一圈我一定比你快。

B: **Put your money where your mouth is.** I bet you $20 you can't.
別光說不練。我跟你賭美金二十塊你辦不到。

quack [kwæk] 名 庸醫

▶ Track 45

此字原指舊時四處招搖撞騙，誘人購買萬靈丹、神奇藥水等藥品的「江湖術士」，今日則指「庸醫」、「蒙古大夫」或「無照醫生」。

例 Don't pay attention to those false ads. That so-called doctor is a **quack**.

別管那些騙人的廣告。那個所謂的醫生根本是個蒙古大夫。

類 **unqualified or incompetent medical practitioner** 不合格或無能的行醫者

Qué pasa? 最近怎麼樣？

"Qué pasa?" 為西班牙文，意同 "What happens?"，英文借用這個句子作為招呼用語，意思相當於 "How's it going?"（最近怎麼樣？）。（注意，作英文招呼語時 "que" 無須加重音。）

例 A: Hi, Sofia.

嗨，蘇菲亞。

B: Hi, Lance. **Qué pasa?**

嗨，藍斯。最近怎麼樣？

類 **What's cooking?** 最近在忙什麼？ (p.382)

What's happening? 近況如何？ (p.383)

R

rag on   找麻煩

"Rag" 這個字有「斥責」的意思，而 "rag on" 則指「找麻煩」，用於某人因為一些瑣事而去煩擾、騷擾他人時。這是個俚語，雖不至粗俗，但是因為有些衝，所以使用時應謹慎。

例 My neighbor was **ragging on** me this morning. He said our party last night was too loud.

我鄰居今天早上一直找我麻煩。他說我們昨晚的派對太吵了。

用法 S + V + O

普 **harass** [hə`ræs] 動 騷擾 | **scold** [skold] 動 責罵 | **complain** [kəm`plen] 動 抱怨

---

rain cats and dogs   大雨傾盆

此說法可能與古斯堪地那維亞的神話有關聯（依該神話，貓和狗都有操控風雨的能力），也有可能與幾世紀前在歐洲暴風雨時街道上常見被淹死的貓狗之景象相關。不論怎麼說，此慣用語如今被用來指「下傾盆大雨」。

例 The one day I forgot to bring my umbrella to work, it **rained cats and dogs**.

我忘記帶傘上班的那一天剛好下傾盆大雨。

普 **rain very heavily** 下非常大的雨

---

rake it in   賺大錢

"Rake" 作名詞用時指「耙子」，作動詞用則指「用耙子耙」。"Rake it in" 這個俚語指「賺大錢」，在此「錢」被比喻成滿地的落葉。

例 Before I owned my own company, my salary was lousy. Now, I'm **raking it in**.

在我擁有自己的公司之前薪水少得可憐，現在我可發了。

普 **earn a lot of money** 賺很多的錢

ralph [rælf] 動 嘔吐

這是個「擬聲字」，特別是母音部分的 "a" 與嘔吐時發出的聲音十分類似，因此在俚語中就被用來指「嘔吐」。

例 There's something weird about this lasagna. I think I'm gonna **ralph**.
這千層麵吃起來好奇怪。我想我要吐了。

用法 S + V

普 **vomit** [`vamɪt] 動 嘔吐

類 **barf** [bɑrf] 動 嘔吐 (p.71) | **upchuck** [`ʌp,tʃʌk] 動 嘔吐 (p.373)

---

rat [ræt] 名 告密者

"Rat" 原指「老鼠」。一般認為鼠輩的行動都是偷偷摸摸、鬼鬼祟祟的，因此這個字常被用來指「卑鄙小人」，特別是「告密者」。

例 Don't tell Rod anything. He's nothing but a **rat**.
別告訴羅德任何事。他只會告密。

普 **informer** [ɪn`fɔrmə] 名 密告者

類 **snitch** [snɪtʃ] 名 密報者 (p.321)

---

rat hole 髒亂不堪的地方

"Rat hole" 字面上是「老鼠洞」、「鼠穴」之意，但在俚語的用法中被用來指「髒亂不堪的地方」，因為老鼠喜歡在洞內堆積一些亂七八糟的東西（包括垃圾）。

例 Hire a maid or something. Your apartment is turning into a **rat hole**.
雇個女僕或什麼的。你的公寓又髒又亂像個老鼠窩。

普 **messy place** 亂七八糟的地方　　類 **dump** [dʌmp] 名 骯髒的地方 (p.138)

---

reach out

1. 伸手

這個片語動詞是「伸手」的意思。

例 **Reach out** and grab my hand.
把手伸出來，抓住我的手。

用法 S + V or S + V + O

普 **extend** [ɪk`stɛnd] 動 伸出

2. （對某人）伸出友誼的手

"Reach out (to someone)" 則指「（對某人）伸出友誼的手」，即「試圖（與某人）有所交流、溝通」。

例 The priest hoped to **reach out** to everyone in the community.
那個神父希望能對該社區的每一個人伸出友誼的手。

用法 **S + V + O**
普 **connect with** 與……產生連結

---

read between the lines　理解弦外之音

"Between the lines" 字面上是「字裡行間」的意思，"read between the lines" 指的是「理解他人沒有明說的話」，也就是「聽出或看出弦外之音」之意。

例 The boss said he wants me to take a vacation. I can **read between the lines**. He wants me to quit.
老闆說他要我去度個假。我聽得出他的弦外之音。他想要我辭職。

普 **determine the implied or deeper meaning** 斷定被暗示或深層的意思

---

refer to

1. 提到

"Refer" 作不及物動詞時指「論及」、「提到」，其後須接介系詞 "to" 再接受詞。

例 In his opening comments, the chairman **referred to** big changes up ahead.
在董事長的開場白中，他提到了我們將面臨的重大變革。

用法 **S + V + O**
普 **bring up** 提起 (p.88) | **reference** [`rɛfərəns] 動 提及

2. 指涉

若 "refer to" 的受詞是「人」，意思則指「指涉」。

例 No, I was not **referring to** you when I said that.
不，我說那話的時候並不是指你。

用法 **S + V + O**
普 **allude to** 暗指……

3. 查閱

"Refer to" 還可以用來指「查閱」，受詞通常是某種可借參考之書籍、資料等。

例 While reading the article, the student often **referred to** his dictionary.
在閱讀該篇文章的時候，那個學生經常查閱他的字典。

用法 S + V + O
普 check [tʃɛk] 動 查對

---

refer ... to someone　把某人介紹、推薦給……

"Refer" 也有及物動詞的用法，"refer A to B" 是「把 B 介紹或推薦給 A」的意思。

例 Is there anyone else you can **refer me to**?
有沒有哪個人你可以介紹或推薦給我？

用法 S + V + O
普 recommend [ˌrɛkə`mɛnd] 動 推薦

---

rep [rɛp] 名 名聲

"Rep" 是 "reputation"（名聲）的簡稱。近年來，許多俚語皆來自正式用字的簡略形式，如前面提到過的 "dis" 和 "pub" 都是這一類用字。

例 Don't embarrass me in front of my friends. I have a **rep** to protect.
別在我朋友面前讓我出糗。我得維護我的名聲。

普 reputation [ˌrɛpjə`teʃən] 名 名聲

---

ride [raɪd] 名 車子

此字原為動詞，指「騎乘」，但是在俚語的用法中被當作名詞，指的是「車子」。（注意，在一般英文裡 "ride" 也有名詞的用法，但意思是「乘坐」或「（搭車）兜風」。）

例 When are you going to get your own **ride**?
你什麼時候才會有自己的車？

普 automobile [`ɔtəməˌbɪl] 名 汽車
類 set of wheels 汽車 (p.312)

---

ride out　安然度過

這個片語動詞指的是「安然度過」，其受詞常是某種難關，如暴風雨、不景氣等。

例 If we support each other, we'll be able to **ride out** these hard times.
　　如果我們相互扶持，我們將可以安然度過這段困難的時期。

用法 S + V + O

普 **weather** [`wɛðɚ] 動 捱過 ｜ **endure** [ɪn`djʊr] 動 忍受

right on the money　一點都沒錯

"Right on the money" 原為賭博用語，指選對了號碼而贏錢；在慣用語的用法中則被拿來表示「一點都沒有錯」、「完全正確」。

例 Chuck's analysis of the industry is **right on the money**.
　　查克對業界所做的分析完全正確。

普 **exactly right** 完全正確

類 **hit the nail on the head** 一針見血 (p.192)

Right on!　好極了！對極了！

"Right on!" 是「好極了！」、「對極了」的意思。這個說法是 1960 年代開始流行起來的，用以表達說話者對於對方所說的話或提供的訊息之贊同。

例 A: I bought a big screen TV.
　　我買了一台大螢幕電視。

　B: **Right on!** Now we can watch ball games at your house instead of mine.
　　好耶！現在我們可以在你家而不必在我家看球賽了。

Right this way.　請往這邊走。

這句是較正式的話語，意思是「請往這邊走。」而較口語的說法是 "It's right over here. Follow me."（就在這兒。跟我來。）

例 A: I'm here to meet a friend—Dana Brown.
　　我和我的朋友丹娜布朗約在這兒碰面。

　B: The lady has already arrived. **Right this way.**
　　布朗女士已經到了。請往這邊走。

rinse out 沖洗

此片語是「（用水）沖洗」的意思。你可以 "rinse out" 杯子、碗盤、水桶或任何其他容器。

例 Here's a hose to **rinse out** that bucket.
　　這兒有水管，可以用來沖洗那個水桶。

用法 **S + V + O**

普 **clean** [klin] 動 清洗
類 **wash out** 洗濯 (p.378)

rip off

1. 敲竹槓

"Rip off" 字面上的意思是「撕掉」，在此則被用來指「敲竹槓」。（注意，作名詞用時應寫成一個字：ripoff。）

例 Don't trust that dealer. He'll **rip** you **off** and smile in your face.
　　別相信那個生意人。他會狠敲你一筆竹槓還對著你笑。

用法 **S + V + O**

普 **cheat** [tʃit] 動 欺詐

2. 偷竊

這個片語動詞還可以指「偷竊」，且常用來指在商店內「順手牽羊」。

例 You **ripped off** a diamond ring? What are you, crazy?
　　你偷了一個鑽戒？你瘋了還是怎樣？

用法 **S + V + O**

普 **steal** [stil] 動 偷

3. 撕掉；扯掉

如前所述，"rip off" 字面上的意思是「撕掉」，有時可指「（用力）扯掉」。

例 The tornado **ripped** the roof right **off** of our neighbor's house.
　　龍捲風把我們鄰居家的屋頂給掀掉了。

用法 **S + V + O**

普 **tear off** 撕下

rip up

▶ **Track 47**

1. 撕碎

把紙狀物撕成碎片英文可以用 "rip up" 來表達。

例 Louisa **ripped up** the photographs of her ex-boyfriend.
　露易莎把她前男友的照片都撕碎了。

用法 **S + V + O**

普 **shred** [ʃrɛd] 動 撕成碎片

2. 拆開

這個片語動詞也有「拆開」的意思，對象通常是道路、人行道、地板等。

例 That noise you hear is a construction crew **ripping up** the road outside.
　你聽到的噪音是修路工人正在把外頭路面挖開的聲音。

用法 **S + V + O**

普 **dismantle** [dɪsˋmæntl] 動 拆除 | **smash** [smæʃ] 動 使碎裂

rock [rɑk] 動 超正點

這個俚語用字源自 "rock and roll"（搖滾樂），意思是「超正點」。

例 Batman **rocks**. He's my favorite superhero.
　蝙蝠俠超正點的。他是我最喜歡旳超級英雄。

用法 **S + V**

普 **be excellent** 極好

反 **bite** [baɪt] 動 令人不爽 (p.75) | **blow** [blo] 動 爛透了 (p.78) | **suck** [sʌk] 動 遜斃了 (p.335)

rock the boat 搗亂

"Rock" 有「搖晃」的意思，如果你坐在小船上故意搖晃船身會產生危險，因此在慣用語的用法中 "rock the boat" 就被用來指「搗亂」。

例 I knew we shouldn't have hired her. She's been **rocking the boat** since day one.
　我就知道我們不應該雇用她。打從第一天開始她就一直在搗亂。

普 **cause a disturbance** 引起動亂 | **disrupt the status quo** 破壞現狀

類 **upset the applecart** 打亂計畫 (p.374)

反 **play ball** 合作 (p.276)

roll down 搖下

"Roll" 原本的意思是指「滾動」、「捲」,「把（汽車）窗戶搖下來」英文就叫 "roll down the window(s)"。雖然現在的汽車都用電動窗戶,但是這個說法依然適用。

例 **Roll down** the window if you're hot.
如果你覺得熱就把窗戶搖下來。

用法 **S + V + O**
普 **lower** [`loɚ] 動 放下
反 **roll up** 搖上 (p.298)

roll up

1. 捲起來

這個片語是「捲起來」的意思,可作及物動詞用,例如 "roll up a cigarette"（捲紙菸）,也可以作不及物動詞用,如下例。

例 To defend itself, the animal can **roll up** into a ball.
為了自我防衛,那隻動物捲成了一顆球。

用法 **S + V or S + V + O**
普 **curl up** 蜷縮起來

2. 搖上

"Roll up" 也可以指「把（汽車）窗戶搖上」。

例 I'll **roll up** the window. 我會把窗戶搖上。

用法 **S + V + O**
普 **raise** [rez] 動 升起
反 **roll down** 搖下 (p.298)

Rome wasn't built in a day. 羅馬不是一天造成的。

這是個相當通俗的諺語,用來告誡人們做事不可躁進,畢竟大多數的成就並非一蹴可幾。

例 A: Our business is too small. I wish we could open ten more branches tomorrow.
我們的生意做得太小了。我真希望我們明天就可以開十家分店。

B: These things take time. **Rome wasn't built in a day.**
這種事需要時間。羅馬不是一天造成的。

rough [rʌf] 形 悽慘的；難受的

此字指「粗糙的」、「凹凸不平的」，但若用來描述感受則指「悽慘的」、「難受的」。

例 A: I didn't get on the hockey team.
我沒被選上曲棍球隊。

B: That's **rough**. Maybe you can try out for another sport.
好慘。或許你可以參加另外一種運動的選拔。

普 **unfortunate** [ʌnˋfɔrtʃənɪt] 形 不幸的 ｜ **unpleasant** [ʌnˋplɛznt] 形 令人不愉快的
反 **awesome** [ˋɔsəm] 形 很棒的 (p.68) ｜ **sweet** [swit] 形 很棒 (p.337)

royally [ˋrɔɪəlɪ] 副 極強烈或嚴厲地

這個字的原意是「像王室般氣派地」，而在俚語的用法上則指「極強烈地」、「極嚴厲地」。

例 I got **royally** scolded by my parents last night.
昨晚我被我爸媽痛罵了一頓。

普 **strongly** [ˋstrɔŋlɪ] 副 強烈地 ｜ **seriously** [ˋsɪrɪəslɪ] 副 嚴重地
類 **hella** 有夠…… (p.190)

rub salt in the wound 在傷口上灑鹽

此慣用語即中文「在傷口上灑鹽」之意，不過更精確地講，應該譯成「在傷口上『抹』鹽」。

例 A: Since you lost your purse, you won't be able to buy that dress you wanted.
妳既然弄丟了錢包，就沒辦法買那件妳想要的洋裝了。

B: I realize that. You don't have to **rub salt in the wound**.
我知道。你不必在傷口上灑鹽。

普 **make someone feel worse** 讓某人更加難過

rug [rʌg] 名 假髮

"Rug" 是「地毯」（比 "carpet" 小）的意思，但是在俚語中被用來指男性的「假髮」。由於此用法有取笑人的意涵，因此在使用時應小心。（男性假髮的正式用字為 "toupee"，女性假髮則叫 "wig"。）

例 Anybody can tell that's a **rug** on Frank's head.
任何人都看得出來法蘭克頭頂上的是假髮。

普 **hairpiece** [ˋhɛr͵pis] 名 假髮 ｜ **toupee** [tuˋpe] 名 （男性的）假髮

rule out

1. 排除（……的可能性）

這個片語動詞的意思是「排除（……的可能性）」。

例 The police have not **ruled out** arson in the case.
這個案子警方尚未排除人爲縱火的可能性。

用法 S + V + O
普 eliminate [ɪˋlɪməˌnet] **動** 排除 | discount [ˋdɪskaʊnt] **動** 不予以考慮

2. 使成爲不可能（的選項）

"Rule out" 也常用於表達「某一選擇使另外的選擇成了不可能的選項」之狀況。

例 Since you want to be the leader, that **rules out** Jeff taking charge.
既然你想當領袖，那傑夫就不可能來執掌了。

用法 S + V + O
普 eliminate [ɪˋlɪməˌnet] **動** 排除

---

run around in circles　忙得團團轉

此慣用語按字面解釋是「繞著圓圈跑」，但真正要表達的是「忙得團團轉」，而這樣的結果常是一事無成、白忙一場。

例 The clever thief had the police **running around in circles** for a year before they caught him.　那個聰明的賊把警方耍得團團轉長達一年之久，最後才終於逮到他。

普 **waste a lot of time (while making little or no progress)** 浪費許多時間（而無或幾乎無進展）

---

run around like a chicken with its head cut off　像隻無頭蒼蠅

一隻雞如果頭被切掉，它還是會四處亂竄個數秒鐘之久。說一個人 "run around like a chicken with its head cut off" 就是說一個人「像隻無頭蒼蠅似地慌亂」。

例 A: I've got to call my brother, and my best friend, and I've got to ...
我得打電話給我哥，還有我最好的朋友，還有我也得……

B: Calm down. If you **run around like a chicken with its head cut off**, you won't get anything done.
你冷靜一下。如果你像無頭蒼蠅似的，你什麼事都辦不成。

普 **behave manically** 舉止狂亂 | **act very nervous** 行爲表現非常緊張

---

run away 逃走

"Run" 是「跑」的意思，"run away" 可以指「跑開」，但是常用來指「逃走」。

例 When the prisoner saw the guards watching him, he decided not to **run away**.
那個犯人看到警衛盯著他，於是決定不逃了。

用法 **S + V**

普 **escape** [ə`skep] 動 脫逃

類 **get away** 逃脫 (p.159)

run into

1. 撞到

首先，這個片語動詞可以用來指「撞到」、「撞上」。

例 I'm so clumsy. I **ran into** a door at work.
我好笨拙。我上班的時候撞到了門。

用法 **S + V + O**

普 **crash into** 猛力撞上 | **bump into** 碰撞上

2. 偶遇

其次，"run into" 還可以用來指「偶爾碰到」、「偶遇」。

例 If you **run into** Sally, tell her I need to speak with her.
如果你碰到莎莉，告訴她我得和她談談。

用法 **S + V + O**

普 **meet** [mit] 動 遇到 | **see** [si] 動 看到

3. 遭遇

"Run into" 也有「遭遇到」的意思，受詞通常是 problem（困難）、trouble（麻煩）等。

例 Our engineering team has **run into** several problems with the design.
我們的工程小組在設計方面遭遇到幾個問題。

用法 **S + V + O**

普 **encounter** [ɪn`kaʊntə] 動 遇到

run oneself ragged　把自己搞得焦頭爛額

"Ragged" 原指「衣衫襤褸」，"run oneself ragged" 這個慣用語指的卻是「把自己搞得焦頭爛額」。

例 I've been **running myself ragged** trying to get everything done on time.
　　為了把一切都準時搞定，我把自己搞得焦頭爛額。

普 **make oneself exhausted (by working very hard)**（非常努力工作）使自己精疲力竭

run out of　用光……；耗盡……

"Run out of" 屬常用之「三字動詞」，意思是「用光……」、「耗盡……」。

例 Have we **run out of** eggs already?
　　我們的蛋是不是已經用光了？

用法 S + V + O
普 **exhaust** [ɪg`zɔst] 動 用盡
類 **use up** 用完 (p.374)

run out of gas　氣力耗盡；（流行、趨勢等）退燒

"Run out of gas" 可以指「用光汽油」，但在慣用語的用法中被引申為「氣力耗盡」。另外，它還可用來表達某種流行或趨勢「退燒」。

例 After jogging for two miles, I **ran out of gas**. I couldn't go on.
　　在跑了兩英哩之後，我的氣力就耗盡了。我已經跑不動了。

普 **be out of energy** 精力耗盡 ｜ **decline in popularity** 受歡迎的程度下降

Run that by me again.　再跟我說一遍。

這個俗語是「再跟我說一遍」的意思，常用來表示說話者對剛聽到的話十分驚訝或感到難以置信。

例 A: I'm joining the circus and moving to South America.
　　我要參加那個馬戲團，搬到南美去。

　B: **Run that by me again.**
　　你再說一遍。

類 **Come again.** 再講一遍。 (p.113)

rust bucket　老爺車

如果一輛車又破又舊，還開始生鏽，這樣的汽車就叫 "rust bucket"，也就是中文說的老爺車。另外，也有人把老爺車說成 "bucket of bolts"。（Bolts 是螺栓的意思。）

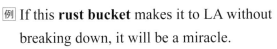

例 If this **rust bucket** makes it to LA without breaking down, it will be a miracle.

如果這輛老爺車能開到洛杉磯而不拋錨，那真會是個奇蹟。

普 **automobile in bad shape** 狀況很糟的車子

類 **hunk of junk** 破車 (p.198) | **lemon** [ˈlɛmən] 名 破車 (p.228)

Chat Time　▶ Track 48

A: Can you please **roll down** the window? It's hot in here.

B: Sure. We should be at the ballpark in a few minutes. Are you **looking forward to** the game?

A: Definitely. The first and second place teams are playing. Oh, and I'll **pay** you **back** for the ticket as soon as I can.

B: Don't worry about it. There's no rush.

A: OK. Hey, this is going to be fun. We should **get together** more often.

A: 可以請你把窗戶搖下嗎？這裡很熱。

B: 好的。我們幾分鐘後就到棒球場了。你有在期待這場比賽嗎？

A: 當然啊。這是場冠亞軍之爭的球賽。噢，我會盡快把門票的錢還給你。

B: 沒關係，不急。

A: 那就好。嘿，等下的球賽一定會很精采。我們應該多聚聚的。

S

Same here. 我也一樣。 ▶ Track 49

"Same here." 指「我也一樣」，通常用於呼應前一位說話者所表達的意見。在用法上與前面提到過的 "Join the club." 相似，**不過要注意的是 "Join the club." 多用於負面的情況（見第 215 頁）**，而 **"Same here."** 則無此限。

例 A: Chocolate ice cream is my favorite.
　　我最喜歡巧克力冰淇淋了。

　B: **Same here.**
　　我也一樣。

類 **Join the club.** 你我同病相憐。 (p.215)

---

sap [sæp] 名 笨蛋

此字的原意為「樹液」，而樹液通常都很 thick（濃稠），而且流得很 slow（慢）。有趣的是，當 thick 和 slow 被用來形容人的時候指的是「愚笨」、「遲鈍」。可能正因為如此，所以在俚語中 "sap" 被用來指「笨蛋」。

例 A: The salesperson said the most expensive camera was the best.
　　那個售貨員說最貴的照相機就是最好的。

　B: You **sap**. He said that to make you spend more money.
　　你這笨蛋。他之所以那麼說就是要讓你花更多的錢。

普 **slow and easily fooled person** 遲鈍且容易受騙的人
類 **sucker** [ˋsʌkə] 名 蠢貨 (p.335)

Save it for the judge. 我可不想聽你的藉口。

"Save it for the judge." 按字面解釋是指「留著它跟法官去說」，在此 "it" 指的是「理由」、「藉口」等。這句話原本是警察抓到嫌犯時對嫌犯所說的話，如今在日常生活中有些人借用來表達「我可不想聽你的藉口」之意。

例 A: I'm telling you, I didn't do anything.
　　我跟你說，我什麼都沒做。

　B: **Save it for the judge.**
　　我可不想聽你的藉口。

---

save up 存錢

這個片語動詞指的是「存錢」。

例 I've almost got enough money **saved up** for a new bike.
我幾乎已經存夠了錢買一輛新的腳踏車。

用法 S + V + O

普 accumulate [əˈkjumjə,let] 動 儲積

Save your breath. 省點力氣吧。

"Breath" 原是「呼吸」的意思，而這個俗語被用來要對方「省點力氣」，別多費唇舌。

例 A: I've got a good excuse.
我有一個好的理由。

B: **Save your breath.** I don't want to hear it.
省點力氣吧。我並不想聽。

Say no more. 不用再說了（，我完全了解）。

這句話是指「不用再說了」，**但是通常說話者要表達的並非「負面」的意涵，而是要告訴對方他 / 她已經「了解狀況」**，所以對方不需要再多費唇舌。

例 A: I need to pick my kids up at school, and my wife's busy, so ...
我得到學校接小孩，而我太太很忙，所以……。

B: **Say no more.** You can leave work early today.
不用再說了。你今天可以早點下班。

---

scarf (down) 狼吞虎嚥地吃

"Scarf (down)" 與名詞 "scarf"（圍巾）毫無關係，前者指的是「狼吞虎嚥」地吃得很快。注意，**"scarf (down)" 僅限於指吃東西，而不能用於喝飲料**。「『咕嚕咕嚕』快速地喝」英文用 "chug" 或 "chug-a-lug" 來表示。

例 I've never seen anyone **scarf down** pizza the way Dennis does.
我從來沒見過有誰像丹尼斯那樣狼吞虎嚥地吃披薩。

用法 S + V + O

普 **quickly eat** 很快地吃

類 **wolf down** 狼吞虎嚥 (p.388)

school [skul] 動 教訓

此字作動詞用原指「訓練」，但是在俚語的用法中卻指「教訓」。"School someone" 就是「教訓某人」的意思。

例 Don't ever argue with Pedro about computers. He'll **school** you bad.
千萬別跟派德洛爭論電腦的事。他會狠狠地把你教訓一番。

用法 S + V + O

普 **teach** [titʃ] 動 教 | **show off** 賣弄 (p.315) | **dominate** [`dɑməˌnet] 動 占優勢
類 **own** [on] 動 羞辱 (p.265)

---

scram [skræm] 動 滾開

這個字是指「走開」、「滾開」，通常含有「快速」、「迅速」離開某處之意。

例 I said **scram**. This is my property, and I want you off it.
我說滾開。這是我的所有地，我要你離開。

用法 S + V

普 **quickly depart** 迅速離開 | **leave as quickly as possible** 盡快離開

---

scratch [skrætʃ] 名 錢

此字作名詞用時與其動詞的涵義相同，指「抓」、「擦」，但是在俚語的用法中卻被用來指「錢」。

例 I've got no choice. To get that kind of **scratch**, I'll need to take on a second job.
我沒有選擇。要弄到那麼一筆錢，我得找第二份工作。

普 **money** [`mʌnɪ] 名 錢
類 **dough** [do] 名 錢 (p.134) | **loot** [lut] 名 錢 (p.236)

---

scrounge up 攢（錢）

"Scrounge" 的原意是「乞討」、「搶取」，但是 "scrounge up" 這個片語指的卻是「攢」；對象可以是其他東西，但是常用來指攢「錢」。

例 I **scrounged up** enough money for the bus ticket. But, I still don't have enough for the hotel.
我攢了足夠的錢買巴士車票。但是還不夠住旅館。

用法 **S + V or S + V + O**

普 **assemble a sum of money** 聚積一筆錢

seal off　封閉

這個片語動詞指「封閉」，對象通常是某種通道或管道。

例 The city should **seal off** those tunnels.
該城市應該封閉那些隧道。

用法 **S + V + O**

普 **close** [klos] 動 關閉 ｜ **shut** [ʃʌt] 動 關上
類 **lock up** 鎖上 (p.233)
反 **open up** 打開 (p.262)

Search me.　我怎麼知道。

"Search" 的意思是「搜尋」，而這個俗語表達的卻是「我怎麼知道」，也就是 "I have no idea."（我沒有任何概念）之意。

例 A: Why is the bus so late?
公車為什麼這麼慢？

B: **Search me.**
我怎麼知道。

類 **Beats me.** 我哪知道。 (p.73)

search through　搜查

"Search through" 與 "search" 原意相近，指「搜查」。在此介系詞 "through" 有「整個」、「到處」之意涵。

例 The security guard **searched through** everybody's bag.
保全警衛搜查每一個人的包包。

用法 **S + V + O**

普 **look through** 徹底搜查 ｜ **examine** [ɪɡˋzæmɪn] 動 檢視

see eye to eye 看法一致

這個慣用語相當常見，指「看法一致」、「觀點相同」。順帶一提，"be on the same page" 也是相同意思。

例 We don't **see eye to eye** on everything, but I enjoy working with Donald.
我和唐諾德看法不同，但是我很喜歡和他一起工作。

普 **be in agreement** 意見一致
反 **at loggerheads** 劍拔弩張 (p.67)

see off 送行

"See someone off" 字面上的解釋是「看著某人離開」，也就是「為某人送行」之意。

例 Do you want to **see** me **off** at the train station?
你要不要到火車站幫我送行？

用法 **S + V + O**
普 **accompany** [əˋkʌmpənɪ] 動 陪同
類 **send off** 送別 (p.311)

see through

1. 進行到底

"See through" 有「看透」的意思，但是也可以指「進行到底」，即「把事情做完」之意。

例 Now that we've started, we better **see** this plan **through**.
既然我們已經起了頭，最好把這個計畫做完。

用法 **S + V + O**
普 **complete** [kəmˋplit] 動 完成
類 **follow through** 堅持到底 (p.154)
反 **call off** 取消 (p.96)

2. 看穿

此片語動詞也可用來指「看穿」，例如 "see through someone's disguise"（看穿某人的偽裝）。

例 "I can **see through** your lies," the hero said to the villain.
男主角對著那個惡棍說：「我可以看穿你的謊言。」

用法 **S + V + O**
普 **clearly understand** 清楚地了解 ︳ **perceive** [pəˋsiv] 動 理解

3. 看透

如前所述，"see through" 亦可作「看透」解，例如 "see something through the window"（透過窗戶看見某物）。

例 The window's too dirty. I can't **see through** it.
窗戶太髒了。我沒辦法透過它看到東西。

用法 S + V + O

普 **peer through** 透過……看

see to   把……處理好

這個片語動詞是「把……處理好」的意思，其對象通常是某件事或某個問題。

例 I want you to **see to** this matter personally.
我要你親自把這件事處理好。

用法 S + V + O

普 **handle** [`hændl] 動 處理

類 **deal with** 處置 (p.125)

see someone to   送某人至……

"See someone to ..." 是「送某人至……」的意思，「……」通常是「某處」，較常用的有 "the door"、"the gate"、"your car" 等。

例 Let me **see you to** the door.
讓我送你到門口。

用法 S + V + O

普 **show** [ʃo] 動 帶領 ┃ **bring** [brɪŋ] 動 帶

Seeing is believing.   眼見為憑。

此為常見之諺語，若直譯可作「眼見為信」，但視情況有時也可譯為「百聞不如一見」。

例 A: I can't believe they finished building this bridge so quickly.
我真難相信他們這麼快就把這座橋蓋好了。

B: **Seeing is believing.**
眼見為信。

seek out 尋求

"Seek" 本身就是「尋找」的意思，片語動詞 "seek out" 則有「尋求」、「設法求得」之意。

例 To **seek out** a good job, you have to know where to look.
要找到好工作，你得知道要到哪兒去找。

用法 **S + V + O**

普 **search for** 搜尋 ｜ **look for** 尋找

---

sell off　出清（存貨）

"Sell" 是「賣」的意思，而片語動詞 "sell off" 則指「出清（存貨）」。

例 Bart is **selling off** his collection of rare baseball cards from the 1950s.
巴特正在把他收集的 1950 年代的稀有棒球卡全數賣出。

用法 **S + V + O**

普 **unload** [ʌn`lod] 動（大量）拋售 ｜ **liquidate** [`lɪkwɪˌdet] 動 出清

---

send for　（派人）去請來

這是個使用度相當高的片語動詞，意思是「（派人）去請來」，對象通常是能提供協助的人或單位，最常見的就是「醫生」。

例 That cut looks bad. I'll **send for** a doctor.
那個傷口看起來很嚴重。我去找醫生來。

用法 **S + V + O**

普 **summon** [`sʌmən] 動 召喚
類 **call for** 去找來 (p.96)

---

send off

1. 寄出

"Send off" 是「寄出」的意思，對象可以是一般的信函或電子郵件等。

例 Mr. Brenner, I promise I'll **send off** the payment today.
布雷納先生，我保證今天會把帳款寄出去。

用法 **S + V + O**

普 **mail** [mel] 動 郵寄 ｜ **dispatch** [dɪ`spætʃ] 動 發（信等）

2. 為某人送行或餞行

"Send someone off" 則指「為某人送行或餞行」。

例 I'll go to the airport myself. You don't need to **send** me **off**.
我會自己去機場。你不必為我送行。

用法 **S + V + O**

普 **escort** [`ɛskɔrt] 動 伴隨
類 **see off** 送行 (p.308)

---

set aside

1. 放置一旁

"Set" 是「放置」的意思，"aside" 則指「在旁邊」，因此 "set aside" 就是「放在一邊」、「放置一旁」之意。

例 Why don't you **set** that wine **aside** for now.
你何不先把那瓶酒擺在一邊。

用法 **S + V + O**

普 **put down** 放下來 (p.284)
類 **put away** 收好 (p.283)
反 **bring out** 拿出來 (p.88)

2. 保留

"Set aside" 也可以用來指「保留」，通常用於要求商店把你想購買的東西「擱在一旁」不要賣出去時。當然，若你提出這樣的要求就表示你稍後或日後會來把該貨品買走。

例 Can you **set** this shirt **aside** for me while I get some money from the bank?
我得去銀行領錢，你能不能幫我保留這件襯衫？

用法 **S + V + O**

普 **keep** [kip] 動 留存 ｜ **reserve** [rɪ`zɜv] 動 保留

3. 預留

此片語動詞也可作「預留」解，例如一般的上班族每個月都必須 "set aside" 薪俸的一部分以作為日後的 pension（退休金）。

例 Haven't you **set aside** anything for your retirement?
你沒有為你的退休預留任何錢嗎？

用法 **S + V + O**

普 **save** [sev] 動 儲存 ｜ **prepare** [prɪˋpɛr] 動 準備

4. 擱置

"Set aside" 的對象如果是問題、不同意見、爭端等時，就有「擱置」先不處理的意思。

例 We need to **set aside** our personal differences and get back to business.
　我們必須把我們各自不同的意見先擱置起來，回到正事上。

用法 **S + V + O**

普 **disregard** [ˌdɪsrɪˋgɑrd] 動 置之不理 ｜ **shelve** [ʃɛlv] 動 束之高閣

set of wheels　汽車

一般的汽車都有四個輪子，而這四個輪子構成一個 "set"（組），因此 "set of wheels" 就被用來指「汽車」。（注意，這個說法多用來指「汽車」，而少用於「摩托車」。摩托車可稱之為 "hog" 或 "chopper"。）

例 As soon as I'm 16, I'm going to buy my own **set of wheels**.
　我一滿十六歲，就要去買一輛屬於自己的車。

普 **automobile** [ˋɔtəməˌbɪl] 名 汽車
類 **ride** [raɪd] 名 車子 (p.294)

set oneself up for a fall　自尋死路

"Set someone up" 是「陷害某人」的意思，而 "set oneself up for a fall" 則指「自掘墳墓」、「自尋死路」。注意，"fall" 在此為名詞，指「失敗」或「滅亡」。

例 Challenging Marco was a mistake. You're **setting yourself up for a fall**.
　挑戰馬可是個錯誤。你這是自尋死路。

普 **cause oneself to fail** 使自己失敗

set out

1. 出發

這亦是個多義的片語動詞。作不及物動詞用時可指「出發」，若要表示前往何處或目的地，應在其後加介系詞 "for"（如下例）。

例 When do you **set out** for Hong Kong?
　你什麼時候出發到香港？

用法 S + V or S + V + O

(普) **depart** [dɪ`pɑrt] **動** 離開 | **head towards** 朝……而去

2. 一開始（原本）打算（做……）

"Set out" 也有「一開始（原本）打算（做……）」之意。

(例) I **set out** to open a restaurant, but I opened a catering business instead.
我原本打算開餐廳，但是後來卻去搞外燴。

用法 S + V + O

(普) **intend** [ɪn`tɛnd] **動** 意圖（要……）

3. 擺置

"Set out" 還可以作「擺置」解，舉凡能被擺放、安置之事物皆可作為其受詞，不過最常見者應該是碗盤、刀叉類。

(例) Would you mind **setting out** the plates and silverware?
你介不介意擺一下盤子和餐具？

用法 S + V + O

(普) **place** [ples] **動** 放置 | **distribute** [dɪ`strɪbjut] **動** 分配
(類) **put out** 拿出來 (p.287)
(反) **put away** 收起來 (p.283)

set the record straight 澄清誤解；糾正錯誤

"Record" 的解釋是「紀錄」，如果有誤解或錯誤而當事者未能澄清或糾正，日後可能就成了無法更改的紀錄，因此 "set the record straight" 被用來指「澄清誤解」或「糾正錯誤」。一個更簡單的說法是 "set things straight"。

(例) The politician **set the record straight** about his affair with a waitress.
那個政治人物澄清了他與某女侍者的緋聞。

(普) **clarify a misunderstanding or inaccuracy** 澄清誤解或錯誤

settle down

1. 安靜下來

此片語動詞可作「安靜下來」解，說話的對象通常是吵雜的群眾、鼓噪的觀眾等。

(例) **Settle down**, boys and girls. The show is about to begin.
孩子們，安靜一下。表演就要開始了。

用法 S + V or S + V + O

普 relax [rɪˋlæks] 動 放輕鬆

類 calm down 平靜下來 (p.97)

反 act up 胡鬧；搗蛋 (p.58)

2. 定居下來

"Settle down" 也有「定居下來」之意，**若只是在某處（如旅館、飯店）待幾天就不能使用這個片語。**

例 We plan to **settle down** in a small town in the countryside.

　　我們計畫在鄉間某個小城鎮定居下來。

用法 S + V or S + V + O

普 live [lɪv] 動 住 ｜ reside [rɪˋzaɪd] 動 居住

shaft [ʃæft] 動 欺騙；利用；不公平地對待

"Shaft" 是個多義字，一般指「箭桿」、「（工具的）把手」、「（光的）一束」，在俚語中被用來指「欺騙」、「利用」或「不公平的對待」，可作名詞也可作動詞用。

例 A: You paid $1,000 for that? I'm serious, you got **shafted**.

　　那玩意兒你花了美金一千元？說實在的，你被騙了。

　 B: I knew it. The guy looked dishonest.

　　我知道。那傢伙看起來就不老實。

用法 S + V or S + V + O

普 mistreat [mɪsˋtrit] 動 虐待 ｜ abuse [əˋbjus] 動 濫用 ｜ cheat [tʃit] 動 欺騙

shave off 剃掉

"Shave" 是「剃」、「刮」的意思，而 "shave off" 則指「剃掉」。（注意，"shave your head" 指的是「剃光頭」。）

例 Hey, you finally **shaved off** your beard.

　　嘿，你終於把鬍子剃掉了。

用法 S + V + O

普 shear [ʃɪr] 動 剪 ｜ cut off 剪掉

(ride) shotgun （坐）副駕駛座

"Ride shotgun" 指的是「坐前排司機旁的座位（即副駕駛座）」。這個說法的典故是，19 世紀時的驛馬車（stagecoach）上除了馬夫外，都會有一個帶著獵槍（shotgun）的人坐在旁邊保護該馬車以防被搶。今日，在搭乘汽車時，先叫出 "shotgun" 的人得以坐副駕駛座位。

例 I'm **riding shotgun**. The rest of you can fit in the back.
我要坐副駕駛座。你們幾個擠後座。

show off

1. 賣弄

"Show off" 是「賣弄」的意思。注意，作名詞用時應拼成一個字 "showoff"，意思除了「賣弄」之外，還可以用來指「愛現的人」。

例 We all know you can do backflips. Stop **showing off**.
我們都知道你會做後空翻。別再賣弄了。

用法 S + V or S + V + O
普 **boast** [bost] 動 誇示

2. 突顯

此片語也有「突顯」的意思，例如眼影（eye shadow）、睫毛膏（mascara）能 "show off" 女性的雙眸。

例 That scarf and blouse combination **shows off** your shoulders very nicely.
那條披肩和那件襯衫搭在一起巧妙地突顯了妳的肩膀。

用法 S + V + O
普 **exhibit** [ɪgˋzɪbɪt] 動 顯出 | **highlight** [ˋhaɪˌlaɪt] 動 使突顯

show up

1. 現身

此片語是「現身」的意思，常用在某人遲到或根本未到的情況，例如："I waited for Tom for two hours, but he never showed up."（我等湯姆一等就等了兩個鐘頭，可是他根本沒現身。）

例 Helen and Monica said they'd **show up** at 8:30.
海倫和莫妮卡說她們八點半會到。

用法 S + V
普 **arrive** [əˋraɪv] 動 抵達

2. 使（人）難堪

"Show someone up" 是「使某人難堪」的意思。注意，與「現身」的用法不同，這是個「及物」之片語動詞。

例 The conceited man enjoyed **showing** other people **up**.
　　那個自負的人很喜歡使別人難堪。

用法 **S + V + O**
普 **shame** [ʃem] 動 羞辱

3. 帶（人）至……

"Show up" 另一個「及物」的用法是指「帶（人）至……」，比方說投宿飯店時房客可能會被 "shown up to their rooms"（帶至他們的房間）。

例 Please follow me. I'll **show** you **up** to your room.
　　請跟我來。我帶您到您的房間。

用法 **S + V + O**
普 **bring** [brɪŋ] 動 帶

4. 顯現

這個片語還有一個「不及物」的用法，意思是「顯現」，條紋、標誌、刮痕，甚至是問題，都可以作為其主詞。

例 When you shine a light on the table, the scratches **show up** clearly.
　　如果你用燈光照桌面，那些刮痕就會清楚地顯現出來。

用法 **S + V**
普 **appear** [əˋpɪr] 動 出現

---

shrink [ʃrɪŋk] 名 精神科醫生　　

"Shrink" 字面上是「縮小」的意思，可能是因為精神科醫師或心理學家能夠影響病人的想法，或者說是他們能 "shrink patients' heads"（縮小病人因妄想而膨脹的腦袋），所以在俚語中把 "shrink" 用來指「精神科醫生」。

例 I don't need a **shrink**. What I need is a vacation.
　　我不需要精神科醫生。我需要的是休假。

普 **psychologist** [saɪˋkɑlədʒɪst] 名 心理學家 ｜ **psychiatrist** [saɪˋkaɪətrɪst] 名 精神科醫師

shut off 關閉

這個片語是「關閉」的意思，假如你不繳水、電、瓦斯費，你家的水、電、瓦斯就有可能通通被 "shut off"。

例 How do I **shut off** the generator?
　這個發電機怎麼關？

用法 S + V + O
普 **power down** 將電源關閉
類 **switch off** 切斷（電源等）(p.338) | **turn off** 關掉 (p.368)
反 **switch on** 打開（電源等）(p.338) | **turn on** 打開 (p.369)

shut up

1. 閉嘴

雖然叫人 "shut up"（閉嘴）很不禮貌，但是在日常生活中我們還是常聽到（甚至用到）這個片語動詞。若要叫人不要講話又想保持風度、禮貌，可以這麼說："I wonder if you could please lower your voice just a little."（不知道可不可以請您把您的音量稍微放小一點。）

例 Will you **shut up**? I'm trying to read.
　你可不可以閉嘴？我想看點書。

用法 S + V or S + V + O
普 **stop talking** 停止說話 | **be quiet** 不要說話
反 **speak up** 大聲說 (p.325)

2. 閉上；鎖上；關閉

此片語也有「及物動詞」的用法，指「關上」、「鎖上」、「關閉」，受詞可以是有實體的建築物（如 factory「工廠」）或是較抽象的事物（如 business「事業」）。

例 Remember to **shut up** the shed when you're finished out there.
　你在外面小屋工作完之後記得把它鎖上。

用法 S + V + O
普 **lock** [lɑk] 動 上鎖 | **close** [klos] 動 關上 | **shutter** [`ʃʌtə] 動 關閉

sick [sɪk] 形 真棒

大家都知道 "sick" 一般指的是「生病的」、「想吐的」，但是 "sick" 在俚語中卻被用來表達完全相反方向的意涵。如果你用 "sick" 來形容某事物，意思會變成「真棒」、「好棒」。注意，因為這個用法非常特別，因此說它時要慎重。

例 That movie was **sick**! Let's see it again tomorrow.

那部電影真棒！我們明天再去看一遍。

普 **fantastic** [fæn`tæstɪk] 形 極棒的 ｜ **outstanding** [`aʊt`stændɪŋ] 形 超棒的

類 **awesome** [`ɔsəm] 形 很棒的 (p.68)

反 **crummy** [`krʌmɪ] 形 很差的 (p.122)

sign up　報名參加

"Sign" 是「簽名」的意思，而 "sign up" 指的是「報名參加」，而報名時並不一定要真的簽名，重點在於名單上有你的名字。

例 So far, 35 people have **signed up** for the program.

到目前為止，一共有三十五個人報名參加那個活動。

用法 **S + V or S + V + O**

普 **register** [`rɛdʒɪstə] 動 登記

sing someone's praises　極力讚揚某人

按字面解釋，"sing someone's praises" 可以譯成「歌頌某人」，但依一般使用的情況，這個慣用語就是「極力讚揚某人」的意思。

例 Your teachers have been **singing your praises** to me.

你的老師們都跟我大力地稱讚你。

普 **highly praise or compliment someone** 高度讚美或稱頌某人

sissy [`sɪsɪ] 名 膽小無用的男子；娘娘腔

這個字可能是從 "sister"（姊妹）衍生而來。**說一個男生 "sissy" 是一種 insult（侮辱），因此在使用時應小心。**另外一個類似的字眼是 mama's boy（離不開媽媽的孩子；媽寶），也可用來指男性沒有男子氣概。

例 Only a **sissy** would stand there and let someone talk to him that way.

只有娘娘腔的人會站在那兒讓別人那樣跟他說話。

普 **weak, timid, and cowardly boy or man** 軟弱、膽小、怯懦的男孩或男人

類 **pansy** [`pænzɪ] 名 懦弱的人 (p.268)

反 **stud** [stʌd] 名 男子漢 (p.335)

sit down 坐下

要人「坐下」用 "sit down" 是較隨意的說法，若是在正式場合中可用 "Please be seated."（請坐下）來表達。

例 It's been a long day. Do you mind if I **sit down**?
今天好累。你介意我坐下來嗎？

用法 S + V
普 **take a seat** 請坐

slacker [`slækɚ] 名 懶惰蟲

"Slack" 是「鬆弛」、「怠慢」的意思，因此 "slacker" 就作「懶惰蟲」解。

例 We don't like **slackers** at this company. They make everyone's job more difficult.
本公司不歡迎懶惰蟲。他們會使每一個人的工作變得困難。

普 **lazy and unmotivated person** 懶散、做事沒有動力的人

sleep in 睡懶覺

大家都知道 "sleep" 是「睡覺」的意思，而 "sleep in" 這個片語卻是「睡懶覺」之意。另，"catch up on one's sleep" 則指「補眠」。

例 Kate loves **sleeping in** on the weekend.
凱特很喜歡在週末睡懶覺。

用法 S + V
普 **wake up late** 晚起床

slimeball [`slaɪm͵bɔl] 名 不可靠

"Slime" 指「黏濕的東西」（如蝸牛的「黏液」）。說一個人是個 "slimeball" 意思是說他 / 她「不可靠」、「滑頭」。

例 Take me with you the next time you go shopping for a used car. Those salesmen are all **slimeballs**.
下次你要買二手車的時候帶我一起去。那些推銷員一個個都很滑頭。

普 **untrustworthy person** 靠不住的人
類 **snake** [snek] 名 陰險的人 (p.321) | **weasel** [`wizl] 名 狡猾的人 (p.380)

slop [slɑp] 名 餿水；令人作嘔的食物

"Slop" 是給豬吃的「餿水」，通常為廚房所剩下來的殘渣；若被用來形容人吃的東西，意思就是「令人作嘔的食物」。

例 I haven't eaten **slop** this nasty since I was in the army.
自從我入伍以來從沒吃過這麼爛、令人作嘔的東西。

普 **disgusting food** 噁心的食物

....

slow down

1. 放慢速度

這個片語是「把速度放慢下來」的意思，主詞可以是人，也可以是火車、汽車等交通工具。

例 I can't walk that fast. **Slow down**.
我沒辦法走那麼快。你走慢一點。

用法 **S + V or S + V + O**
類 **reduce speed** 減速
反 **speed up** 加速 (p.326)

2.（生意）清淡

用於商業上，"slow down" 可以指「（生意）清淡」，主詞多是 business 或 market 等。

例 Business has **slowed down** a lot this year.
今年的生意清淡了許多。

用法 **S + V**
普 **contract** [kən`trækt] 動 萎縮 ｜ **reduce** [rɪ`dʒus] 動 減少

....

snail mail   傳統郵寄的信件

"Snail" 是「蝸牛」的意思。大家都知道蝸牛的移動速度非常緩慢，因此，相對於傳送速度非常快的 email，一般以傳統方式遞送的郵件就被稱為 "snail mail"。

例 I'll send the documents to you via **snail mail**.
我會用傳統郵寄的方式把文件寄給你。

普 **traditional mail** 傳統郵件 ｜ **via the post office** 經郵局遞送

....

snake [snek]

1. 名 陰險的人

"Snake" 是「蛇」的意思，而蛇給人的印象通常是「陰森的」、「鬼祟的」，因此說一個人是 "a snake" 就是說此人很「陰險」、「不可靠」。

例 I hope I never see that **snake** again. It makes me sick just to look at him.
我希望永遠不要再見到那個人。光是看他就讓我覺得噁心。

普 **untrustworthy person** 靠不住的人
類 **slimeball** [`slaɪm,bɔl] 名 不可靠的人 (p.319) | **weasel** [`wizl] 名 狡猾的人 (p.380)

2. 動 偷竊

在俚語中此字可作動詞用，常被用來指在商店內偷竊，也就是「順手牽羊」之意。

例 Where did you get that watch? Did you **snake** it?
你那只手錶是哪來的？是不是偷來的？

用法 **S + V or S + V + O**
普 **steal** [stil] 動 偷

snap [snæp] 感 哇塞

"Snap" 原指「啪一聲折斷」，可作為感嘆詞，意思大約相當於中文的「哇塞」。

例 Oh **snap**, that design turned out great!
哇塞，那個設計結果變得很棒！

普 **wow** [waʊ] 感 哇噢

snitch [snɪtʃ] 名 密報者

此字作動詞用時原指「偷」或「打小報告」，作名詞用則指「小偷」或「密報者」，但在現代英語中多用來指「打小報告」（動詞）或「密報者」（名詞）。

例 That **snitch** told Mr. Tanner everything. Now, we're in trouble.
那個通風報信的傢伙把一切都告訴了坦那先生。這下我們慘了。

普 **informer** [ɪn`fɔrmə] 名 密告者
類 **rat** [ræt] 名 告密者 (p.292)

snuff (out) 殺害

"Snuff out" 原本指「（把蠟燭、香菸等的火）弄熄」，而在俚語中被引申用來指「殺害」。

例 The newspaper said the shooter **snuffed out** twelve people.
報紙說那個槍手射殺了十二個人。

用法 **S + V or S + V + O**
普 **kill** [kɪl] 動 殺死 ｜ **murder** [ˋmɝdə] 動 謀殺
類 **blow away** 槍殺 (p.78) ｜ **frag** [fræg] 動 幹掉 (p.155)

So far, so good. 到目前為止還不錯。

這是很常聽到也很好用的一句話，意思是「到目前為止還不錯」。

例 A: How's your new invention coming along?
你的新發明進展如何？

B: **So far, so good.**
到目前為止還不錯。

---

solid [ˋsɑlɪd] 形 太好了

此字的原意是「固體的」，可引申作「內容充實」之意，而在俚語中被用來指「太好了」。

例 A: A bunch of us are going ice skating.
我們一票人要去溜冰。

B: **Solid**. I'll go with you.
太好了。我跟你們一起去。

普 **outstanding** [ˋaʊtˋstændɪŋ] 形 超棒的 ｜ **excellent** [ˋɛkslənt] 形 極好的
類 **phat** [fæt] 形 超讚的 (p.273)

---

sort out

1. 整理

"Sort" 作名詞時指「種類」，作動詞時指「分類」，而片語動詞 "sort out" 則指「整理」。

例 It's going to take me days to **sort out** all the stuff in my closet.
我得花好幾天的工夫才能把我衣櫃裡的東西整理好。

用法 **S + V + O**
普 **organize** [ˋɔrgə͵naɪz] 動 使井然有序

2. 理出頭緒

當事情、情況等很複雜時就必須把它們 "sort out"（理出頭緒）。另外，若兩個人不能和平相處也可以試著 "sort out their differences"（消除他們之間的歧異）。

例 If anyone can **sort out** this mess, it's Dennis.
　　如果有任何人能夠將這個爛攤子理出一個頭緒來，那個人就是丹尼斯。

用法 **S + V + O**

普 **resolve** [rɪ`zɑlv] 動 解決 ｜ **clarify** [`klærə,faɪ] 動 弄清楚

類 **figure out** 想出 (p.148) ｜ **work out** 解決 (p.390)

Sounds like a winner. 聽起來會成功。

"Winner" 是「勝利者」的意思，當你聽到某個計畫或點子時可以用這個俗語來表示支持與贊同。

例 A: Our marketing team says we can't go wrong with this ad.
　　我們的行銷團隊說我們這則廣告不會出差錯。

　 B: **Sounds like a winner.** Go ahead and use it.
　　聽起來會成功。好，就用它。

Soup's on. 開飯了。

"Soup" 指「湯」，但是 "Soup's on." 並不是「上湯」而是「開飯了」的意思。

例 Come on in, everybody. **Soup's on.**
　　大家進來吧。開飯了。

---

sour puss 繃著一張臉的人

"Sour" 是「酸」的意思，"puss" 指「臉」，而 "sour puss" 則用來指「繃著一張臉的人」。

例 A: They should do something to make this city cleaner.
　　他們應該想辦法讓這個城市乾淨一些。

　 B: Why are you always such a **sour puss**? Try focusing on the good things in life from time to time.
　　你為什麼老是繃著一張臉。試著三不五時專注在生命中的美好事物上。

普 **ill-tempered person** 脾氣壞的人 ｜ **person in a bad mood** 心情不好的人

space case 腦袋秀逗的人

說一個人是 "space case" 似乎暗示此人「腦袋空空」，而事實上這個用詞著重在講一個人「專注力不足」，看起來像「腦袋秀逗」。

例 Mindy is a classic **space case**. In the middle of our conversation, she forgot what we were talking about!

敏蒂是典型的腦袋秀逗。我們的話才說到一半，她就忘了我們在說什麼！

普 **unfocused person** 注意力不集中的人

類 **airhead** [ˋɛr͵hɛd] 名 笨蛋 (p.61) ｜ **bird brain** 傻瓜 (p.75)

反 **brain** [bren] 名 聰明人 (p.82) ｜ **egghead** [ˋɛg͵hɛd] 名 有聰明才智的人 (p.141)

---

spare tire 啤酒肚

此俚語原指汽車的「備胎」，但是也被用來指一個（男）人的「啤酒肚」。另外一個也常用來表示「啤酒肚」的說法是 "pot belly"。如果是非常熟識的朋友，還可以跟他開玩笑，問他："How many months along are you?"（你懷了幾個月的胎？）

例 You've put on some weight since the last time I saw you. That's quite a **spare tire** you've got.

自從我上次看到你之後你胖了不少。你那啤酒肚還真不小。

普 **fat stomach** 肥胖的肚子

---

spaz [spæz]

1. 名 坐不住的怪胎

"Spaz" 由 "spastic"（痙攣的）衍生而來，用來指「不斷地動來動去、坐不住的怪胎」。**注意，此用詞具侮辱性，在使用時應特別小心。**

例 Sergio is a **spaz**. At lunch, he changed seats four or five times.

瑟吉歐是個怪胎。吃中飯時，他換了四、五次位子。

普 **overly nervous and excitable person** 過度緊張且容易興奮的人

2. 動 反應過度

"Spaz" 也可作動詞用，通常以片語形式 "spaz out" 出現，意思是「反應過度」。

例 Don't **spaz out**. Everything will be fine.

別反應過度。一切都不會有問題的。

用法 S + V

(普) **act very nervous and agitated** 表現得非常緊張、焦躁

(類) **go bananas** 情緒失控 (p.173) │ **wig out** 發狂 (p.387)

(反) **chill out** 冷靜下來 (p.107) │ **lighten up** 放輕鬆 (p.230)

---

speak for

1. 代表……發言

"Speak for someone" 是「代表某人發言」的意思，而發言人就叫 "spoke person"（可指男或女）。

(例) As Mr. Samuel's attorney, I can **speak for** him.
　　作為山繆先生的律師，我可以代表他發言。

用法 S + V + O

(普) **represent** [ˌrɛprɪˋzɛnt] **動** 代表 │ **speak on someone's behalf** 代表某人發言

2. 發言支持

此片語動詞也能用來指「發言支持」，其受詞可以是某理念、某政策，也可以是某特定團體。

(例) The politician **spoke for** great changes in the way the government was run.
　　那個政治人物發言支持政府的施政應做重大的改變。

用法 S + V + O

(普) **endorse** [ɪnˋdɔrs] **動** 支持

(類) **call for** 公開要求 (p.96) │ **push for** 強力要求 (p.283)

---

speak up

1. 大聲說

當某人說話聲音很小或支支吾吾的，你就可以跟他 / 她說：　"Speak up."（大聲說。）

(例) **Speak up** so my grandfather can hear you.
　　你說大聲點，這樣我爺爺才聽得見。

用法 S + V

(普) **raise one's voice** 提高一個人的音量

(反) **shut up** 閉嘴 (p.317)

此片語也有「說出自己的意見」之意。

例 If you felt that way, you should have **spoken up** at the meeting.
如果你那樣覺得，在開會的時候就應該說出你的意見。

用法 **S + V**
普 **say something** 表達意見

---

speed up　加快速度

"Speed" 作名詞用指「速度」，作動詞指「加快」，而 "speed up" 則是「加快速度」的意思。

例 To fill all these orders, we'll have to **speed up** production.
這些訂單如果要能供貨，我們就得加快生產的速度。

用法 **S + V or S + V + O**
普 **quicken** [`kwɪkən] 動 加速
反 **slow down** 放慢速度 (p.320)

---

split up

1. 分離；分手；分開

"Split" 是「使分裂」的意思，而片語動詞 "split up" 可用來指男女朋友、合夥人等的「分離」、「分手」、「分開」。

例 Don't worry, we'll never **split up**.
別擔心，我們永遠不會分開。

用法 **S + V or S + V + O**
普 **separate** [`sɛpə,ret] 動 分開
類 **break up** 分手 (p.86)
反 **get together** 聚在一起 (p.169)

2. 劈開

"Split up" 也可以用來指「劈開」，其受詞常是木塊、條板箱等。

例 **Split up** those boards and load them onto the truck.
把這些木板劈開，然後把它們裝到卡車上。

用法 **S + V + O**
普 **slice** [slaɪs] 動 切（成片）｜ **chop** [tʃɑp] 動 砍

3. 分割

一項大的計畫、工作等可以被 "split up"（分割）成較小的單位以便順利進行。

例 This is how we're going to **split up** the work between us.
我們將會用這個方式來分擔這項工作。

用法 S + V + O

普 **divide** [də`vaɪd] 動 劃分

---

splurge [splɝdʒ] 動 揮霍

"Splurge" 是「揮霍」，也就是「亂花錢」的意思。有些人認為「亂花錢」有時候也是一種療癒方式，即所謂 shopping therapy（血拼療法）。

例 It's kind of expensive .... All right, I'll take it. It's good to **splurge** once in a while.
這有點貴……好吧，我買了。偶爾揮霍一下也不賴。

用法 S + V

普 **indulge oneself** 放縱自己

---

sponge (off) 揩油

"Sponge" 原意為「海綿」，作動詞用（多以片語形式 "sponge off" 出現）時指「揩油」，也就是「白吃白喝不付錢」的意思。

例 I don't want you to think I'm **sponging off** you. I'll pay back every cent you've given me. 我不希望你認為我在揩你的油。你借我的每一分錢我都會還你。

普 **take advantage of** 占……的便宜
regularly solicit money or favors 經常性地向人要錢或好處

類 **freeload off** 白吃白喝 (p.156)

---

sport [sport] 動 穿戴

這個字在俚語的用法中與「運動」沒有關係，而是被當作動詞使用，指「穿戴」；其受詞通常是新的或正流行的衣物。

例 I saw Ed at the party. He was **sporting** a new leather jacket.
我在派對上看到艾德。他穿著一件新的皮衣外套。

用法 S + V + O

普 **wear** [wɛr] 動 穿；戴

spread like wildfire　如野火燎原

"Wildfire" 指的是「野火」。大家都知道，野火如果不好好控制，會一發不可收拾。"Spread like wildfire" 就是中文「如野火燎原」的意思。

例 The rumor about the financial scandal **spread like wildfire**.
關於該財務醜聞的謠言如野火燎原般四處散播。

普 **spread or grow with great speed** 快速地傳播或擴大

spread out　使散開

"Spread something out" 是「把某物散開來」的意思，其中的 "something" 可以是像毛巾、毯子等能夠「攤開」的東西，也可以是某種活動（如音樂祭）能夠被「分開」（數次或數天）舉行。

例 The farmer **spread out** the tea leaves to let them dry in the sun.
那個農夫把茶葉散開來晾曬。

用法 **S + V or S + V + O**
普 **distribute** [dɪ`strɪbjʊt] 動 分布 ｜ **fan out**（作扇形）散開

spring up

1. 迅速增長

作動詞用的 "spring" 指「彈起」、「跳躍」，也可引申指「湧現」，而片語 "spring up" 則是「迅速增長」的意思。

例 It seems like these weeds have **sprung up** overnight.
這些雜草似乎一夜之間全都冒了出來。

用法 **S + V**
普 **shoot up**（植物）吐枝；發芽 ｜ **grow** [gro] 動 生長

2. 突然湧現

此片語也可作「突然湧現」解，例如在新捷運線開通時就會有許多店家 "spring up"。

例 Fan clubs for the singer have **sprung up** all over the country.
全國各地突然湧現許多那名歌手的粉絲俱樂部。

用法 **S + V**
普 **quickly appear** 快速出現 ｜ **multiply** [`mʌltəplaɪ] 動 迅速增多

stale [stel] 形 了無新意

"Stale" 用來講食物、飲料指的是「走味」，用來指某人的風格、某種音樂類型時指的是「了無新意」，皆取其「不新鮮」之意。

例 This music is **stale**. Put something else on.
　　這音樂了無新意。放點別的。

普 **unappealing** [ˌʌnəˋpilɪŋ] 形 不吸引人 | **dull** [dʌl] 形 乏味
類 **dead** [dɛd] 形 死氣沉沉 (p.125) | **old** [old] 形 老套 (p.260)

stand back

1. 退後

"Stand" 是「站立」的意思，而 "stand back" 就是「向後站」，也就是「退後」之意。

例 **Stand back** while I force the door open.
　　你退後一點，我要把門撞開。

用法 S + V
普 **move backwards** 向後移動

2. 退開（不插手或干預）

此片語動詞也可引申指「退開（不插手或干預）」。例如你認識的兩方為某事爭執，你就可以 "stand back"，讓他們自己去解決問題。當然你也可以作 middle man（中間人），幫助雙方達成和解。

例 I think you should **stand back** and let them resolve their own differences.
　　我認為你應該讓開不要插手，讓他們自己去解決他們的歧異。

用法 S + V
普 **step aside** 讓開 | **withdraw** [wɪðˋdrɔ] 動 退出

stand for

1. 代表

這個片語動詞指的是「代表」，例如 "R.O.C." 這三個字母 "stand for the Republic of China"（代表中華民國）。

例 The artist told me that his sculpture **stands for** the way he feels about war.
　　那個藝術家跟我說他的雕塑代表了他對戰爭的看法。

用法 **S + V + O**
(普) **symbolize** [ˈsɪmbl̩ˌaɪz] 動 象徵 │ **represent** [ˌrɛprɪˈzɛnt] 動 代表

2. 容忍

"Stand for" 也可以用來指「容忍」，其受詞當然都是具負面意義的事物，例如 tardiness（遲到）、discrimination（歧視）、being rude（不禮貌）、being cruel（殘忍）等。

例 I will not **stand for** this type of bickering.
　 我不能容忍這種方式的吵嘴。

用法 **S + V + O**
(普) **tolerate** [ˈtɑləˌret] 動 忍受 │ **condone** [kənˈdon] 動 寬恕

stand out 突出

"Stand out" 是「突出」的意思，其邏輯與中文的「鶴立雞群」相同。順帶一提，形容詞 "outstanding"（傑出的）就是由此片語延伸而來。

例 Fred **stands out** as a very smart boy.
　 在孩子們當中，福瑞德顯得特別地聰明。

用法 **S + V**
(普) **be exceptional** 卓越

stand up to 勇於對抗

這個三字片語動詞一般是指「勇於對抗」，不過依所對抗的人事物之不同，可作不同之詮釋。例如，如果是受迫害的人民 "stand up to the tyrant（暴君）" 就有「揭竿而起」的意涵。

例 The settlers bravely **stood up to** the attacking army.
　 那些殖民者勇敢地抵抗入侵的敵軍。

用法 **S + V + O**
(普) **resist** [rɪˈzɪst] 動 抵抗 │ **defend oneself** 捍衛自己
(類) **face up to** 勇於面對 (p.144)

start out

1. 出發

"Start out" 是「出發」的意思，通常用於旅行、遠足等，若只是到住家附近的商店買東西就不適用。此時你可以說："I'm heading out for some ...."（我要出去買點……。）

例 We'll **start out** as soon as dawn breaks.

　　天一亮我們就會出發。

用法 **S + V**

普 **embark** [ɪm`bɑrk] 動 上船或飛機等 ｜ **leave** [liv] 動 離開

2. 一開始打算（做……）

此片語動詞也有「一開始打算（做……）」的意思，通常用於 "but instead, ... (did ...)"「結果卻（做了……）」之前。

例 I **started out** trying to draw a horse, but instead, I drew a cow.

　　一開始我想畫一匹馬，結果卻畫了一頭牛。

用法 **S + V + O**

普 **begin** [bɪ`gɪn] 動 開始

- -

start over 重做一遍

當你做了某事而沒有做好或做錯時，就可以用 "start over" 來表達要「重做一遍」。另，當與朋友之間的關係惡化時，如果希望與對方重修舊好，也能以此片語表達希望「重新開始」的願望。

例 We dug the hole in the wrong place. We'll have to **start over**.

　　我們的洞挖錯地方了。我們得重挖。

用法 **S + V or S + V + O**

普 **redo** [ri`du] 動 重做

- -

stay up

1. 不睡覺

"Stay up" 是「不（躺下）睡覺」的意思，不過依前後文意有時亦可作「熬夜」解。

例 All right children, you can **stay up** until 11:30.

　　好吧，孩子們，你們可以十一點半再去睡覺。

用法 **S + V**

普 **remain awake** 保持清醒

2. 不倒下

這個片語也可以指「不倒下」，例如一棵樹在颱風中沒有被吹倒，我們就可以說：“It stayed up.”（它沒有倒下。）

例 If we don't support that wall, it won't **stay up**.
　　如果我們不支撐那面牆，它就會倒。

用法 S + V
普 **remain standing** 保持聳立

---

steamed [stimd] 形 怒氣沖沖的

“Steam” 作名詞用時意思是「水蒸氣」，作動詞時則指「蒸（食物等）」，其過去分詞 “steamed” 原指「蒸過的」（如 “steamed bun”「饅頭」），而在俚語中則用來指「怒氣沖沖的」。

例 I wouldn't go in there if I were you. Ms. Larew was **steamed** when I saw her a few minutes ago.
　　如果我是你，我就不會進到那兒。幾分鐘前我看到拉路女士的時候她怒氣沖沖的。

普 **very angry** 非常生氣 │ **extremely upset** 極度不高興
類 **peeved** [pivd] 形 惱怒的 (p.272) │ **ticked off** 相當生氣的 (p.362)

Step on it. 加快速度。

這句話常被用來要求對方「加快速度」，不要慢條斯理的。一個典型的用法就是在搭車時要司機開快一些。

例 A: Start the car, Phil. I'll be out in a second.
　　　發動車子吧，費爾。我一會兒就出來。

　B: **Step on it.** You know I don't like to wait.
　　　你快一點。你知道我不喜歡等待。

類 **Hop to it.** 快點。 (p.196) │ **Make it snappy.** 快一點。 (p.242)

---

step out 走出去

此片語動詞就是「踏出去」、「走出去」的意思，通常表示只會出去一會兒，很快就會回來。

例 I'm going to **step out** for some fresh air.
　　我要出去透一下氣。

用法 **S + V**

普 **go outside** 到外面

類 **go out** 出去 (p.174)

---

stick with

1. 持續支持

"Stick with" 有「持續支持」某人、某公司、某供應商等的意思，也就是不放棄或改變支持的對象之意。

例 So, should we **stick with** this agent or find a new one?

　　那，我們是否該繼續用這個代理商？還是找一個新的？

用法 **S + V + O**

普 **retain** [rɪ`ten] 動 保有 ｜ **keep** [kip] 動 保留

2. 繼續做……

此片語動詞也有「繼續做……」的用法，對象多是有某種困難度的事物，例如 training（訓練）、studying（唸書）等。

例 **Stick with** your studying, and you'll be glad you did later.

　　繼續唸書，到時候你會很高興你這麼做了。

用法 **S + V + O**

普 **continue** [kən`tɪnjʊ] 動 繼續 ｜ **persevere** [ˌpɝsə`vɪr] 動 不屈不撓

---

stoked [stokt] 形 異常興奮的

"Stoke" 是「撥動柴火使其燒得更旺」之意，可引申指「挑起人的興趣」，"stoked" 為其過去分詞作形容詞用，指「異常地興奮」。

例 My stocks all went up yesterday. I'm **stoked**!

　　我的所有股票昨天都上漲了，我超興奮的！

普 **very enthusiastic** 非常狂熱

類 **juiced** [`dʒust] 形 非常興奮的 (p.215) ｜ **psyched** [saɪkt] 形 極度興奮的 (p.280)

straighten out

1. 弄直

"Straighten" 是形容詞 "straight"（直）的動詞形式，片語動詞 "straighten out" 是把某物「弄直」之意。

例 Go ahead and **straighten out** those tent poles.
去把那些帳蓬的柱竿弄直。

用法 **S + V + O**

普 **make straight** 使……變直

2. 整頓；矯正

"Straighten out" 也有「整頓」、「矯正」之意。作「整頓」解時，受詞常是一個機構或團體，例如一家公司；作「矯正」解時，對象則是行為有偏差的人。

例 Aaron hoped sending his boy to a private school would **straighten** him **out**.
艾倫希望送他的兒子去私立學校能矯正他的行為。

用法 **S + V or S + V + O**

普 **make right** 弄對 │ **rehabilitate** [ˌrihə`bɪləˌtet] 動 使恢復正常狀況
類 **sort out** 理出頭緒 (p.323)
反 **mess up** 弄得亂七八糟 (p.247)

- - - - - - - -

stress case　承受極大壓力的人

"Stress" 是「壓力」的意思，"case" 則指某種心理狀態（例如先前提到的 "space case"、"nut case"），"stress case" 因此用來指「承受極大壓力的人」。

例 A: Then she said to me, "I need that report on my desk now!"
然後她跟我說：「我現在就要在我桌上看到那份報告！」

B: What a **stress case**.
她的壓力也太大了吧。

普 **person under a lot of pressure** 受很大壓力的人

- - - - - - - -

strike someone's fancy　引發某人的興趣

"Fancy" 原指「想像（力）」，而 "strike someone's fancy" 則是「引發某人的興趣」之意，主詞通常是「事物」而不是「人」。另，此慣用語在英國比在美國普遍。

例 How do these golf clubs **strike your fancy**?
你覺得這些高爾夫球桿怎麼樣？

普 **attract someone's interest** 引起某人的興趣
類 **catch someone's eye** 吸引某人的目光

---

stud [stʌd] 名 猛男；男子漢

"Stud" 原指「種馬」，而在俚語中被用來指「猛男」、「男子漢」。注意，這個字只能用來表示男性，女性應用 **babe**（正妹）、**hottie**（辣妹）等字來形容。

例 Look at that **stud** over there.
瞧那邊那個猛男。

普 **very attractive man** 很有吸引力的男人
反 **pansy** [`pænzɪ] 名 懦弱的人 (p.268) | **wimp** [wɪmp] 名 軟弱無用的人 (p.387)

---

suck [sʌk] 動 遜斃了；爛透了；令人不爽快

說某事物 "sucks" 就是說它「遜斃了」、「爛透了」、「令人不爽快」。"Suck" 的主詞也可以是人，例如 "Professor Johnson sucks." 就是「強森教授有夠遜」的意思。

例 Working on the weekend **sucks**. I'd rather be out with my friends.
週末上班真是令人不爽。我寧可和朋友出去。

普 **be very unpleasant or terrible** 令人非常不愉快或很糟的
類 **bite** [baɪt] 動 遜斃了 (p.75) | **blow** [blo] 動 爛透了 (p.78)
反 **rock** [rɑk] 動 超正點 (p.297)

---

sucker [`sʌkə] 名 蠢貨

有句老話是這麼說的："There's a sucker born every minute."（每一分鐘都有一個蠢貨出生。）意思就是：這個世界上有太多容易受騙上當的人。

例 Some **sucker** actually paid someone money for the Golden Gate Bridge. Now he thinks he owns it!
有個蠢貨真的付某個人錢來買金門大橋。這會兒他還真以為他擁有這座橋！

普 **gullible person** 容易受騙的人
類 **sap** [sæp] 名 笨蛋 (p.304)

suit [sut] 名 西裝筆挺的商人

"Suit" 原指「全套的西裝」。有趣的是現代人常覺得永遠「西裝筆挺」的人總顯得過度嚴肅、缺乏自我、沒有創意,因此許多公司行號已不再硬性規定上班時一定得穿得很正式。今日,"suit" 常被用來指「西裝革履的商人」。

例 Who's the **suit** I saw you talking to in the lobby?
   我剛看到你在跟他講話的那個西裝革履的商人是誰?

普 businessperson [`bɪznɪs,pɜsn] 名 生意人

suit someone to a T   非常適合某人

此慣用語中的 "T" 可能源自 "to a tittle"(準確地)的 "tittle" 這個字,通常用來描述服裝、髮型及工作等。("Tittle" 的意思是「微量」、「小點」。)

例 Jack's new job **suits him to a T**.
   傑克的新工作非常適合他。

普 be very appropriate 非常恰當
   suit someone perfectly 完全適合某人

Suit yourself.   隨你便。

這句話是「隨你便」的意思。與中文的用法相同,說話者可能不認同對方的決定,但是並不堅持自己的意見。

例 A: I'll just have toast. I don't want any eggs.
      我只要吐司就好。我不要蛋。

   B: **Suit yourself.**
      隨你便。

類 **To each one's own.** 人各有志;各有所好。 (p.364)

super [`supə]

1. 形 超正的;極優的

"Superman"(超人)、"supermarket"(超市)中的 "super" 可以單獨作形容詞用,意思就是「超正的」、「極優的」。

例 Your makeup looks **super**.
　　妳的妝超正的。

普 **superb** [sʊ`pɝb] 形 極好的 ｜ **outstanding** [`aʊt`stændɪŋ] 形 超棒的
類 **cool** [kul] 形 酷 (p.118) ｜ **wicked** [`wɪkɪd] 形 極棒的 (p.386)

2. 副 超……地

這個字還可以作副詞用，修飾形容詞。例如你可以說你的同事是 "super reliable"（超可靠）或你的鄰居 "super friendly"（超友善）等。

例 Dave has been working as a computer programmer for three years. He's already **super** rich.
　　戴夫當電腦程式設計師三年了。他現在已經超有錢的。

普 **extremely** [ɪk`strimlɪ] 副 極度地

swag [swæg] 名 禮物

此字原指一些公司行號、廠商贈送的「免費促銷商品」，時至今日其使用範圍被擴大，甚至可用來指「生日禮物」。注意，"swag" 為不可數名詞。

例 Check out all the cool **swag** I got for my birthday.
　　你瞧瞧我生日得到的這些很酷的禮物。

普 **gift** [gɪft] 名 禮物
類 **loot** [lut] 名 禮物；贈品 (p.237)

sweet [swit] 形 很棒；很優；很正

這是個很好用的字，除了用來指（食物）「甜的」、（人）「甜美的」之外，還可以用來形容事物「很棒」、「很優」、「很正」。

例 That hat is **sweet**. I've got to get one.
　　那頂帽子真不錯。我得買一頂。

普 **great** [gret] 形 很棒的 ｜ **excellent** [`ɛksḷənt] 形 極好的
類 **fly** [flaɪ] 形 炫 (p.152)

swipe [swaɪp] 動 偷竊

此字的原意是「用力揮擊」，如 "swipe at a mosquito"（揮趕蚊子）；或「擦過」、「刷過」，如 "swipe a credit card"（刷卡），但在俚語的用法中則有「偷竊」的意涵。

例 A: Those are Ray Ban sunglasses! Are they your dad's?

那是雷朋太陽眼鏡！是你老爸的嗎？

B: Nope, they're mine. I **swiped** them from a store at the mall.

不，是我的。我在購物商場偷來的。

用法 **S + V or S + V + O**

普 **steal** [stil] 動 偷

---

switch off 　關閉電源

"Switch" 作名詞用時指電器的「開關」，片語動詞 "switch off" 則是「關閉電源」之意。

例 Do me a favor and **switch off** the radio.

幫我一個忙，把收音機關掉。

用法 **S + V + O**

普 **cut the power** 切斷電源

類 **shut off** 關閉 (p.317) | **turn off** 關掉 (p.368)

反 **switch on** 打開（電源）(p.338) | **turn on** 打開 (p.369)

---

switch on 　打開電源

如上所述，"switch on" 乃 "switch off" 的相反詞，指的是「打開電源」。

例 Remember to **switch on** the fax machine.

記得把傳真機的電源打開。

用法 **S + V + O**

普 **power up** 開啟電源

類 **turn on** 打開 (p.369)

反 **shut off** 關閉 (p.317) | **switch off** 關閉電源 (p.338)

T

Take a hike. 一邊涼快去。

"Hike" 字面上是「徒步旅行」的意思,但這句話其實是叫人「走開」、「到一邊涼快去」之意。注意,與中文的用法相同,這個說法很衝,因此使用時須謹慎。

例 **Take a hike.** You've already caused enough trouble.
　　閃一邊去吧。你已經製造了夠多的麻煩。

類 **Get lost!** 滾開！ (p.162)

Take a load off. 坐下休息。

"Load" 是「負荷」的意思,而當你看到一個拿了很重的東西或看起來很累的人,可以跟他 / 她說 : "Take a load off."（坐下來休息。）

例 You're sweating all over. **Take a load off.** I'll get you some water.
　　你汗流浹背的。坐下來休息休息。我去幫你倒杯水。

類 **Grab a seat.** 坐吧。 (p.178)

take after 像

此片語是「像」的意思。最典型的例子就是孩子像他們的父母,例如人格特質、工作志向、興趣嗜好等。

例 You also like sports, do you? I can see you **take after** your father.
　　你也喜歡運動,對吧?我看得出來你像你爸爸。

用法 **S + V + O**
普 **resemble** [rɪ`zɛmbl] 動 相似

take apart

1. 拆開

這個片語是把某物「拆開」的意思,例如機器、模型、家具等。而一個物品能被拆解就表示它也可以被 put back together（重新組合）。

例 The craftsman **took apart** the watch to see what was wrong with it.
　　鐘錶師傅把那只手錶拆開來看有什麼問題。

用法 S + V + O

普 **disassemble** [ˌdɪsəˈsɛmbl] 動 分解

反 **put together** 組合 (p.288)

2. 嚴厲地批評

"Take apart" 的對象如果是表演、意見等時，指的是毫不留情地揭露其缺點並「強力抨擊」之意，甚至足以「瓦解」其名聲。

例 In his review, the critic **took apart** the new action movie.
在那個影評人的評論中，他把那部新的動作片說得一文不值。

用法 S + V + O

普 **criticize** [ˈkrɪtɪˌsaɪz] 動 批評 | **discredit** [dɪsˈkrɛdɪt] 動 使名聲不好

3. 擊潰

"Take apart" 也可作「擊潰」解，受詞通常是說話者的競爭對手。以選舉為例，當某位候選人以大幅差距勝選時，我們就能用這個片語來描述。

例 "We're gonna **take** you **apart**," the visiting team members said.
「我們將會痛宰你們。」客隊的球員如此說道。

用法 S + V + O

普 **dominate** [ˈdɑməˌnet] 動 擁有壓倒性的優勢 | **overwhelm** [ˌovəˈhwɛlm] 動 戰勝

---

take away

1. 拿走；帶走

"Take something away" 就是「把某物拿走」的意思，而 "take someone away" 則指「把某人帶走」。另，這個片語也可用來指將抽象的東西取走，例如對某人的支持或感情。

例 It's a lovely snake, but please, **take** it **away** from here.
這是一條很可愛的蛇，但是拜託把它拿走，不要放在這裡。

用法 S + V + O

普 **remove** [rɪˈmuv] 動 移除

反 **hand over** 拿過來 (p.180)

2. 搶走；沒收；強行拿走

此片語動詞也有「搶走」、「沒收」或「強行拿走」之意。例如在某些地方，保全、警衛會 "take away" 你所攜帶的違禁物（prohibited items）。

例 The naughty boy **took** the toy **away** from his classmate.
　那個頑皮的男孩搶了他同學的玩具。

用法 **S + V + O**

普 **grab** [græb] 動 攫取

3. 減掉；扣掉

"Take away" 還有「減掉」、「扣掉」的意思。例如 "take away 3 from 5" 就是「五減三」，即數學算式 "5-3"（"5 minus 3"）所表達的意涵。

例 Who can tell me what you get when you **take away** 14 from 30?
　誰可以告訴我三十減十四等於多少？

用法 **S + V + O**

普 **subtract** [səb`trækt] 動 減去 ｜ **deduct** [dɪ`dʌkt] 動 扣除

take forty winks　打個盹兒

"Wink" 是「眨眼」的意思，"forty winks" 其實是很短暫的時間，因此 "take forty winks" 在慣用語中被用來指「打個盹兒」，也就是「小憩一下」之意。

例 Wake me up when we get to the airport. I'm going to **take forty winks**.
　到機場的時候叫我。我要打個盹兒。

普 **take a short nap** 小睡片刻

take in

1. 拿進來

"Take in" 就是「拿進來」的意思，常見的受詞包括報紙、信件、包裹等。

例 Do me a favor and **take** the newspaper **in**.
　幫我一個忙，把報紙拿進來。

用法 **S + V + O**

普 **bring inside** 拿到屋內

反 **carry out** 拿出去 (p.100)

2. 參觀；觀賞

此片語還有一個比較抽象的意思：「參觀」、「觀賞」。例如，到博物館去參觀通常要花好幾個小時才能 "take it all in"（把展覽品全部看完）。

例 There was so much to see in London—I couldn't **take** it all **in**.

倫敦有好多東西值得一瞧——我沒辦法全部都觀賞到。

用法 S + V + O

普 **experience** [ɪkˋspɪrɪəns] 動 經歷 | **enjoy** [ɪnˋdʒɔɪ] 動 欣賞

3. 欺騙

網路詐騙（Internet scam）、電話詐騙（telephone hoax）近年來十分猖獗，這些騙子的行徑用英文說就是 "take people in"。

例 Many people were **taken in** by the scam.

許多人都被那個騙局給騙了。

用法 S + V or S + V + O

普 **fool** [ful] 動 愚弄 | **cheat** [tʃit] 動 欺騙

4. 收留

"Take in" 也可以用來指「收留」，也就是「提供住處」的意思，對象通常是小孩或流浪動物。

例 We decided to **take in** the orphaned boy.

我們決定收留那個孤兒。

用法 S + V + O

普 **adopt** [əˋdɑpt] 動 收養 | **welcome** [ˋwɛlkəm] 動 欣然接受

反 **kick out** 趕出去 (p.219)

Take it or leave it. 要就要，不要就拉倒。

這句話就是所謂「要就要，不要就拉倒」的意思，其中 "take" 指「接受」，"leave" 指「拒絕」。與中文的用法相同，**"Take it or leave it."** 聽起來蠻衝的，因此在使用時應留意。

例 That's my best offer. **Take it or leave it.**

這是我能出的最高價錢了。要就要，不要就拉倒。

Take my word for it. 相信我的話。

"Take my word for it." 是「相信我的話」之意。說這句話的人明白地在告訴對方，他 / 她對於自己的發言或意見非常有把握，絕對錯不了。

例 Those hills are full of snakes. **Take my word for it.**

那些山丘上到處是蛇。相信我的話。

take off

1. 脫掉

這是一個相當常用的片語動詞，意思是「脫掉」，舉凡衣帽、鞋襪，甚至是皮帶、圍巾等都可以被 "taken off"。

例 **Take off** your shoes before you come inside.
你進來之前先把鞋子脫掉。

用法 **S + V + O**
普 **remove** [rɪ`muv] 動 移除

2. 從……拿開

"Take something off ..." 是「把某物從……拿開」的意思。有些人非常討厭別人把腳翹在桌子上或椅子上，因此你可能會聽到這樣的一句話：　"Please take your feet off the table. I just cleaned it."（請把你的腳從桌子上挪開，我才剛擦乾淨而已。）

例 **Take** your things **off** the table.
把你的東西拿走，不要放在桌上。

用法 **S + V + O**
普 **remove** [rɪ`muv] 動 移除 | **take down** 拿下去

3. 離開

"Take off" 作不及物動詞使用時可指「離開」。注意，這個用法比較不正式，且其主詞為「人」。

例 Are you about ready to **take off**?
你是不是差不多準備好要走了？

用法 **S + V**
普 **leave** [liv] 動 離開 | **depart** [dɪ`pɑrt] 動 出發

4. 起飛

"Take off" 另一個不及物的用法是「起飛」的意思，此時主詞通常是飛機或鳥類。

例 As the eagle **took off**, the branch it was on shook back and forth.
在那隻老鷹飛起來的時候，牠原來停留的那根樹枝前後晃動。

用法 **S + V**
普 **fly away** 飛走

5. 扣掉

"Take off" 也有「扣掉」的意思。這個用法常出現在商店提供「折扣」時，例如 "take 10% off the original price" 即「照原價打九折」之意。

例 When Pat missed two weeks of work, his firm **took off** half his salary from his paycheck.
因為派特兩個禮拜沒有上班，他公司扣了他半個月的薪水。

用法 S + V + O
普 **deduct** [dɪˋdʌkt] 動 扣除

---

take on

1. 承擔

這個片語動詞可以用來指「承擔」，受詞通常是某項工作或職務。

例 That's an awful lot of work for one person to **take on**.
這些工作全要一個人承擔實在太多了。

用法 S + V + O
普 **accept** [əkˋsɛpt] 動 接受 ｜ **assume** [əˋsjum] 動 承擔

2. 雇用

"Take on" 也可作「雇用」解。

例 Our boss has agreed to **take on** a few more workers.
我們老闆同意再雇用幾個工人。

用法 S + V + O
普 **hire** [haɪr] 動 雇用
反 **lay off** 解雇 (p.225)

3. 承載

"Take on" 還有「承載」的意思，此時主詞通常是有固定路線的大眾交通工具（如渡船、公車、火車等），而受詞則是「乘客」。

例 As the bus was full, it couldn't **take on** any more passengers.
那輛公車已經客滿，所以不能再承載更多的人。

用法 S + V + O
普 **let board** 讓（乘客）上車、船等

---

take over   接手；接管

▶ **Track 56**

這個片語是「接手」、「接管」的意思，主詞多半是人，但是也可以是一個機構、團體，例如一家公司 "take over" 另外一家企業。

例 Sam's going to **take over** the business after his father retires.

在父親退休之後，山姆將接手掌管公司。

用法 **S + V + O**

普 **lead** [lid] 動 領導 | **assume control** 取得控制權

反 **give up** 放棄 (p.172) | **hand over** 交出 (p.180)

take something out on someone   拿某人生氣

這個慣用語是「拿某人生氣」的意思。注意，當中的 "something" 通常指 anger（怒氣）、frustration（挫折）、bad mood（壞心情）等負面情緒，不過更常見的是直接用代名詞 "it" 來代表這些情緒："take it out on someone"。

例 A: Leave me alone! I don't want to talk to anyone!

別管我！我不想跟任何人說話！

B: Hey, I know you had a hard day, but you don't have to **take it out on me**.

嘿，我知道你今天很辛苦，但是你不必拿我來出氣。

普 **scold or verbally assault another person (simply because one is in a bad mood)**

罵或口頭上攻擊他人（只因為自己心情不好）

take something with a grain of salt   對某事存疑

"Take something with a grain of salt" 是「對某事存疑」的意思。在這個慣用語中的 "a grain of salt" 指的是某種程度上的 "skepticism"「懷疑」，但其來源為何並不明確。比較可信的說法是：古時有人發現 "salt"「鹽」具有解毒的功能，因此在聽聞某事時若能加上 "a grain of salt"（一粒鹽巴）就比較不會受騙上當。

例 A: Emily said she found a gold ring at the beach.

艾蜜莉說她在海灘撿到一個金戒指。

B: If I were you, I'd **take what Emily says with a grain of salt**.

如果我是你，我會對艾蜜莉說的話存疑。

普 **be cautious or skeptical about believing something** 對於相信某事非常謹慎或持懷疑的態度

take the bull by the horns　勇敢果斷地面對困難

試想當一頭憤怒的公牛對著你衝過來的時候該有多麼危險。這個慣用語相當類似中文諺語「明知山有虎，偏向虎山行」的這種氣魄，意思就是「勇敢果斷地面對困難」。

例 I'm not going to sit here while our competitors drive us out of business. I'm going to **take the bull by the horns** and turn things around.

我可不打算就坐在這兒看著我們的競爭對手把我們逼得走投無路。我要勇敢地面對他們把情勢扭轉過來。

普 **take charge of a situation** 面對並掌握某局勢 ｜ **be proactive** 行事積極主動

take up

1. 拿上去；帶上去

"Take something up" 是「把某物拿上去」的意思，而 "take someone up" 則指「帶某人上樓」。

例 I'll **take** dinner **up** to grandmother.

我會把晚餐拿上去給奶奶。

用法 **S + V + O**

普 **bring** [brɪŋ] 動 帶 ｜ **carry** [ˋkærɪ] 動 攜帶

2. 開始做……

此片語動詞也有「開始做……」的意思，其對象可以是習慣、嗜好，或是某種運動或活動。

例 I **took up** ping pong when I was in the army.

我在服役的時候開始打乒乓球。

用法 **S + V + O**

普 **start** [stɑrt] 動 開始 ｜ **begin** [bɪˋgɪn] 動 開始

3. 面對；處理

"Take up" 也可指「面對」、「處理」，對象通常是問題、議題、職務、挑戰等。

例 We'll **take up** that issue after we finish our other business.

我們把其他事情討論完之後再處理那個問題。

用法 **S + V + O**

普 **face** [fes] 動 面對 ｜ **deal with** 處理 (p.125)

反 **set aside** 擱置 (p.312)

4. 占據（時間）

這個片語動詞還可以用來指「占據（時間）」，主詞通常是必須花很多時間處理的事務。相對地，如果某件事只須花一點時間，介副詞 "up" 就不應使用，例如："This will take only a few minutes."（這只需要幾分鐘的時間。）

例 My administrative duties **take up** far too much of my time.
　我的行政工作占據我太多的時間。

用法 **S + V + O**

普 **monopolize** [məˋnɑplˏaɪz] 動 獨占 | **drain** [dren] 動 使枯竭 | **consume** [kənˋsjum] 動 消耗

Talk is cheap. 光用嘴說誰都會。

這句話依字面來翻譯是「說是廉價的」之意，常用來諷刺人「光出一張嘴」、「光說不練」、「紙上談兵」，**頗具挑釁意味**，要求對方為其所言提出證明。

例 A: I could easily lift that barbell.
　　要舉起那個槓鈴對我來說易如反掌。

　B: **Talk is cheap.** Let's see you do it.
　　別光用嘴巴說。咱們瞧瞧你的能耐。

---

talk turkey 開誠布公地交談

"Talk turkey" 是「開誠布公地交談」之意，但為何用 "turkey"「火雞」這個字來表示「開誠布公」？其實這個說法的來源不明，許多人認為與美國人在感恩節時全家人聚在一起邊吃火雞邊談心有一定的關聯。

例 I'm glad everything's well with your family. Now, let's **talk turkey**.
　我很高興你的家人一切安好。現在，我們就有話直說吧。

普 **frankly discuss important matters** 坦白地討論重要的事
類 **get down to brass tacks** 談實質性問題 (p.162)

---

tapped (out) （錢）被花光

"Tap" 作名詞時是「水龍頭」、「塞子」、「栓子」的意思，當動詞用則有「從塞子放出（酒等）」、「由切口採取（樹汁）」、「開採（能源、礦產等）」之意。因此，這個片語的原意是「被放光、採光」，後被引申指「（錢）被花光」。（注意，"be tapped out" 的主詞是「人」。）

例 A: Can you lend me a few dollars?
　你能不能借我幾塊錢？

　B: I would, but I'm **tapped out** myself.
　我很願意，但是我的錢都花光了。

普 **out of money** 錢用光
類 **filthy rich** 非常有錢的 (p.150) | **loaded** [`lodɪd] 形 有錢的 (p.233)

tear up

1. 撕碎

"Tear" 是「撕」的意思，片語動詞 "tear up" 則指「撕碎」，對象通常是紙類的物品，如信、表格、文件、照片等。

例 Don't you dare **tear up** that letter.
　你敢把那封信撕碎試試看。

用法 S + V + O
普 **shred** [ʃrɛd] 動 撕成碎片
類 **rip up** 撕毀 (p.297)

2. 使非常難過

此片語動詞還被引申指「使（人）非常難過」，像整個人被「撕裂」般地難過。此時 "tear up" 的主詞通常是令人傷心的消息、新聞等，或令人不忍卒睹的景象。

例 Seeing the child cry **tore** me **up** inside.
　看到那個孩子在哭，我的心都碎了。

用法 S + V + O
普 **anguish** [`æŋgwɪʃ] 動 使極度痛苦 | **pain** [pen] 動 使苦痛

3. 拆除

"Tear up" 較具體的用法除了「撕碎」外，還有「拆除」。最常見的被「拆除」對象是房子，另外牆壁、人行道等也是可能的受詞。

例 Every time I turn a corner, construction crews are **tearing up** another street.
　每次我轉個彎都會看到建築工人在拆除另外一條街道。

用法 S + V + O
普 **demolish** [dɪ`malɪʃ] 動 拆毀 | **destroy** [dɪ`strɔɪ] 動 破壞

tell apart　分辨

"Tell" 的涵義除了一般認知的「告訴」外，還有「辨別」、「識別」的意思，片語動詞 "tell apart" 就是「分辨」之意，受詞通常是兩者或兩者以上的人事物。

例 Can you **tell** those twins **apart**?
　　那兩個雙胞胎你能分辨得出來嗎？

用法 S + V + O
普 **distinguish** [dɪˋstɪŋɡwɪʃ] 動 區別

---

test out　試用

"Test out" 就是指在商店「試用」商品，而「試乘」汽車的英文則要說成 "take a test drive"。另一常用來表達相同意思的片語是 "try out"，不過 "test out" 比較正式一些。

例 I'd like to **test out** this camera before I buy it.
　　在購買這台相機之前，我想先試一試。

用法 S + V + O
普 **evaluate** [ɪˋvæljuˌet] 動 評估
類 **try out** 試用 (p.366)

Thanks a million.　感激不盡。

這句話其實就是 "Thank you very much." 的意思，只是當中用了 "a million"「一百萬」來強調感激之情。事實上，平常用 "Thanks a lot." 也就達意了。

例 A: Your air conditioner should work fine now.
　　你的冷氣機現在應該沒問題了。
　 B: **Thanks a million.** I really appreciate your help.
　　感激不盡。真的很謝謝你的幫忙。

Thanks for nothing.　真是無以銘謝。

"Thanks for nothing." 用於對方無法幫上你的忙時，約等同於中文「真是無以銘謝」之意。注意，這句話多少有些衝，因此須謹慎使用。

例 A: Sorry, I can't help you.
　　抱歉，我幫不上忙。
　 B: **Thanks for nothing.**
　　真是無以銘謝。

Thanks for the lift. 謝謝你讓我搭便車。

"Give someone a ride" 或 "give someone a lift" 就是「讓某人搭便車」的意思，而當別人讓你搭便車後，你就可以對他／她說：　"Thanks for the ride." 或 "Thanks for the lift."。

例 A: **Thanks for the lift.**
謝謝你讓我搭便車。

B: You're welcome.
不客氣。

Thanks, but no thanks. 謝謝，不用了。

在這個句子中，"no thanks" 不是「不謝」的意思，而是指「不用」。（注意，「不謝」不能直譯成 "No thanks."，而應用 "You're welcome."、"Don't mention it."、"Not at all."、"My pleasure."、"Anytime." 等來表達。）

例 A: I can fix your computer for you.
我可以幫你修電腦。

B: **Thanks, but no thanks.** I'll get my brother to do it.
謝謝，不用了。我會叫我哥修理。

That works for me. 我 OK 啊。

這是一句很常見的話，在一般與專業場合都用得上。注意，"works" 在句中不指「工作」，而是「可行」之意。

例 A: How does 3:00 sound?
你覺得三點如何？

B: **That works for me.**
我 OK 啊。

That'll do it. 這樣就可以了。

與中文的用法相同，這句話可用在許多情境中以敘述「已完成某項工作、任務或表達需求等」，例如在店內點餐或修理東西時。

例 A: Would you like anything else?
您還需要什麼嗎？

B: No, thanks. **That'll do it.**
不用，謝謝。這樣就可以了。

That's (about) the size of it. 差不多就是這樣。

與 "That'll do it." 相同，"That's (about) the size of it." 可以用在各種不同的場合，意指「差不多就是這樣。」有時說話者的意思是 **"That's right."**，但並不想回答地太直接，此時這句話就能派上用場。

例 A: Then, you're saying you'll miss the deadline?
那，你是說你趕不上期限囉？

B: **That's the size of it.**
差不多就是這個意思。

That's a good one. （這個笑話）好好笑。

這句話用於當對方跟你講了一個笑話之後，意思是「（這個笑話）好好笑。」另外也可以用來諷刺對方所說的話很可笑，例如某人說想找人免費幫他 / 她架設網站時。

例 **That's a good one.** I'll tell it to my wife later.
這個好笑。待會兒我會說給我老婆聽。

That's a horse of another color. 那是另外一回事。

這個有趣的俗語歷史悠久，字面上的翻譯是「那是另外一種顏色的馬」，意指根據某件事的狀況改變或其他例子，處理的方式也隨之不同，也就是「那是另外一回事」的意思。

例 A: What if I paid in cash instead of by check?
如果我付現而不用支票的話呢？

B: **That's a horse of another color.** In that case, I'd give you a five percent discount.
那就另當別論了。如果那樣，我給你打九五折。

That's a new one on me. 我頭一次聽到。

在這個句子裡，"one" 指的是「某個消息」、「某種說法」，與 "That's a good one." 中的 "one" 所代表的不同意義。

例 A: Have you heard our company's headquarters may move to Atlanta?
你有沒有聽說我們公司要把總部搬到亞特蘭大？

B: No, I haven't. **That's a new one on me.**
沒有，我沒聽說。這是我第一次聽到。

That's all she wrote. 沒戲唱了。

 Track 57

"That's all she wrote." 原是三零年代末期美國的一首鄉村歌曲，其中提到了歌手女友寫給他的 "Dear John letter"「絕交信」，信中僅寥寥幾個字述說她即將離他而去，後來這句話就被用來表達「一切都完了」、「沒戲唱了」之意。

例 A: Business has been bad, and another pizza place is opening around the corner.
生意一直都很差，而且轉角又要開一家披薩店。

B: **That's all she wrote.** It's time to close shop.
沒戲唱了。該關門大吉了。

That's God's honest truth. 我發誓真的是這樣。

這句話是「我發誓真的是這樣」的意思。其中雖然提到了 "God"（上帝），但卻與宗教（信仰）無關，只是一種強調的說法。在英文中這類的表達方式不少，例如 "Oh my God!"（我的天啊！）、"Jesus!"（老天！）等。

例 A: Are you sure this is the man you saw rob the bank?
你確定這個就是你看到搶銀行的那個人嗎？

B: Yes, I am. **That's God's honest truth.**
是的，我確定。我發誓真的是他。

That's neither here nor there. 這毫不相干。

這句話是「這毫不相干」的意思，用於當你認為對方所說「並未搔到癢處」時。例如兩個餐廳合夥人在討論為何生意不佳時，甲說 "We could lower the price."（我們可以降價），乙可能回應 "That's neither here nor there. The problem is the taste, not the price."（這毫不相關。問題出在口味，而不是價格。）

例 A: Cindy is a very qualified secretary.
辛蒂是個相當合格的祕書。

B: **That's neither here nor there.** The problem is her attitude.
這根本是兩回事。問題是她的態度。

That's the last straw. 那簡直太過分了。

此說法源自一個相當普遍的俗語 "the straw that broke the camel's back"（壓垮駱駝的最後一根稻草）。當你要表達你已經到達你忍耐的極限時，就可以說："That's the last straw."（那簡直太過分了。）

例 A: Jessie borrowed your red shoes.

潔希借了妳的紅色鞋子。

B: **That's the last straw.** I'm going to talk to her about taking my things.

簡直太過分了。她老是拿我的東西，我要好好跟她談談。

That's the ticket. 這樣做就對了。

"That's the ticket." 是個很有趣的句子，"ticket" 在這裡指的並不是「車票」、「門票」、「罰單」等，整句話的意思其實是「這樣做就對了」，用來對別人所提出的想法、點子表示贊同。

例 A: Is this the type of pattern you were thinking of?

這是不是就是你在想的花樣？

B: **That's the ticket.** It's exactly what I want.

這樣做就對了。我就是要這個樣式。

That's the way the cookie crumbles. （沒辦法，）事情就是這樣。

"That's the way the cookie crumbles." 也是相當有趣的一句話。大家都知道餅乾（"cookie"）很容易碎（"crumble"），因此這句話被引申指「（沒辦法，）事情就是這樣」，用來叫人接受事實。換句話說，亦即 "That's just the way things go."。

例 Sorry to hear about your car. **That's the way the cookie crumbles.**

我聽說你車子的事了，我覺得非常遺憾。不過，事情就是這樣。

the 411 (four-one-one) 資訊

在美國或加拿大「411」是「查號台」的號碼，在俚語的用法中 "411" 被借用來指「資訊」、「消息」。（另，在美國「911」則是緊急事件的通報電話。）

例 What's **the 411** on the new highway? Are they building it or not?

那條新公路有沒有什麼消息？他們到底建不建？

普 **information** [ˌɪnfəˈmeʃən] 名 資訊 | **details** [ˈditelz] 名 詳細消息
類 **the scoop** 第一手消息 (p.355)

the bomb 太棒了

"Bomb" 原是「炸彈」的意思，但是說某人或某事物 "is the bomb" 卻是指他 / 她 / 它「太棒了」。"Bomb" 也有反義的用法。例如一部電影票房奇差，我們可以說 "It bombs." 或 "It was a bomb."（"bomb" 作動詞時，原意為「轟炸」。）因此，**請特別注意 "bomb" 之前到底是定冠詞（the）還是不定冠詞（a）**。

例 Mr. Riles is **the bomb**. I've never met such a cool teacher.

萊爾斯先生太棒了。我從來沒見過這麼酷的老師。

普 **something outstanding** 出色的事物

The handwriting is on the wall. 情況不妙。

這是個比喻的說法，意思是「情況不妙」、「有不好的預兆」，就好像有人早已把壞消息寫在牆上公告大眾似的。

例 **The handwriting is on the wall.** Our company is going to be taken over.

情況不妙。我們公司將會被接管。

The lights are on, but nobody's home.
心不在焉或腦袋有問題。

這也是個比喻性的說法。字面上是「燈開著，可是沒有人在家」的意思，卻被用來描述一個人「心不在焉」或是「腦袋有問題」。

例 A: Did you try talking to Bob?

你有沒有試著跟鮑伯談談？

B: I tried, but there is something wrong with that man. **The lights are on, but nobody's home.**

我試了，但是那傢伙有點不對勁。他腦袋有問題。

The more, the merrier. 多多益善。

這是個簡單的「雙重比較」句，意思是「愈多愈好」、「多多益善」，常見於「邀約」的對話中。例如聽到 "Do you mind if my sister comes with us?"（你介意我妹一起來嗎？），或是 "Can I go with you guys?"（我能跟你們一起去嗎？），皆可以這句話回應來表示歡迎加入。

例 A: Can my friend come?

我朋友可以來嗎？

B: Sure. **The more, the merrier.**

當然可以。人愈多愈好玩。

the pits 令人不爽的事

"Pit" 的原意是「坑」或指「（水果的）核」，兩者皆非令人愉快的事物，因此當我們說某件事 "is the pits"，意思就是說這件事「令人不爽」。

例 I've got to clean the whole house before I can go out. It's **the pits**.
我得把整間屋子都打掃乾淨之後才能出去。真是令人不爽。

普 **a shame** 倒霉 | **too bad** 太糟 | **an unfortunate situation** 不幸的情況

the scoop 最新資訊

"Scoop" 在新聞用語中指「獨家消息」，但是在生活口語中 "the scoop" 被用來指「說話者認為重要或有興趣知道的資訊」。如果只是一般的消息則應用 "the deal" 來表示，例如："What's the deal with Jack? Is he quitting or staying?"（傑克是怎樣？他是要辭職還是要留下來？）

例 What's **the scoop**? Were there any tickets left?
情況怎麼樣了？還有票嗎？

普 **the information**（想得到的）資訊 | **the latest news** 最新消息

The third time's the charm. 第三次會成功。

"The third time's the charm." 是「第三次會成功」的意思，在此 "charm" 指的是「魔力」。這句俗語並不是一種迷信，它主要是用來告訴對方，雖然已經失敗了兩次，不妨再試一次，說不定就會成功了。

例 A: Holly has already turned you down twice.
荷莉已經拒絕你兩次了。

B: I may still have a chance. **The third time's the charm.**
我說不定還有機會。第三次會成功。

The walls have ears. 隔牆有耳。

"The walls have ears." 即中文所講的「隔牆有耳」之意。當你不希望自己所說的話被人聽到時，就可以用這句話來提醒對方。

例 Be careful what you say. **The walls have ears.**
你講話得小心點。隔牆有耳。

There's no such thing as a free lunch. 天下沒有白吃的午餐。

這句話就是「天下沒有白吃的午餐」的意思，常被用來告誡人，人不可能不勞而獲；或用來提醒人，人家給你的好處遲早會跟你要回來。

例 A: I'll have to work months to save up for a guitar.
我得工作好幾個月才能存夠錢買吉他。

B: That's the way life goes. **There's no such thing as a free lunch.**
這就是人生。天下沒有白吃的午餐。

There's no use crying over spilled milk.
事情已經發生了，後悔也沒有用。

此諺語即「事情已經發生了，後悔也沒有用」之意；依情況解，有時也可譯成「覆水難收」。另，也可說成 "It's no use crying over spilt milk."，甚至 "No use crying over spilt milk."。

例 A: I am so, so sorry about breaking your plate.
我真的非常、非常抱歉把你的盤子打破了。

B: Never mind. **There's no use crying over spilled milk.**
沒關係。事情既然已經發生了，就不用再管它了。

There's nothing to it. 一點都不難。

"There's nothing to it." 是「（某事）一點都不難、很容易」的意思，用來鼓勵他人。句中的 "nothing" 指的就是「沒什麼」。

例 I'll show you how to use the forklift. **There's nothing to it.**
我教你怎麼用這台堆高機。一點都不難。

---

think about

1. 考慮……

這是一個常見的片語動詞，意思是「考慮」。如果某人要你做某事而你不想立刻答應，就可以說：“Let me think about it."（讓我考慮一下。）

例 Have you **thought about** what you're going to do after college?
你有沒有想過大學畢業後要做什麼？

用法 **S + V + O**
普 **consider** [kən`sɪdə] 動 考慮
類 **mull over** 深思熟慮（某事）(p.252)

2. 想念……

"Think about" 也能指「想念」，受詞可以是人也可以是事物（如家鄉）。

例 On cold winter nights, Jeffrey **thinks about** the small town he grew up in.
　　冬天晚上很冷的時候，傑福瑞會想念他童年生長的那個小鎮。

用法 **S + V + O**
普 **reminisce about** 回憶……

think up 想出

"Think up" 是「想出」的意思，受詞通常是某個點子（idea）、解決辦法（solution）、計畫（plan）。

例 Randy **thought up** a clever solution to the company's storage problems.
　　藍迪想出了一個解決公司倉儲問題的方法。

用法 **S + V + O**
普 **imagine** [ɪ`mædʒɪn] 動 想像 ｜ **invent** [ɪn`vɛnt] 動 發明 ｜ **create** [krɪ`et] 動 創造
類 **dream up** 構思出 (p.135)

This is me. （我）到（家）了。

這是非常有趣的一個俗語，意思是「（我）到（家）了。」如果有人陪你走或開車送你，當你的目的地（通常是你家）到了的時候，就能用上這句話。

例 A: **This is me.** It was nice walking with you.
　　我家到了。跟你一起走路蠻不錯的。

　B: You too. Maybe we'll see each other again.
　　我也覺得不錯。或許我們可以再見一次面。

thrash [θræʃ] **動** 打敗

這個俚語用字的原意是「痛打」，但也可以引申指「打敗」，尤其是在運動比賽中，例如：
"Our baseball team got thrashed."（我們的棒球隊被擊敗了。）

例 Mike got **thrashed** by that bully at school. We've got to do something before it happens again.
麥克在學校被那個惡霸痛打了一頓。在舊事重演之前我們得做些防範。

用法 S + V or S + V + O
普 **beat up** 毒打｜**handily defeat** 輕鬆打敗

thrashed [θræʃt]

1. **形** 筋疲力盡

"Thrash" 的過去分詞 "thrashed" 可用來指「筋疲力盡」。在你辛苦地工作了一整天之後，所有氣力都消耗殆盡，那種感覺和被痛打一頓相差應不遠。

例 I've been working since five this morning. I'm **thrashed**.
我從早上五點就一直在工作。我筋疲力盡。

普 **exhausted** [ɪɡˋzɔstɪd] **形** 精疲力竭

2. **形** 爛醉

"Thrashed" 還能用來指喝得「爛醉」，就好像被酒精打敗似的。

例 You should stop drinking. You're **thrashed**.
你不應該再喝了。你已經很醉了。

普 **extremely drunk** 極度地醉
類 **wasted** [ˋwestɪd] **形** 醉茫茫 (p.379)

threads [θrɛdz] **名** 衣服

衣服是布做的，而布匹乃由經與緯的紡線所構成，因此在俚語中 "threads" 就被用來指「衣服」。注意，與 "clothes" 相同，"threads" 也必須使用複數形。

例 Turn around so I can get a good look at your fancy **threads**.
轉個圈讓我仔細瞧瞧你這身漂亮衣服。

普 **clothes** [kloz] **名** 衣服｜**outfit** [ˋaʊt͵fɪt] **名** 行頭

Chat Time Track 58

A: Where'd you get the new **threads**?

B: At the flea market. Pretty **sweet**, huh?

A: Not bad. You've got this kind of disco look going.

B: Wait till my **parental units** see me. You know how conservative they
　　are. I bet they're gonna be **peeved**.

A: I doubt it. It's probably the same kind of clothes they used to wear.

翻譯

A: 你哪弄來這身新行頭？

B: 在跳蚤市場。蠻帥的，對吧？

A: 還不錯。你看起來就像在跳迪士可舞的人。

B: 我老爸老媽看到我穿這樣一定有得瞧。你知道他們有多保守。我跟你打賭，他們肯定會
　　很不高興。

A: 我不認為。他們以前大概就穿同樣的衣服。

---

throw away

Track 59

1. 丟掉

這個片語的意思就是「丟掉」、「扔掉」。如果你在商店裡想請店員幫你處理一些垃圾，你可以這樣詢問：“Can you please throw this away for me?"（能不能請你幫我把這個丟掉？）

例 Old Mr. Banks never **throws away** anything.

　　班克斯老先生從不丟掉任何東西。

用法 S + V + O

普 **toss** [tɔs] 動 扔

類 **throw out** 丟棄 (p.361)

2. 白白浪費；放過

“Throw away" 也有「白白浪費」、「放過」的意思，對象可以是好機會、友誼、一筆錢財等。

例 Are you sure you want to **throw away** this opportunity?

　　你確定你要放過這個大好機會嗎？

用法 S + V + O

普 **waste** [west] 動 浪費

throw down　幹架

此片語從字面上翻譯是「往下丟」之意，但是 "throw someone down" 是指「把某人摔倒在地上」，由此延伸，"throw down" 在俚語中變成「幹架」的意思。

例 You want to **throw down** with me? All right, tough guy, let's step outside.
你想跟我幹架嗎？好，硬漢，咱們到外面去。

用法 **S + V**
普 **fight** [faɪt] 動 打架

---

throw in

1. 丟進去

"Throw in" 是「丟到⋯⋯裡面」的意思，"in" 後面接的通常是某種容器，例如 basket（籃子）、bucket（水桶）、box（盒子）等。

例 **Throw** your pants **in** the basket. I'll wash them later.
把你的褲子丟到籃子裡面。我待會兒會洗。

用法 **S + V + O**
普 **toss** [tɔs] 動 扔

2. 增添；外加

此片語也有「增添」、「外加」的意思，而這個用法多用於作買賣的情境。當你在跳蚤市場等可議價的地方購物時，可能會聽到顧客這樣說：“Twenty dollars seems kind of high. Throw in the red candleholder, and you've got a deal.”（美金二十塊似乎有點貴。你加送這個紅色燭台，我就買。）

例 If you buy the microwave oven, I'll **throw in** a set of dishes.
如果你買微波爐，我就附送一組盤子。

用法 **S + V + O**
普 **include** [ɪn`klud] 動 放進去
反 **take away** 拿走 (p.340)

---

throw in the towel　認輸；放棄

此慣用語源自拳擊場上：如果一方選手明顯已經輸得很慘，他／她的隊友、教練可將毛巾丟到擂台上表示「認輸」；如今也能用在拳擊場以外的許多場合，除了「認輸」之外，還可以指「放棄」。

例 You're only ten points behind. Don't **throw in the towel** yet.

你只落後十分。不要現在就認輸。

普 **give up** 放棄 (p.172) ｜ **quit** [kwɪt] 動 退出

Chat Time
▶ Track 60

A: I can't keep rowing. I'm going to **throw in the towel**.

B: You've got to be **pulling my leg**. There's only a hundred yards to go.

A: I shouldn't even be doing this. I'm **no spring chicken**, you know.

B: Stop talking like an old man. I'm older than you are, and I'm out here rowing hard.

A: You don't need to **rub salt in the wound**. All right, all right, let's finish the race.

翻譯

A: 我沒辦法再划了，我要放棄了。

B: 你一定是在開我玩笑。才剩一百碼而已。

A: 我根本就不應該這麼做的啊。你知道，我年紀已經不小了。

B: 別說得好像你多老似的。我年紀還比你大，我照樣划。

A: 你就不要在別人的傷口上灑鹽了吧。好啦，好啦，我們把這場比賽划完吧。

throw out
▶ Track 61

1. 丟出去

把東西從室內丟到外面，英文就用 "throw something out" 來表達。

例 Did you just **throw** something **out** the window?

你剛是不是把什麼東西丟出窗外？

用法 S + V + O

普 **toss outside** 丟到外面

2. 丟棄

"Throw out" 也有「丟棄」的涵義，也就是將垃圾等不要的物品丟進垃圾桶裡的這個動作。

例 You shouldn't **throw out** those bottles. We can recycle them.

你不應該把那些瓶子丟掉。我們可以回收再利用。

用法 S + V + O

㊂ **dispose of** 處理

㊙ **throw away** 丟掉 (p.359)

3. 趕出去

此片語動詞的對象如果是人，就指「趕出去」，例如：“The owner threw the beggar out of the store.”（店家把那個乞丐趕出店外。）

例 We had to **throw** Jane **out**. She was arguing with all the housemates.
我們必須把珍趕出去。她老是跟其他的室友吵架。

用法 S + V + O

㊂ **force out** 逼出去 ｜ **evict** [ɪ`vɪkt] **動** 逐出

thumb a ride 搭便車

大家應該都在電影或電視上看過，在美國 hitchhikers（搭人便車的旅行者）走在大馬路上伸出手豎起大拇指（“thumb”）要 “hitchhike”「搭人便車旅行」的景象。“Thumb a ride” 指的就是這個意思。

例 A: How are you going to get there?
你要怎麼到那兒去？

B: I'll **thumb a ride**.
我會搭人家的便車。

㊂ **hitchhike** [`hɪtʃ,haɪk] **動** 搭便車旅行

ticked (off) 很不高興

“Tick” 是「（鐘錶）滴答滴答響」的意思，而說某人 “is ticked off” 指的就是他／她「很不高興」，有如一個定時炸彈（“time bomb”）時間到了而爆炸一樣。

例 I'm **ticked off** about that paperboy. He keeps throwing the paper into our garden.
我對那送報生很不爽。他老把報紙丟到我們的花園裡。

㊂ **very angry** 非常生氣

㊙ **peeved** [pivd] **形** 惱怒的 (p.272) ｜ **steamed** [stimd] **形** 憤怒的 (p.332)

tie the knot 結為連理

在西方 "knot"「結」是結婚的象徵，因此 "tie the knot"（字面上的意思是「打結」）就被用來指「結為連理」。

例 When are you two going to **tie the knot**?
　你們兩個什麼時候會結為連理？

普 **get married** 結婚

tight [taɪt]

1. 形 超讚

"Tight" 一般作「緊」解，但是在俚語中被用來指「超正點」，只要是你覺得很正點、很酷的事物都可以用這個字來形容。

例 I can't believe you won a trip to the Bahamas. That is so **tight**.
　我真不敢相信你贏得了到巴哈馬的旅行。真是超讚的。

普 **excellent** [ˋɛkslənt] 形 極優的 | **fantastic** [fænˋtæstɪk] 形 極棒的
類 **fly** [flaɪ] 形 炫 (p.152) | **wicked** [ˋwɪkɪd] 形 超炫 (p.386)

2. 形 吝嗇；小氣

此俚語用字還可用來指「吝嗇」、「小氣」。這個用法的由來與所謂 "tight with the purse strings"（荷包看得很緊）有關。

例 It's only $5. Just for once, don't be so **tight**.
　只是美金五塊錢。就這麼一次，別那麼小氣。

普 **miserly** [ˋmaɪzəlɪ] 形 吝嗇 | **cheap** [tʃip] 形 小氣

Time flies when you're having fun. 快樂的時光總是過得特別快。

"Time flies" 是「時光飛逝」的意思，當人玩得開心的時候總會覺得時間過得飛快（ "Time flies when you're having fun." ）相反地，當你不愉快時就感覺度日如年（ "Time crawls when you're not having fun." ）

例 A: It's already 12:30.
　　已經十二點半了。

　B: That late? **Time flies when you're having fun.**
　　這麼晚了？快樂的時光總是過得特別快。

Time is of the essence.　時間緊迫。

"Of the essence" 是「極重要的」之意，因此這句話就是指「時間是極重要的」，通常用在「時間緊迫」之時。雖然這句話是在催促他人動作加快，但是並不會讓人覺得不耐煩或無禮。

例 We must finish the experiment in two minutes. **Time is of the essence.**
　　我們必須在兩分鐘內完成實驗。時間緊迫。

To each one's own.　人各有志；各有所好。

依情況不同，這句話可譯成「人各有志」或「各有所好」，主要用來表達每一個人的想法、看法、感覺都不一樣，沒有必要一定要他人順著我們的意思行動或處理事情。

例 A: Joyce puts ketchup on her ice cream. It's disgusting.
　　喬伊絲把番茄醬加在她的冰淇淋上面。好噁心。

　　B: **To each one's own.**
　　青菜蘿蔔，各有所愛。

類 **Suit yourself.** 隨你便。 (p.336)

toast [tost] 形 完蛋了

"Toast" 一般指「烤麵包」（注意，"toast" 並非「吐司麵包」），當動詞用時則指「烤」，但在俚語中說某人 "is toast" 時，意思其實是「完蛋了」。

例 My car broke down, and I've got no way to get to work. I'm **toast**.
　　我的車拋錨了，沒有辦法去上班。我完蛋了。

普 **in trouble** 有麻煩 | **facing a reprimand** 會被處罰
類 **busted** [`bʌstɪd] 形 完了 (p.93) | **up a creek** 事情大條了 (p.373)

tongue in cheek　開玩笑地

"Tongue in cheek" 原指說笑時用舌頭頂住臉頰內側使其突出，讓旁人知道你在說笑，但當事人並不知情的一個動作，今日則被直接用來指「開玩笑地」。

例 From the look on Rob's face, it was clear he made those comments **tongue in cheek**.
　　從羅布臉上的表情可以清楚地知道，他說那些話是在開玩笑。

普 **jokingly** [`dʒokɪŋlɪ] 副 開玩笑地

tool [tul] 名 驢蛋

此字原意為「工具」，說某人是 "tool" 在俚語中是指他 / 她是個「驢蛋」、「蠢蛋」，或者是「討厭鬼」。

例 That guy's a **tool**. He thinks he's popular, but nobody likes him.

那傢伙是個驢蛋。他以為他很受歡迎，但是根本沒有人喜歡他。

普 **trouble maker** 麻煩製造者 ｜ **unsociable person** 令大家討厭的人

類 **dope** [dop] 名 笨蛋 (p.133) ｜ **jerk** [dʒɜk] 名 討厭鬼 (p.214) ｜ **meathead** [`mit,hɛd] 名 大笨蛋 (p.246)

---

toot one's own horn 自吹自擂

"Horn" 在此指的是「號角」，"toot one's own horn" 與中文的「大吹法螺」有異曲同工之妙，也就是說一個人「自吹自擂」的意思。

例 I don't mean to **toot my own horn**, but I'm a pretty good football player.

我無意自吹自擂，但是我足球踢得蠻好的。

普 **praise oneself** 讚美自己 ｜ **boast** [bost] 動 吹噓

---

track down 追查出（某人的下落）

"Track" 指「追蹤」，而 "track down" 有「追查出」的意思，"track someone down" 則指「查出某人的下落」。

例 Give me a few days, and I'll **track** him **down**.

給我幾天的時間，我會查出他的下落。

用法 **S + V + O**

普 **locate** [lo`ket] 動 找出下落

---

trip (out) 因生氣而失去理智

脾氣火爆的人很容易 "trip out"「因生氣而失去理智」，常會為了一些小事就暴走。

例 You don't need to **trip out**. I'm just telling you what I heard.

你沒有必要那麼生氣。我只是把我聽到的告訴你。

用法 **S + V**

普 **overreact** [,ovɚrɪ`ækt] 動 反應過度 ｜ **lose your composure** 失去你的沉著

類 **go bananas** 情緒失控 (p.173) ｜ **flip out** 抓狂 (p.152)

反 **chill out** 冷靜下來 (p.107)

troll [trol] 名 白目

"Troll" 原指北歐神話裡的妖怪，今日在俚語中用來指令人討厭、專找麻煩的「白目」。另，這個字也可以指故意在網路聊天室或論壇上亂放話、讓人反感的「小白」。

例 A couple of guys at work are nothing but **trolls**. They sit there and look for ways to cause trouble.

辦公室裡有幾個傢伙根本就是白目。他們只會坐在那兒等著找麻煩。

普 **anti-social person** 反社會的人｜**trouble maker** 麻煩製造者

Try me. 你試試看；你說說看。

假設有 A、B 兩個人在對話。當 A 不認為 B 會相信或回答他／她所說的話時，B 就可以用這句話來回應 A。

例 A: You'll never know the answer to this question.

你一定不會知道這個問題的答案。

B: **Try me.**

你說說看。

---

try on 試穿；試戴

此片語是「試穿」、「試戴」的意思，受詞通常是衣服類的物品，如帽子、腰帶等；或首飾，如戒指、耳環等。

例 I have got to **try on** that dress.

我一定要試試那件洋裝。

用法 **S + V + O**

普 **wear** [wɛr] 動 穿；戴

---

try out

1. 嚐嚐看；試用

"Try out" 可以指「嚐嚐看」（對象為食物類），或「試用」（對象多為商品）。

例 **Try out** my salad dressing and tell me what you think.

你嚐嚐我做的沙拉醬，然後告訴我你的意見。

用法 **S + V + O**

普 **sample** [`sæmpl] 動 品嚐｜**test** [tɛst] 動 測試

類 **test out** 試用 (p.349)

2. 參加選拔

此片語也可用來指「參加選拔」，在選拔的項目之前須加介系詞 "for"。注意，不能說 "try out for a job"，此時應用 "interview for a job"（面試一項工作）。

例 Lola **tried ou**t for the swim team, but she didn't make it.
　蘿拉參加了游泳隊的選拔，但是沒被錄取。

用法 S + V or S + V + O
普 audition [ɔ`dɪʃən] 動 試演；試唱等

---

turf [tɝf] 名 地盤　　　🔊

"Turf" 原意是「草皮地」，但在俚語中指的卻是「地盤」，也就是幫派的占據或活動區域。在幫派電影中常聽到的 "turf war" 就是「黑道為爭地盤而引發的爭鬥」。

例 Hey, kid, this is our **turf**. You better have a good reason for being here.
　嘿，小子，這是我們的地盤。你在這裡出現最好能有個好理由。

普 **territory** [`tɛrə,torɪ] 名 領土 ｜ **area** [`ɛrɪə] 名 地域
類 **hood** [hʊd] 名 地盤 (p.195)

---

turn down

1. 回絕

"Turn down" 可用來指「回絕」、「拒絕」。

例 It's a shame you were **turned down** for the loan.
　很可惜你的貸款遭拒。

用法 S + V + O
普 **reject** [rɪ`dʒɛkt] 動 拒絕

2. 將音量轉小聲；將亮度等調低

此片語動詞還可以指「（將電視、音響等）轉小聲」，以及「將（螢幕等的）亮度調低」。

例 **Turn** the TV **down**. I want to go to sleep.
　把電視關小聲點。我要睡覺。

用法 S + V + O
普 **reduce the volume** 降低音量
反 **turn up** 轉大聲 (p.370)

367

turn in

1. 繳交

"Turn in" 有「繳交」的意思，受詞常是 homework（功課）、paper（報告）、application（申請書）等。

例 All but one of the students **turned in** their homework.
全部只有一個學生交了作業。

用法 **S + V + O**

普 **submit** [səb`mɪt] 動 提交

反 **hand out** 發放

2. 上床睡覺

當一個人說他 / 她想 "turn in"，是表示他 / 她累了、想睡覺了。如果你和朋友出去玩，累了一天想早點休息，就可以跟大家說："I'm going to turn in early today."（今天我要早點去睡覺。）

例 It's getting late. You girls better **turn in**.
時候不早了。妳們幾個女孩該上床睡覺了。

用法 **S + V**

普 **get ready for sleep** 準備就寢

3. 轉進去

"Turn in" 較字面的意思是「轉進去」，通常是指車子的行進方向。

例 **Turn in** up ahead. I want to go into that store.
前面轉進去。我要去那家店。

用法 **S + V**

普 **enter** [`ɛntə] 動 進入

turn off

1. 關掉（電器用品）

"Turn off" 指「關掉（電器用品）」，電玩、電視、電腦、電燈等都是常見的受詞。

例 If you're done watching TV, please **turn it off**.
如果你看完了電視，請把它關掉。

用法 **S + V + O**

普 **cut the power** 切斷電源 ｜ **power down** 關掉電源

類 **shut off** 關閉 (p.317) ｜ **switch off** 關閉電源 (p.338)

反 **switch on** 打開電源 (p.338) ｜ **turn on** 打開 (p.369)

2. 離開一條路（而走上另一條路）

此片語動詞還有「離開一條路（而走上另一條路）」的意思。

例 According to this map, we should **turn off** this street just up ahead.

根據這張地圖，我們應該在前面一點就離開這一條街。

用法 **S + V + O**

普 **leave** [liv] 動 離開

turn on

1. 打開（電器用品）

相對於 "turn off" 的片語就是 "turn on"，意即「打開（電器用品）」。

例 I'll **turn on** the outdoor patio lights.

我去把外面露台的燈打開。

用法 **S + V + O**

普 **power on** 開啓電源

類 **switch on** 打開電源 (p.338)

反 **shut off** 關閉 (p.317) ｜ **turn off** 關掉 (p.368)

2. 衝著……而來；攻擊……

"Turn on someone" 指「衝著某人而來」或「攻擊某人」，主詞可以是人，也可以是動物，例如一隻兇猛的狗。

例 For no reason at all, she **turned on** me and started screaming and yelling.

也不知道為什麼，她衝著我來並開始尖叫、大吼。

用法 **S + V + O**

普 **attack** [ə`tæk] 動 攻擊

3. 背叛

"Turn on someone" 也有「背叛某人」的意思。如果有人在你得意、風光的時候支持你，在你不得志、失意的時候 "turn on you"，這種人稱之為 fair weather friend（酒肉朋友）。

例 The politician's so-called allies **turned on** her when it came time to vote.

那個政治人物的所謂盟友在要投票的時候背叛了她。

用法 **S + V + O**

普 **betray** [bɪˋtre] 動 背叛；出賣

---

turn over a new leaf 改過自新；重新開始

"Leaf" 在這裡指的是書的一張（兩面），不過 "turn over a new leaf" 是個比喻的說法，意指「改過自新」、「重新開始」，就像把書翻到全新的一頁。

例 After thirteen years in prison, John was ready to **turn over a new leaf**.

在坐了十三年牢之後，約翰已經準備好重新做人。

普 **reform oneself** 改造自己 | **try to become a better person** 試著成為一個更好的人

---

turn up

1. （將音量、溫度、水壓等）調大或調高

"Turn up" 即 "turn down" 的相反詞，意思就是「（把音量、溫度、水壓等）調大或調高」；「對人施壓」可以 "turn up the pressure on someone" 來表達。

例 Is there any way to **turn up** the water pressure?

有沒有什麼辦法可以把水壓調高？

用法 **S + V + O**

普 **increase** [ɪnˋkris] 動 增大

反 **turn down** 調小；調低 (p.367)

2. 發現；找到

此片語動詞也能指「發現」、「找到」，被 "turned up" 的對象通常是原來不知道的一些事實。

例 The investigation **turned up** some very interesting information.

該項調查找到了一些非常有趣的資料。

用法 **S + V + O**

普 **reveal** [rɪˋvil] 動 揭露

3. 現身

這個片語還有「現身」、「出現」的意思，主詞可以是人或東西。

例 Just when Mark was about to go home, his date finally **turned up**.

就在馬克準備要回家的時候，他的女朋友才終於現身。

用法 S + V

(普) **appear** [ə`pɪr] 動 出現 ｜ **arrive** [ə`raɪv] 動 到達

---

twisted [`twɪstɪd] 形 變態的；不正常的

"Twist" 是「扭」、「擰」的意思，也可以用來指「扭曲」、「歪曲（事實等）」。而 "twisted" 除了作為原動詞的過去分詞外，也常被用來表達「變態的」、「不正常的」之意。

例 You're **twisted**. How do you come up with ideas like that?

你好變態。你怎麼會想出那樣的點子？

(普) **grotesque** [gro`tɛsk] 形 怪誕的 ｜ **disturbing** [dɪ`stɜbɪŋ] 形 令人不安的
distorted [dɪs`tɔrtɪd] 形 扭曲的
(類) **freaky** [`frikɪ] 形 怪異的 (p.156)

Two heads are better than one. 三個臭皮匠勝過一個諸葛亮。

這個諺語按字面解釋是指「兩個腦袋比一個強」，與中文所謂「一人計短，二人計長」的意思不謀而合，換成一般通俗的說法就是「三個臭皮匠勝過一個諸葛亮」。

例 A: Let's work on this case together.

這個案子咱們一起做吧。

B: Good idea. **Two heads are better than one.**

好主意。三個臭皮匠勝過一個諸葛亮。

---

two-faced [`tu`fest] 形 兩面（派）的

此字的涵義非常明顯，即中文的「兩面（派）的」。說一個人是 "two-faced" 就是說他／她是個「雙面人」，人前一張臉，人後又是另一張臉。

例 Bob's a **two-faced** jerk. I shouldn't have talked to him about our boss.

鮑柏是個令人討厭的雙面人。我真不應該跟他講我們老闆的事。

(普) **opportunistic** [ˌɑpətjuˈnɪstɪk] 形 投機取巧的
untrustworthy [ʌnˈtrʌstˌwɜθɪ] 形 不值得信賴的

type up 打字

"Type up" 就是「（用打字機或電腦）打字建檔」的意思。如果是用手寫就說成 "write by hand"。

例 Our teacher said we have to **type up** our book reports.
我們老師說我們的讀書報告必須用打字的。

用法 S + V + O

普 **input with a keyboard** 以鍵盤輸入

Chat Time ▶ Track 63

A: I finally finished my essay. Now, I just have to **type** it **up**.

B: When do you need to **turn** it **in**?

A: Tomorrow. I'll probably have to **stay up** late tonight.

B: Why didn't you start earlier?

A: I did. It took me a long time to **sort out** all of my ideas and write the essay.

翻譯

A: 我終於把我的報告寫好了。現在我只需要把它打字成檔。

B: 你什麼時候要交？

A: 明天。我想我今晚得熬夜了。

B: 你怎麼不早點準備？

A: 我有啊。整理所有的想法並寫出那篇報告花了我很多時間。

U

up a creek　事情大條了

▶ **Track 64**

此俚語說法是由 "up a creek without a paddle" 簡化而來。"Up a creek without a paddle" 是「逆溪而上卻沒有槳」的意思，比喻「碰到大麻煩」、「事情大條了」。

例 One of the machines broke down yesterday. We need to get it repaired soon, or we'll be **up a creek**.

機器昨天壞了一個。我們必須趕緊把它修好，否則事情就大條了。

普 **in trouble** 有麻煩

類 **toast** [tost] 形 完蛋了 (p.364)

---

up against the clock　跟時間賽跑

"Up against" 是「對抗」的意思，如果你是 "up against the clock" 就表示你在「跟時間賽跑」，也就是說，你所剩的時間不多了，必須分秒必爭。

例 "Listen up everybody," the bureau chief said. "We're **up against the clock**, so get moving faster!"

「各位請注意」，局長說：「我們在跟時間賽跑，所以請大家動作快一點。」

普 **short on time** 時間不夠 | **in a hurry** 匆忙

---

up in the air　懸而未決

"In the air" 指「在空中」，當一件事、一個計畫等 "is up in the air" 就是說「塵埃尚未落定」，該件事、計畫「懸而未決」之意。

例 The actor said his future plans were **up in the air**.

那個演員說他未來的計畫還不是很明確。

普 **unsettled** [ʌnˋsɛtld] 形 尚未決定 | **not yet finalized** 還沒有定下來

---

upchuck [ˋʌpˌtʃʌk] 動 嘔吐

"Chuck" 是「抛」、「扔」的意思，因此 "upchuck" 當然有「往上抛或扔」的意思，不過在俚語用法是指「嘔吐」，也就是說人在嘔吐的時候，胃裡的食物被往上「抛」。

例 Sylvia was so drunk, she **upchucked** on herself without even realizing it.
施薇亞喝得爛醉，她吐了自己一身都不知道。

用法 **S + V or S + V + O**
普 **vomit** [`vamɪt] 動 嘔吐
類 **barf** [bɑrf] 動 嘔吐 (p.71) | **ralph** [rælf] 動 嘔吐 (p.292)

upset the applecart 打亂或破壞（某人的）計畫或安排

"Applecart" 指「蘋果小販的手推車」，因此 "upset the applecart" 就是「推倒載蘋果的推車」之意，不過在日常生活中當人們說此慣用語時，他們的意思是「打亂或破壞（某人的）計畫或安排」。

例 Inviting Larry here was a mistake. He's sure to **upset the applecart**.
邀請賴瑞來是個錯誤。他肯定會打亂我們的原訂計畫。

普 **disrupt a plan or situation** 破壞某計畫或狀況
類 **rock the boat** 搗亂 (p.297)
反 **play ball** 合作 (p.276)

use up 用完

"Use" 是「用」的意思，"use up" 則指「用完」、「用光」，在其受詞前常用 "all" 來加強語意，例如："I have used up all my energy."（我的精力全部用光光了。）

例 I'm afraid I **used up** all the butter this morning.
今天早上我恐怕把所有的奶油用完了。

用法 **S + V + O**
普 **exhaust** [ɪg`zɔst] 動 用盡
類 **run out** 用光

Use your head. 用你的腦袋想想。

這句話的言中之意相當明顯，就是要對方「用腦袋想一想」。不過與中文的用法相同，**和人這麼說多少有些不禮貌，所以在使用時須確定不會造成對方不愉快。**

例 A: If we need money, we can write a check.
如果我們需要錢，可以開支票。

B: **Use your head.** We've got no money in the bank. The check won't clear.
用你的腦袋想想。我們銀行裡沒有錢。支票根本不能兌現。

V

Variety is the spice of life. 豐富多彩乃生活情趣之所在。 ▶ Track 65

"Variety" 是「變化」、「多樣性」的意思，而 "spice" 則指「調味品」。這句話較直接的翻譯是「變化是生活的調味品」，表達則是「豐富多彩乃生活情趣之所在」。

例 A: We had Mexican food last week. Let's try Indian food tonight.
　　我們上週吃墨西哥菜。今天晚上我們試試印度菜。

　B: Sounds good. **Variety is the spice of life.**
　　聽起來不錯。豐富多彩乃生活情趣之所在。

veg (out) 沒做什麼事；什麼事都不做

"Veg" 是 "vegetable" 的簡縮，作動詞用，所謂 "veg" 或 "veg out" 指的是「沒做什麼事」或「什麼都不做」。注意，"vegetable" 除了「蔬菜」外，還可指「植物人」。此外，"vegetable" 的另一相關字 "veggie" 可以指「蔬菜」或「素食者」。

例 It's too hot to go outside. I'm gonna sit here and **veg** for a while.
　天氣太熱了不適合出去。我打算就坐在這裡，什麼都不做。

用法 S + V
普 **pass the time (doing nothing)** 消磨時間（什麼都不做）
類 **hang out** 打發時間 (p.181)

W

wait for　等候……

▶ Track 66

"Wait" 是「等」的意思，為不及物動詞，若要表示「等候」、「等待」什麼，必須先加介系詞 "for"，而「等候」或「等待」的對象可以是人，也可以是事物，如公車、火車等。

例 Should we **wait for** Rick or leave now?
　我們是該等瑞克呢？還是現在就動身？

用法 S + V + O
普 **await** [ə`wet] 動 等候｜**anticipate** [æn`tɪsə,pet] 動 期待

wake up

1. 醒來

"Wake" 是「醒」的意思，而 "wake up" 則指「醒來」。注意，"wake someone up"（及物用法）則指「叫醒某人」。

例 Because his alarm didn't go off, Bob didn't **wake up** until 9:30.
　因為鮑伯的鬧鐘沒有響，所以他一直睡到九點半才醒來。

用法 S + V or S + V + O
普 **get up** 起床｜**get out of bed** 下床
反 **nod off** 不知不覺睡著了 (p.257)

2. 覺醒

"Wake up" 也可以指「覺醒」。與中文的用法相同，通常用來指從看不清或不願意接受事實的狀況「清醒」或「甦醒」過來。

例 When are you going to **wake up** to the truth about what's happening?
　你什麼時候才會覺醒看清楚事實上到底發生了什麼事？

用法 S + V or S + V + O
普 **accept** [ək`sɛpt] 動 接受｜**become aware of** 發覺到……

walk around　四處走走

"Walk around" 是「四處走走」的意思，可作不及物用，也可作及物用，其後直接加上地方，例如 a mall（購物商場）、a store（商店）、the city（城市）等。

例 You two go inside. I'm going to **walk around** some more.

你們兩個先進去。我要四處再多走走。

用法 **S + V or S + V + O**

普 **stroll** [strol] 動 散步

---

wannabe [ˋwɑnəbɪ] 名 想成為或自封為……的人；自以為了不起的人

"Wannabe" 是 "want to be" 自然唸出時的發音拼法，但作名詞用，意思是「想成為或自封為……的人」或是「自以為了不起的人」。注意，此俚語用字也可作形容詞用，例如："He is just a wannabe NBA player."（他只不過是個自封的 NBA 選手。）

例 Look at those **wannabes**. They think they're the coolest kids on campus.

瞧那幾個自以為了不得的傢伙。他們自認是校園裡最酷的小孩。

普 **pretender** [prɪˋtɛndə] 名 偽裝者 | **fraud** [frɔd] 名 假貨

類 **poser** [ˋpozə] 名 裝模作樣的人 (p.278)

---

warm up

1. 弄熱

"Warm" 作動詞用時指「使變熱」，而片語 "warm up" 可指「（把食物）弄熱」。

例 Would you like me to **warm up** that pie for you?

要不要我幫你把那個派弄熱？

用法 **S + V or S + V + O**

普 **heat** [hit] 動 熱（食物等）

類 **heat up** 加熱 (p.189)

反 **cool off** 冷卻 (p.119)

2. 變暖和

此片語作不及物動詞用時指天氣「變暖和」。另，汽車或建築物等在把暖氣系統打開之後也會 "warm up"。

例 It usually **warms up** at around 11:00 or 12:00 in the morning.

早上十一點到十二點的時候通常會變暖和。

用法 **S + V**

普 **become hotter** 變比較熱

W

在做較激烈的運動前，通常要先 "warm up"（做暖身運動），以避免抽筋或其他的傷害。

例 The football players did some stretching to **warm up** before the game.
那幾名足球選手在比賽前做伸展運動以暖身。

用法 **S + V or S + V + O**

普 **loosen up** 放鬆（肌肉）| **stretch** [strɛtʃ] 動 伸展

---

wash out

1. 洗掉

衣服等若沾到汙漬就需要好的洗潔劑來將之 "wash out"（洗掉）。若是該汙漬「洗不掉」，就可以說： "It wouldn't come out."

例 I'm not sure I can **wash out** this stain.
我不確定我能把這個汙漬洗掉。

用法 **S + V + O**

普 **clean** [klin] 動 除去汙垢
類 **rinse out** 沖洗掉 (p.296)

2. 沖毀

淹水或下豪雨時，道路、橋樑常會被「沖毀」，此時我們可以說： "It's washed out." 或 "It's washed away."。

例 The bridge was **washed out** by the large flood.
那座橋被大水給沖毀了。

用法 **S + V or S + V + O**

普 **sweep away** 沖走

3. 因雨取消

此片語動詞還有因雨取消的用法，例如： "The baseball game yesterday was washed out."（昨天的棒球賽因下雨而取消。）

例 Unfortunately, the outdoor reception was **washed out**.
很不幸地，戶外的歡迎會因雨而取消。

用法 **S + V**

普 **cancel** [`kænsl] 動 取消

wasted [`westɪd]

1. 形 筋疲力盡

"Waste" 的原意是「浪費」，但在俚語中其過去分詞 "wasted" 被拿來作形容詞用，指「筋疲力盡」。

例 You look **wasted**. Did you have a hard day?
你看起來筋疲力竭。今天很辛苦嗎？

普 **exhausted** [ɪg`zɔstɪd] 形 筋疲力竭

2. 形 醉茫茫的

"Wasted" 還可用來指喝得「醉茫茫的」，此用法有時有「故意」放縱自己而喝醉的意涵。

例 Every time Greg and Ted go to a bar, they both get completely **wasted**.
每一次葛雷哥和泰德上酒吧，他們都會喝得醉醺醺的。

普 **very drunk** 非常醉
類 **loaded** [`lodɪd] 形 酩酊大醉 (p.233) ｜ **plastered** [`plæstəd] 形 爛醉如泥 (p.275)

Watch your back. 小心點。

"Watch your back." 直譯為「注意你的背後」，有「小心暗箭」的意涵。一般可用來叫人「留神一些」、「小心一點」。

例 That's a dangerous neighborhood. **Watch your back.**
那是個危險的地區。留神點。

weak [wik] 形 很遜的

這個字本身是「弱」的意思，在俚語中被用來指令人覺得「很遜的」，**主詞則通常是事物而非人**，例如某人的意見、評論等。

例 A: Does anyone want to watch the documentary?
有沒有人要看這部紀錄片？

B: Man, that's **weak**. It'll put me right to sleep!
拜託，看那東西有夠遜。我一定一下就睡著了！

普 **disagreeable** [ˌdɪsə`griəbl] 形 令人不愉快的 ｜ **unworthy** [ʌn`wɜðɪ] 形 不值得的
lousy [`lauzɪ] 形 很糟的
類 **lame** [lem] 形 無說服力的 (p.224)

wear off 慢慢消退

"Wear" 除了「穿」之外，還可以用來指「磨損」，而片語動詞 "wear off" 即與第二個意思有關，指的是「慢慢消退」。

例 The effects of the medicine took several hours to **wear off**.
那個藥的藥效幾個鐘頭後慢慢地消退。

用法 S + V
普 **fade** [fed] 動 消退 ｜ **dissipate** [ˋdɪsəˌpet] 動 消散

wear out

1. 穿破；用壞

衣服鞋子穿久了會破、東西物品用久了會壞，此片語動詞表達的就是這一類的狀況。

例 I've already **worn out** these cheap shoes.
這雙便宜的鞋子我已經穿破了。

用法 S + V + O
普 **wear down** 用舊 ｜ **go through** 用完；用壞

2. 耗盡體力、精神

這個片語還有「耗盡體力、精神」的意思，例如在工作了一整天之後，你就可以說："I'm totally worn out."（我已經精疲力竭了。）

例 All that walking **wore** me **out**.
走那麼多路簡直累死我了。

用法 S + V or S + V + O
普 **exhaust** [ɪgˋzɔst] 動 使精疲力竭 ｜ **tire** [taɪr] 動 使疲憊

weasel [ˋwizl] 名 狡猾的人

"Weasel" 就是「黃鼠狼」，與中文說的「黃鼠狼給雞拜年」的意涵相似，在英文中說一個人是 "a weasel" 意即此人「很狡猾」。

例 From the look in his eyes, I knew he was a **weasel**.
從他的眼神我就知道他是個狡猾的傢伙。

普 **betrayer** [bɪˋtreə] 名 背叛者 ｜ **untrustworthy person** 靠不住的人
類 **slimeball** [ˋslaɪmˌbɔl] 名 不可靠的人 (p.319) ｜ **snake** [snek] 名 陰險的人 (p.321)

weirdo [ˋwɪrdo] 名 怪人　　　

"Weirdo" 由形容詞 "weird"（怪異的）加 "o" 而來，變成名詞「怪人」。另一個類似意思的字 "whacko" 則由 "whack"（很不對勁的）加 "o" 而來。事實上，還有一個相關字 "sicko" 也是由同一模式衍生而來："sick"（變態的）加 "o"。

例 Jake's a nice guy, but he's kind of a **weirdo**.
　　傑克是個好人，但是有些怪怪的。

普 **strange or bizarre person** 奇怪或怪異的人

類 **nut case** 瘋子 (p.259)｜**psycho** [ˋsaɪko] 名 神經病 (p.280)

Well, I'll be. 真想不到。

這是個很有趣的句子，用來表示驚訝，通常用於說話者聽到某個消息之後。其他相同意涵的說法還有："Isn't that something?"、"How about that?"、"What do you know?"。

例 A: Daniel and Kate got engaged.
　　丹尼爾和凱特訂婚了。

B: **Well, I'll be.** After fifteen years together, they're finally getting married.
　　真想不到。在一起十五年，他們終於要結婚了。

類 **You don't say.** 居然有這種事。 (p.394)

What brings you here? 什麼風把你吹來的？

"What brings you here?" 直譯為「是什麼帶你到這兒來的？」，用中文來說即「是什麼風把你吹來的？」之意。

例 A: Good evening, Will. **What brings you here?**
　　晚安，威爾。什麼風把你吹來的？

B: I need to ask a favor of you.
　　我必須找你幫個忙。

What difference does it make? 那有什麼差別？

這句話就是「那有什麼差別？」的意思，與中文的用法相同，使用於當說話者認為對方所提出的意見或另一個選擇與自己的意見或選擇沒什麼差別時。

例 A: Don't get that brand. This one is better.

別買那個牌子。這個比較好。

B: **What difference does it make?** They're all the same.

有什麼差別？它們全都一樣。

What goes around, comes around. 惡有惡報。

此說法即「因果輪迴」之意，**通常用於指「惡有惡報」，而不指「善有善終」。**

例 A: After Mr. Barrons lost his job, nobody would help him out.

巴倫先生丟了工作之後，沒有人願意幫他忙。

B: **What goes around, comes around.** He was never nice to anybody.

罪有應得。他對人一向不好。

What's cooking? 最近在忙什麼？

"Cook" 原意是「烹調」，在 "What's cooking?" 這個俗語中卻與煮飯燒菜無關。此句其實是用來問對方「最近在忙什麼？」，是個招呼用語。回應時可說 "Same old."（老樣子。）或較明確地回應對方（如下例）。

例 A: Hi, Rachel. **What's cooking?**

嗨，瑞秋。最近在忙什麼？

B: Hey, there. I've got some great news to tell you.

嘿，你好。我有些好消息要告訴你。

類 **Qué pasa?** 最近怎麼樣？ (p.290)

What's happening? 近況如何？ (p.383)

What's up? 有何新鮮事？ (p.384)

What's done is done. 做都已經做了。

這個句子相當於中文說的「做都已經做了」，有木已成舟、覆水難收，後悔也沒有用的意涵。

例 A: I wish I hadn't been so foolish.

真希望我不曾那麼笨。

B: **What's done is done.**

做都已經做了。

What's got into you? 你這是怎麼了？

這句話就是「你這是怎麼了？」的意思，用於當對方突然表現得很生氣、很奇怪或很不禮貌之時。

例 I've never seen you so angry. **What's got into you?**
我從沒見過你這麼生氣。你這是怎麼了？

What's happening? 近況如何？

與 "What's cooking?" 相同，"What's happening?" 也是個招呼用語，意指「近況如何？」回應時可用 "Same the way."（和往常一樣。）這類籠統的說法，或明確告知對方你最近在做些什麼。

例 A: Hi, Bill. **What's happening?**
嗨，比爾。近況如何？

B: Nothing much.
普通。

類 **Qué pasa?** 最近怎麼樣？ (p.290) | **What's cooking?** 最近在忙什麼？ (p.382)

What's in it for me? 我能得到什麼好處？

這句話是「我能得到什麼好處？」的意思。比方說，當某人因為想投資做某種買賣而向你借錢時，你就可以問他／她："What's in it for me?"。

例 A: We need your help.
我們需要你的協助。

B: **What's in it for me?**
我能得到什麼好處？

What's it to you? 關你什麼事？

此句為「干卿何事？」之意。對於你認為無關某事卻又很雞婆地詢問該事的人，你就可以問他／她："What's it to you?"。不過這麼說話聽起來挺衝的，因此在使用時須謹慎。

例 A: I want to know how this accident happened.
我想知道這個意外是怎麼發生的。

B: **What's it to you?**
關你什麼事？

What's it worth to you? 你認為它值多少？

"Worth" 是「有……價值」的意思，這句話用來詢問對方願意花多少錢買下某物，藉以評估其購買意願。

例 A: I might be willing to sell it. **What's it worth to you?**
　　我有可能會願意賣。你認為它值多少？

　B: Maybe 30 dollars or so.
　　大概美金三十塊左右吧。

What's the damage? 多少錢？

這是句帶玩笑性質的話。"Damage" 的原意是「損壞」、「傷害」，但 "What's the damage?" 在口語中卻被拿來問對方「多少錢？」。

例 A: I'll take these three. **What's the damage?**
　　我買這三個。多少錢？

　B: Your total is $47.80.
　　一共是美金四十七塊八角。

What's the point? 有什麼意義？

"Point" 除了指「尖端」、「重點」外，還可以指「目的」。"What's the point?" 是「有什麼意義？」的意思，用於當對方提出某個建議，而你看不出有何助益之時。

例 A: If we get behind the car, we can push it.
　　如果我們到車子後面，就可以推它。

　B: **What's the point?** It's not going to start.
　　有什麼意義？反正也發不動。

類 **Why bother?** 何必麻煩？ (p.385)

What's up? 有何新鮮事？

這也是一個常用的招呼用語，意思是「有什麼新鮮事？」。回應的方式與前面提到回應 "What's cooking?" 或 "What's happening?" 的方式相同。

例 A: **What's up?**
　　有何新鮮事？

　B: I'm organizing a ski trip. Do you want to come?
　　我在籌辦一趟滑雪之旅。你要不要參加？

Whatever you say. 你怎麼說就怎麼辦；隨便你怎麼說。

這句話按字面翻譯為「不管你說什麼」，不過它真正的意思是「你怎麼說就怎麼辦」。有時也可以用來表達「隨便你怎麼說」。

例 A: We need to tear down all the skyscrapers and build more parks.
　　我們必須把所有的摩天大樓拆掉，蓋更多的公園。

　 B: **Whatever you say.**
　　你怎麼說都行。

When it rains, it pours. 禍不單行。

"When it rains, it pours." 或 "It never rains, it pours." 皆為「不下則已，一下傾盆」之意，常被用來表達「禍不單行」，也就是「倒楣的事常會接二連三地發生」的意思。

例 A: Not one, but two of our housemates have moved out this month. It's going to be hard to pay the rent.
　　不是一個，這個月我們兩個室友搬出去了。以後付房租就吃力了。

　 B: **When it rains, it pours.**
　　禍不單行。

Who died and made you boss? 你以為你是誰啊？

這個句子直譯為「是誰死了，讓你當老闆？」，而真正的意思則是「你以為你是誰啊？」，用於當你認為某人不應該或沒資格對你頤指氣使之時。

例 **Who died and made you boss?** I'll do my job the way I want to.
　　你以為你是誰啊？我的工作我愛怎麼做就怎麼做。

Why bother? 何必麻煩？

當你認為做某事沒有意義或達不到任何目的時，就可以說："Why bother?"（何必麻煩？）注意，在此句中 "bother" 為不及物動詞，與 "Don't bother him."（不要打擾他。）中及物用法的 "bother" 不同。

例 A: We should get a new refrigerator.
　　我們應該買個新的冰箱。

　 B: **Why bother?** We're moving in a few months anyway.
　　幹嘛這麼麻煩？反正我們幾個月之後就要搬家了。

類 **What's the point?** 有什麼意義？ (p.384)

A: What did you **think about** the announcement?

B: **You could have knocked me over with a feather.** Is it serious? Do we actually have to work on Sundays?

A: **That's the size of it.** Maybe we should complain.

B: **Why bother?** It won't do any good.

A: Yeah, I guess you're right. By the way, keep your voice down. **The walls have ears.**

翻譯

A: 你覺得那個公告怎麼樣？

B: 我簡直嚇壞了！真的假的啊？我們真的必須在每週日上班？

A: 大概是這樣沒錯。也許我們該出聲抱怨一下。

B: 何必多此一舉？沒用的。

A: 是啊，我想你是對的。對了，小聲一點，隔牆有耳。

Why me? 我怎麼這麼衰？  ▶ Track 69

這句話有「為什麼是我？」的意思，不過常用來表達「我怎麼這麼衰？」這當然不是一個真的問題，而是說話者自我哀嘆的一種方式。

例 First, the lights go out, and now the water. **Why me?**
先是燈不亮，現在水也停了。我怎麼這麼衰？

wicked [ˋwɪkɪd] 形 超酷的

此字原意為「邪惡的」，但在俚語的用法中被用來指「超酷的」，意思可以說是完全相反。這一點須留意。

例 A: Here's your birthday present.
這是你的生日禮物。

B: **Wicked**—a new bike!
超酷的！一輛新腳踏車耶！

普 outstanding [ˋaʊtˋstændɪŋ] 形 超棒的 | great [gret] 形 極好的
類 awesome [ˋɔsəm] 形 很棒的 (p.68) | cool [kul] 形 酷 (p.118)

wig out 失去冷靜

"Wig" 當名詞時指「假髮」，作動詞時則指「使戴假髮」，但是在俚語中 "wig out" 指的卻是「失去冷靜」、「情緒失控」的意思。

例 A: You always **wig out** when the cashier rings your stuff up at the supermarket.
　　每次超市收銀員幫你結帳的時候你都會情緒很激動。

　　B: I don't trust those machines they use. For all we know, they may be cheating us.
　　我不相信他們用的那些收銀機。依我看，他們有可能會騙我們。

用法 S + V

普 **lose one's composure** 失去一個人的沉著 | **act irrationally** 行動不理性

　behave like a lunatic 行為像個瘋子

類 **go bananas** 情緒失控 (p.173) | **flip out** 抓狂 (p.152)

反 **chill out** 冷靜下來 (p.107) | **lighten up** 放輕鬆 (p.230)

---

wimp [wɪmp] 名 軟弱無用的人

這個字是「軟弱無用之人」的意思，只能用來指男孩或男人。一個沒有男子氣概、沒有擔當的男孩或男人常會被其他人稱為 "a wimp"。

例 Fighting isn't the only way to solve a problem. You call me a **wimp**. I say I'm smart.
　打架並不是解決問題的唯一方法。你說我軟弱無用，我倒覺得我很聰明。

普 **weak person** 軟弱的人 | **coward** [ˋkaʊəd] 名 懦夫

類 **pansy** [ˋpænzɪ] 名 懦弱的人 (p.268) | **wuss** [wʊs] 名 軟弱無能的人 (p.391)

反 **stud** [stʌd] 名 男子漢 (p.335)

---

wipe off 擦拭乾淨

"Wipe" 是「擦拭」的意思，片語動詞 "wipe off" 則指「擦拭乾淨」，其受詞通常為桌子、椅子或其他家具類物品，而如果你的臉髒了，也可以 "Wipe off your face."。

例 Here's a rag to **wipe off** the table.
　這裡有條抹布可以用來擦桌子。

用法 S + V + O

普 **wash** [wɑʃ] 動 清洗

類 **clean off** 清理乾淨 (p.109)

wipe out 重摔

此片語動詞原為衝浪用語，指「從衝浪板上跌落下來」。如今其涵義已被擴大，可用來指「從腳踏車、滑板，甚至是摩托車上摔下來」。

例 Are you all right? You **wiped out** pretty bad there.
你沒事吧？你剛剛那一摔摔得蠻重的。

用法 **S + V**
普 **crash and fall** 撞擊並摔落

with flying colors 非常出色地

"Flying colors" 指「旗幟飄揚」，有「勝利」、「凱旋」的意涵，因此 "with flying colors" 這個慣用語表達的就是「非常出色」、「大大地成功」之意。

例 A: Did I pass the test?
考試我過了沒？

B: You sure did, **with flying colors**.
當然過了，成績非常好。

普 **soundly pass, succeed, or emerge victorious** 穩當地通過、成功或脫穎而出

wolf (down) 狼吞虎嚥

"Wolf" 是「狼」，而狼是一種凶殘的掠食性動物，牠的吃相是很容易想像的。把 "wolf" 當動詞用指的就是「狼吞虎嚥」，其後可加可不加介系詞 "down"。

例 A: Why are you **wolfing down** your dinner like that?
你幹嘛那樣狼吞虎嚥地吃你的晚餐？

B: Because I can't wait to eat dessert!
因為我等不及要吃甜點！

用法 **S + V + O**
普 **devour** [dɪ`vaʊr] **動** 大口吃 | **quickly consume** 很快地吃完
類 **scarf down** 狼吞虎嚥地吃 (p.305)

word [wɜd] 名 對

"Word" 這個字的用法很多，在此要介紹的是它的一個特殊用法，指「同意」或「認可」。如果你「同意」或「認可」對方的說法、意見，就可以說 "Word." 或 "Word up."。

例 A: Ben is going to have to solve this problem by himself.

班將得自己解決這個問題。

B: **Word.** We can't always help him out of his messes.

對。我們不能老是幫他收拾爛攤子。

普 **agreed** [əˋgrid] **形** 同意 | **definitely** [ˋdɛfənɪtlɪ] **副** 肯定是

work out

1. 運動健身

這個片語動詞有許多用法。首先可以指「運動健身」，舉重（weightlifting）、有氧運動（aerobics）、慢跑（jogging）等都是常見的健身運動。

例 Chris **works out** at a gym near his house.

克里斯在他家附近的一家健身房運動。

用法 **S + V**

普 **exercise** [ˋɛksəˏsaɪz] **動** 運動 | **train** [tren] **動** 鍛練

2. 實現

"Work out" 也可以用來指「實現」，也就是指事情「開花結果」。這個用法也常用於否定的情況，例如："I broke up with Jill. I guess it just didn't work out."（我和姬兒分手了。我想我們的關係就是沒能開花結果。）

例 Everything will **work out** exactly as planned.

每一件事都會照計畫實現。

用法 **S + V**

普 **resolve** [rɪˋzɑlv] **動** 解決 | **conclude favorably** 有好的結果

類 **sort out** 解決 (p.323)

3. 算出

此片語也有及物動詞的用法，可以用來指「算出」。例如天體物理學家能 "work out" 一個小行星的軌跡。

例 The waitress **worked out** the meal's total.

那名女侍把那一餐的總消費額算出來。

用法 **S + V + O**

普 **calculate** [ˋkælkjəˏlet] **動** 計算

W

4. 弄懂

"Work out" 作及物動詞用時也可指「弄懂」。有趣的是**這個用法常用於否定式**，例如："We couldn't work out the directions, so I pulled over and called Renee."（我們搞不清楚方向，所以我把車開到路邊停下來，然後打了一通電話給瑞妮。）

例 I can't **work out** these instructions.
　我沒辦法搞懂這些指示。

用法 S + V + O
普 understand [ˌʌndəˈstænd] **動** 了解
類 figure out 想出 (p.148)

worm out of something　逃脫某事

"Worm" 是蟲的意思，當動詞用時指蠕動，"worm out" 則指逃脫，若要表達逃脫什麼須先加介系詞 "of"。例如："He wormed out of giving a presentation."（他成功逃脫了作簡報。）

例 Oh no, you're not going to **worm out of cleaning the house**.
　噢，不，你別想逃避打掃屋子。

普 get out of doing something or going somewhere 逃脫做某事或去某處
　shirk one's duty 規避責任義務

worth one's weight in gold　非常有價值

這個慣用語字面上的意思是某人「值與其體重相等的黃金」，用來表示一個人「非常有價值」；有時也可用來指事物，例如："His opinions are worth their weight in gold."（他的看法非常有價值。）

例 Do whatever you can to keep an employee like Cory. He's **worth his weight in gold**.
　想盡辦法留住像柯瑞這樣的員工。他非常有價值。

普 be extremely valuable 極度有價值

wrap up

1. 包起來

"Wrap" 是「包」、「捲」、「纏」的意思，而 "wrap up" 則指「包起來」，對象常是禮物。當然其他事物也可以被 "wrapped up"，例如一束花（a bunch of flowers）。

例 I'd like those things **wrapped up** in red paper, please.
　麻煩用紅色的紙幫我把那些東西包起來。

2. 做完結

此片語還能用來指做完結，受詞通常是會議、討論等，若無明確受詞也可以說 "wrap it up" 或 "wrap things up"（將事情做個完結）。

例 The host **wrapped up** the convention by thanking everybody for attending.

主持人以感謝每一個人的參加為大會做了完結。

用法 S + V + O

普 **conclude** [kən`klud] 動 終結

---

write down 寫下來

這個片語動詞就是「寫下來」的意思，任何可以被寫下來、記下來的事物皆可為其受詞，例如某人的電話、地址等。

例 **Write down** your name and telephone number here.

把你的名字和電話號碼寫在這兒。

用法 S + V + O

普 **record** [rɪ`kɔrd] 動 記下來

---

wuss [wus] 名 軟弱無能的人

此俚語用字指「軟弱無能的人」，**通常只用來指男性**。不敢面對挑戰的人、喜歡某個女生卻不敢跟她說話的人、碰到一下就會掉眼淚的人等皆可稱之為 "a wuss"。

例 Don't be a **wuss**. If you never take a chance, you'll never get anywhere in life.

別那麼軟弱。如果你從不冒險，一輩子都不會有出息。

普 **coward** [`kauəd] 名 懦夫
類 **pansy** [`pænzɪ] 名 懦弱的人 (p.268) | **wimp** [wɪmp] 名 軟弱無用的人 (p.387)
反 **stud** [stʌd] 名 男子漢 (p.335)

yada, yada, yada　等等等等

▶ **Track 70** 💬

"Yada, yada, yada" 就類似中文說的「等等等等」、「諸如此類」之意，有「族繁不及（或懶得？）備載」的味道。如果你認為本來要繼續往下說的東西很無趣、重複或不重要就可以用這個俚語來表示。另一個類似的表達方式是較常聽到的 "blah, blah, blah"。

例 He was talking about buying stocks and bonds and other stuff—**yada, yada, yada**. I was so bored, I almost fell asleep.
他一直在說買股票、買債券和其他等等等等的。我覺得好無聊，差一點就睡著了。

普 **on and on** 沒完沒了 | **and so on** 等等

Yeah, right.　是，是，是。（反話）　💬

"Yeah, right." 用來表示你對所聽到的話強烈懷疑或根本不相信。這是一句反話，說的時候 "Yeah" 要唸重，"right" 則須使用明顯的下降語調。

例 A: One day, I'm going to travel to the moon.
有一天我會到月球去旅行。

B: **Yeah, right.**
是，是，是。

類 **Come off it.** 少來。 (p.116) | **Give me a break.** 拜託。 (p.170)

---

yearn for　渴望……

"Yearn"「渴望」是不及物動詞，故若要表示渴望什麼須加介系詞 "for" 再接受詞。

例 Shelly **yearns for** the day when she'll travel to France.
雪莉渴望到法國旅行的那一天能趕快到來。

用法 **S + V + O**
普 **desire** [dɪ`zaɪr] 動 渴望 | **long for** 渴望

Yes siree, Bob.　沒錯。　

"Yes siree, Bob." 是個很有趣的句子，句中的 "siree" 由 "sir"（先生）變化而來，而 "Bob"（男子名）並不指任何人，整句話就是用來強調對方說的話「一點都沒錯」。這個說法和常聽到西班牙文的 "Sí Señor."（按字面翻譯為「是的，先生。」）用法類似。

例 A: Did you really meet the president?
　　你真的和總統見了面？

　 B: **Yes siree, Bob.**
　　沒錯。

You ain't seen nothing yet. 這不算什麼，好戲在後頭。

"You ain't seen nothing yet." 是「這不算什麼，好戲在後頭」的意思。注意，這個句子其實不合文法。首先，它使用了不應使用的所謂「雙重否定」："ain't" 和 "nothing"。其次，"ain't" 的用法亦有誤："ain't" 應指 "am not"。正確的句子應為："You haven't seen anything yet."，但由於這句話已經成為俗語，因此說的時候應「將錯就錯」。

例 A: What a great card trick.
　　好棒的紙牌戲法。

　 B: **You ain't seen nothing yet.**
　　這不算什麼，好戲在後頭。

You and what army? 就憑你？

"You and what army?" 也是個有趣的句子。照字面它是「你和什麼軍隊？」的意思，但表達的是「就憑你？」之意。這句話通常用於當對方說了一些吹牛的話或威脅你的時候。

例 A: I could easily beat up that body builder.
　　我可以輕易地把那個肌肉男痛打一頓。

　 B: **You and what army?**
　　就憑你？

You can lead a horse to water, but you can't make it drink. 老牛不喝水，不能強按頭。

此諺語按字面解釋指「你可以把馬牽到水邊，但是無法強迫牠喝水」，與中文的「老牛不喝水，不能強按頭」異曲同工，皆有「你可以教人怎麼做事，但是不能夠強迫他們做」的意涵。

例 A: I don't understand. I thought Jessica would be interested in sociology.
　　我真不懂。我以為潔西卡會對社會學有興趣。

　 B: **You can lead a horse to water, but you can't make it drink.**
　　老牛不喝水，不能強按頭。

You can say that again. 你說得太好了。

這個句子實際上是指「你說得太好了」，用來表達說話者非常同意對方的說法。

例 A: This town needs more police officers.
　　這個城鎮需要更多的警察。

　 B: **You can say that again.**
　　你說得太好了。

類 **Hear, hear.** 說得對。 (p.189)

反 **Nothing could be further from the truth.** 沒有比這更離譜的事。 (p.259)

You can't fight city hall. 你是無法與威權對抗的。

這句話原指「你（老百姓）是鬥不過市政府（官府）的」，但如今已擴大指「你是無法與威權對抗的」，而這裡的威權可以是父母、學校，當然也可以指市政府，甚至是中央政府。

例 A: We can't let the government build another freeway here.
　　我們不能讓政府在這裡再興建一條高速公路。

　 B: **You can't fight city hall.**
　　你是無法與威權對抗的。

You could have knocked me over with a feather.
我感到十分震驚。

這是一個誇張的說法，字面上是「你用一根羽毛就可以把我撂倒」的意思，表達的是「我感到十分震驚」之意。

例 I was shocked by her comment. **You could have knocked me over with a feather.**
　她的話令我震驚。我聽了實在嚇壞了。

You don't say. 居然有這種事。

"You don't say." 不是「你別說」的意思，而是一個非常普遍用來表示驚訝的用語，意思其實是「居然有這種事」，用於當對方說出令你感到驚奇的事時。

例 A: The value of our property has increased by fifteen percent this year.
　　我們的房產今年漲了百分之十五。

　 B: **You don't say.**
　　居然有這種事。

類 **Well, I'll be.** 真想不到。 (p.381)

You get what you pay for. 一分錢一分貨。

"You get what you pay for." 正是中文「一分錢一分貨」的意思。不過有趣的是這句話較常用於「便宜」的貨品，甚至於可用於「免費」的東西，意思就是叫人不用期待該貨品或東西品質會有多好。

例 A: This cheap shelf actually fell apart.
　　這個便宜的架子竟然散開了。

　B: **You get what you pay for.**
　　一分錢一分貨。

You said it. 沒錯。

這也是用來表示同意對方說法、意見的一種表達方式，意思就是「你說得沒錯」或更簡潔的「沒錯」。

例 A: Man, it's hot today.
　　天啊，今天真熱。

　B: **You said it.**
　　沒錯。

類 **No doubt.** 毫無疑問。 (p.255)

You shouldn't judge a book by its cover.
不可以貌取人；人不可貌相。

此諺語字面上指「你不應該由一本書的封面來評斷它」，表達的其實是「你不該以貌取人」，也就是我們常說的「人不可貌相」。

例 A: Gale dresses so badly.
　　蓋兒的穿著有夠醜。

　B: She's a nice person. **You shouldn't judge a book by its cover.**
　　她是個不錯的人。你不應該以貌取人。

You took the words right out of my mouth.
你正好說出了我要說的話。

"You took the words right out of my mouth." 是「你正好說出了我要說的話」的意思，用來表達你與對方的看法或意見完全相同。

例 A: We need to build a playground for the neighborhood kids.
　　我們需要為鄰近地區的小朋友蓋一個遊樂場。

　B: **You took the words right out of my mouth.**
　　你恰恰好說出了我要說的話。

You win some, you lose some. 勝敗乃兵家常事。

"You win some, you lose some." 比較字面上的翻譯是「（你）有所失，有所得」，這的確是人生的寫照。不過更貼切的說法應該是「勝敗乃兵家常事」，且與中文的用法相同，這句話基本上被用來安慰「輸家」。

例 A: Our team lost by twelve points.
　　我們的球隊輸了十二分。

　B: **You win some, you lose some.**
　　勝敗乃兵家常事。

You're on. 好，來吧。

這是個非常簡單卻很特別的句子，意思是「好，來吧」，用於表示接受對方的挑戰。值得注意的是這個句子是以「對方」（挑戰者）為主詞。

例 A: I'll race you to the end of the street.
　　我跟你比賽，看誰先跑到街尾。

　B: **You're on.**
　　好，來吧。

類 **I'm game.** 我參一咖。 (p.203)

You're telling me. 就是嘛。

"You're telling me." 字面上是指「你在告訴我」，但真正表達的卻是「就是嘛」的意思，用於表示同意對方的說法時。不過要注意，**這句話通常是用於對方對某事、某狀況有所抱怨或不滿而你也深有同感時。**

例 A: Kids these days don't listen to their parents.
現在的小孩都不聽父母的話。

B: **You're telling me.**
就是嘛。

You're the boss.　一切聽你的。

這句話按字面解釋是「你是老闆」，表達「一切聽你的」之意。當然這裡的 "boss" 不一定是真正的老闆，而可泛指有發話權的人。

例 A: I'd like to change this wall color to beige.
我想把這面牆改漆成米色。

B: **You're the boss.**
一切聽你的。

類 **As you wish.** 悉聽尊便。 (p.65)

You're the man.　真有你的；你真夠意思。

這句話用來表示讚許對方所為，認為對方「很厲害」或「很夠意思」。

例 A: If I see that magazine at the bookstore, I'll get it for you.
如果我在書店看到那本雜誌，我會幫你買。

B: **You're the man.** Thanks, George.
你真夠意思。謝了，喬治。

You've got it.　沒問題。

這是一個非常口語且友善，用來表示願意接受指示或請求的句子，意即 "No problem."（沒問題）。另，事實上大多數美國人在使用這個句子時，會將 "ve" 省略，直接說成 "You got it."

例 A: Can you add extra lettuce and tomatoes?
你能不能幫我多放點萵苣和番茄？

B: **You've got it.**
沒問題。

You've got me stumped.　你把我難倒了。 Ⓨ

"Stump" 這個字當名詞時指「（樹木砍下後的）殘株」，當動詞時則指「（把樹）砍成殘株」，但是，在此句中的 "stump" 指的卻是「難倒（人）」；換言之，這句話的意思是「你把我難倒了」，通常用來表示你不知道對方問題的答案時。

例 A: Do you know when this city was founded?

你知不知道本市是何時建立的？

B: **You've got me stumped.**

你把我難倒了。

類 **Beats me.** 我哪知道。 (p.73)

You've outdone yourself.
你表現得太出色了。

"Outdo" 是「超越」、「勝過」的意思，故此句乃「你已經超越、勝過了你自己」之意，通常被拿來作讚美語，表達「你表現得太出色了」。

例 This party is the best ever. **You've outdone yourself.**

這個派對是有史以來最棒的。你表現得太出色了。

Your guess is as good as mine.　誰知道。

"Your guess is as good as mine." 按字面解釋是「你的猜測和我的猜測一樣好」，但真正表達的卻是「你不知道，我也不知道」。換言之，這句話的意思其實是「誰知道」。

例 A: When do you think the storm will let up?

你認為暴風雨什麼時候會減弱？

B: **Your guess is as good as mine.**

誰曉得。

類 **You've got me stumped.** 你把我難倒了。 (p.397)

Your secret's safe with me.　我會守口如瓶。

"Your secret's safe with me." 是「我不會把你的祕密洩露出去」的意思。你可以用這句話來告訴對方，他 / 她的祕密你會「守口如瓶」。

例 A: You can't tell anybody what I just said.

我剛剛說的話你不可以告訴任何人。

B: **Your secret's safe with me.**

我會守口如瓶。

類 **I won't tell a soul.** 我不會跟任何人說。 (p.202)

Z

zilch [zɪltʃ] 名 無;零

"Zilch" 是指「無」、「零」，如果你要表達什麼都沒有就可以使用這個字。另，有時我們聽到 "Nothing, nada, zilch." 的說法，其中的 "nada" 是西班牙文 "nothing" 的意思；換句話說，此說法即「沒有，什麼都沒有」之意。

例 A: You don't have any money in your bank account?
你銀行戶頭裡面沒有任何的錢？

B: Nothing, **zilch**, not a penny.
沒有，連一毛錢都沒有。

普 **nothing** [`nʌθɪŋ] 名 什麼都沒有

索 引

※ 未以粗體字標示者爲檢索字詞・語句以外，出現在其他說法中的實用詞彙。

417

Y

Z

NOTES

NOTES

國家圖書館出版品預行編目資料

生活英文表達百科 / 白安竹（Andrew E. Bennett）作；
　王復國審譯. -- 初版. -- 臺北市：貝塔, 2015. 02
　面；　公分
　ISBN 978-957-729-984-0（平裝附光碟片）
　1. 英語　2. 慣用語　3. 俚語
805.123　　　　　　　　　　　　　　　104000743

生活英文表達百科

作　　者 / 白安竹（Andrew E. Bennett）　　插　　圖 / Irene Fu
審　　譯 / 王復國　　　　　　　　　　　　執行編輯 / 游玉旻

出　　版 / 貝塔出版有限公司
地　　址 / 100 台北市館前路 12 號 11 樓
電　　話 / (02) 2314-2525
傳　　真 / (02) 2312-3535
客服專線 / (02) 2314-3535
客服信箱 / btservice@betamedia.com.tw
郵撥帳號 / 19493777
帳戶名稱 / 貝塔出版有限公司

總 經 銷 / 時報文化出版企業股份有限公司
地　　址 / 桃園市龜山區萬壽路二段 351 號
電　　話 / (02) 2306-6842

出版日期 / 2015 年 2 月初版一刷
定　　價 / 490 元
I S B N / 978-957-729-984-0

貝塔網址：www.betamedia.com.tw

喚醒你的英文語感！

| 廣 告 回 信 |
| 北區郵政管理局登記證 |
| 北 台 字 第 1 4 2 5 6 號 |
| 免 貼 郵 票 |

100 台北市中正區館前路12號11樓

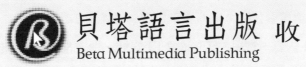

貝塔語言出版 收
Beta Multimedia Publishing

 寄件者住址 □ □ □

貝塔語言出版 Beta Multimedia Publishing

讀者服務專線（02）2314-3535　　讀者服務傳真（02）2312-3535
客戶服務信箱　btservice@betamedia.com.tw

www.betamedia.com.tw

謝謝您購買本書！！

貝塔語言擁有最優良之英文學習書籍，為提供您最佳的英語學習資訊，您可填妥此表後寄回（免貼郵票）將可不定期收到本公司最新發行書訊及活動訊息！

姓名：＿＿＿＿＿＿＿＿＿＿＿　性別：□男 □女　生日：＿＿＿年＿＿＿月＿＿＿日

電話：(公)＿＿＿＿＿＿＿＿(宅)＿＿＿＿＿＿＿＿(手機)＿＿＿＿＿＿＿＿

電子信箱：＿＿＿＿＿＿＿＿＿＿＿＿＿＿＿＿＿＿＿＿＿

學歷：□高中職含以下 □專科 □大學 □研究所含以上

職業：□金融 □服務 □傳播 □製造 □資訊 □軍公教 □出版
　　　□自由 □教育 □學生 □其他

職級：□企業負責人 □高階主管 □中階主管 □職員 □專業人士

1. 您購買的書籍是？＿＿＿＿＿＿＿＿＿＿＿＿＿＿＿

2. 您從何處得知本產品？(可複選)
　　　□書店 □網路 □書展 □校園活動 □廣告信函 □他人推薦 □新聞報導 □其他

3. 您覺得本產品價格：
　　　□偏高 □合理 □偏低

4. 請問目前您每週花了多少時間學英語？
　　　□ 不到十分鐘 □ 十分鐘以上，但不到半小時 □ 半小時以上，但不到一小時
　　　□ 一小時以上，但不到兩小時 □ 兩個小時以上 □ 不一定

5. 通常在選擇語言學習書時，哪些因素是您會考慮的？
　　　□ 封面 □ 內容、實用性 □ 品牌 □ 媒體、朋友推薦 □ 價格 □ 其他＿＿＿＿

6. 市面上您最需要的語言書種類為？
　　　□ 聽力 □ 閱讀 □ 文法 □ 口說 □ 寫作 □ 其他＿＿＿＿＿

7. 通常您會透過何種方式選購語言學習書籍？
　　　□ 書店門市 □ 網路書店 □ 郵購 □ 直接找出版社 □ 學校或公司團購
　　　□ 其他＿＿＿＿＿＿

8. 給我們的建議：＿＿＿＿＿＿＿＿＿＿＿＿＿＿＿＿＿
＿＿＿＿＿＿＿＿＿＿＿＿＿＿＿＿＿＿＿＿＿＿＿＿＿

喚醒你的英文語感！

Get a Feel for English !

喚醒你的英文語感！

Get a Feel for English !